La prometida

La prometida

Kiera Cass

Traducción de Jorge Rizzo

Rocaeditorial

Título original: *The Betrothed*

© 2020, Kiera Cass

Primera edición: junio de 2020

© de la traducción: 2020, Jorge Rizzo
© de esta edición: 2020, Roca Editorial de Libros, S. L.
Av. Marquès de l'Argentera 17, pral.
08003 Barcelona
actualidad@rocaeditorial.com
www.rocalibros.com

Impreso por LIBERDÚPLEX

ISBN: 978-84-17968-15-1
Depósito legal: B. 6851-2020
Código IBIC: YFB

RE68151

Para el gamberro de mi hermano, Gerad.
Que iba a llevarme por el Serengeti.
Eso decía.

De las

CRÓNICAS DE LA HISTORIA DE COROA

LIBRO 1

Así pues, coroanos, seguid la ley,
porque si infringimos una, las infringimos todas.

1

*E*ra esa época del año en que los días aún comienzan con escarcha. Pero el invierno ya estaba yéndose y las plantas empezaban a florecer, y la promesa de una nueva temporada me llenaba de emoción.

—He soñado con la primavera —suspiré, mirando por la ventana a los pájaros, que revoloteaban con el cielo azul de fondo.

Delia Grace me anudó la última de las cintas de mi vestido y me llevó al tocador.

—Yo también —respondió ella—. Torneos. Hogueras. El Día de la Coronación se acerca.

Su tono dejaba claro que yo tendría que estar más excitada que cualquier otra muchacha de mi edad, pero aun así tenía mis reservas.

—Supongo.

Notaba su exasperación en el movimiento de las manos:

—¡Hollis, está claro que serás la pareja de su majestad y que le acompañarás en las fiestas! No sé cómo puedes estar tan tranquila.

—Demos gracias a las estrellas de que este año contamos con la atención del rey —dije, manteniendo un tono comedido mientras ella me recogía el cabello en una trenza—, o esto sería más aburrido que un funeral.

—Dices eso como si el cortejo fuera un juego —comentó, sorprendida.

—Es un juego —insistí—. Él se irá muy pronto, así que más vale que disfrutemos de esto mientras podamos.

Miré al espejo y vi que Delia Grace se mordía el labio, sin levantar la vista de la tarea que tenía entre manos.

—¿Pasa algo? —pregunté.

Ella reaccionó enseguida y esbozó una sonrisa.

—En absoluto. Es que me asombra que te muestres tan indiferente con el rey. Creo que ves en él algo más que sus atenciones.

Bajé la cabeza, haciendo tamborilear los dedos sobre el mostrador. Me gustaba Jameson. Estaría loca si no fuera así. Era guapo y rico, y, por Dios Santo, era el rey. También bailaba bastante bien y era muy ameno, siempre que estuviera de buen humor. Pero yo no era tonta. Le había visto ir de chica en chica durante los últimos meses. Había habido al menos siete, incluida yo, y eso contando solo las de la corte, a las que todo el mundo conocía. Disfrutaría de aquello todo lo que pudiera y luego aceptaría cualquier botarate que mis padres escogieran para mí. Al menos siempre podría recordar estos días cuando me convirtiera en una vieja dama aburrida.

—Aún es joven —respondí por fin—. No creo que se quiera comprometer con nadie hasta que lleve unos años más en el trono. Además, estoy segura de que esperan que celebre un matrimonio del que pueda sacar algún beneficio político. En ese aspecto, yo no tengo mucho que ofrecer.

Alguien llamó a la puerta. Delia Grace fue a abrir, con la decepción aún grabada en el rostro. Estaba claro que todavía pensaba que yo tenía alguna posibilidad, y al momento me sentí culpable por poner tantas trabas. En la década que llevábamos siendo amigas, siempre nos habíamos apoyado la una a la otra, pero ahora todo era diferente.

Como damas de la corte, nuestras familias tenían doncellas. Pero las nobles de mayor rango y la realeza contaban con damas de compañía. Las damas de compañía más que criadas eran confidentes, asesoras, acompañantes… Lo eran todo. Delia Grace estaba adoptando el papel de alguien a quien yo aún no tenía derecho, convencida de que en cualquier momento lo tendría.

Ella significaba para mí más de lo que podía decir, más de lo que podía gestionar. ¿Qué es una amiga, sino alguien que te cree capaz de más de lo que realmente está a tu alcance?

Volvió con una carta en la mano y un brillo en los ojos.

—Tiene el sello real —dijo, dándole la vuelta—. Pero, dado que no nos importa lo que piense de ti el rey, supongo que no tenemos ninguna prisa por abrirla —bromeó.

—Déjame ver —dije. Me puse en pie y le tendí la mano, pero ella enseguida escondió la carta con una mueca—. Delia Grace, demonio de mujer, ¡dámela!

Ella dio un paso atrás; una décima de segundo después estaba persiguiéndola por mis aposentos, las dos muertas de la risa. Conseguí arrinconarla dos veces, pero ella siempre era más rápida, y lograba escabullirse por cualquier hueco antes de que pudiera ponerle la mano encima. Estaba casi sin aliento de tanto correr y reír cuando por fin conseguí agarrarla por la cintura. Ella estiró el brazo, poniendo la carta lo más lejos posible de mi alcance. Habría podido arrancársela de la mano, pero, en el momento en que me estiraba para alcanzarla, se abrió de golpe la puerta que comunicaba mis aposentos con los de mi madre, que apareció en la estancia.

—Hollis Brite, ¿es que has perdido la cabeza?

Delia Grace y yo nos separamos, poniendo las manos tras la espalda y haciendo una rápida reverencia.

—Se os oía gritando como animales a través de las paredes. ¿Cómo vamos a encontrarte un pretendiente a tu altura si insistes en comportarte así?

—Lo siento, madre —murmuré con tono compungido.

Hice acopio de valor y la miré. Estaba allí de pie, con el gesto de exasperación en el rostro que solía poner cada vez que me hablaba.

13

—La hija de los Copeland se comprometió la semana pasada, y los Devaux también están en conversaciones. Y tú sigues comportándote como una niña.

Tragué saliva, pero Delia Grace nunca había sido de las que se callan.

—¿No cree que es un poco pronto para buscarle un prometido a Hollis? Tiene tantas posibilidades como la que más de conquistar el corazón de rey.

Mi madre hizo un esfuerzo por contener una sonrisita condescendiente.

—Todos sabemos que el rey tiende a divagar. Y Hollis no está hecha para ser reina, precisamente. ¿No te parece? —preguntó levantando una ceja, desafiándonos a que le lleváramos la contraria—. Además, ¿de verdad crees que tú estás en posición para hablar sobre el potencial de nadie?

Delia Grace tragó saliva y adoptó una expresión pétrea. Ya le había visto ponerse esa máscara un millón de veces antes.

—Pues ahí lo tienes —concluyó mi madre. Ahora que había dejado clara su decepción, dio media vuelta y se fue.

Suspiré y me giré hacia Delia Grace.

—Lo siento.

—No es nada que no haya oído antes —reconoció, entregándome por fin la carta—. Y yo también lo siento. No quería meterte en ningún lío.

Le cogí la carta de las manos y rompí el lacre.

—No pasa nada. Si no fuera esto, sería otra cosa.

Ella puso una cara que dejaba claro que tenía razón. Leí la nota.

—Oh, cielos —dije, llevándome una mano a la melena alborotada—. Voy a necesitar que me ayudes a peinarme otra vez.

—¿Por qué?

Sonreí y agité la carta como si fuera una bandera que ondeara al viento.

—Porque hoy su majestad desea contar con nuestra presencia en el río.

—¿Cuántas personas crees que habrá? —le pregunté.

—¿Quién sabe? Le gusta rodearse de mucha gente.

Fruncí los labios.

—Es cierto. Me gustaría tenerlo para mí a solas, aunque solo fuera una vez.

—Dijo la chica que insiste en que esto no es más que un juego.

La miré, y ambas sonreímos. Esa era Delia Grace: siempre parecía saber más de mí de lo que yo misma habría reconocido.

Giramos la esquina del pasillo y vimos que las puertas ya estaban abiertas, dando la bienvenida al sol de primavera. El corazón se me aceleró cuando vi el manto rojo con remates de armiño cubriendo la espalda de una figura delgada pero fuerte al final del pasillo. Aunque no lo tenía de cara, su simple presencia bastaba para que flotara en el aire una sensación cálida, como un cosquilleo.

Me agaché en una profunda reverencia.

—Majestad.

Y vi un par de brillantes zapatos negros que se giraban hacia mí.

15

2

—*L*ady Hollis —dijo el rey, tendiéndome la mano, en la que brillaba un gran anillo.

Se la cogí y me puse en pie. Me encontré delante dos preciosos ojos de color miel. Había algo en aquella manera que tenía de brindarme su atención cada vez que estábamos juntos que me provocaba una sensación como la que tenía cuando Delia Grace y yo bailábamos y giraba demasiado rápido sobre mí misma: era como si subiera la temperatura y me mareara un poco.

—Majestad, me ha alegrado mucho recibir vuestra invitación. Me encanta el río Colvard.

—Me lo mencionaste, y lo he recordado, ¿qué te parece? —dijo, envolviéndome la mano con la suya. Luego bajó la voz—: También recuerdo que me mencionaste que tus padres habían estado algo… controladores últimamente. Pero he tenido que invitarlos, por cortesía.

Miré tras él y vi a un grupo más numeroso de lo que esperaba. Mis padres estaban allí, igual que algunos de los lores del Consejo Real y muchas de las damas que sabía que esperaban impacientemente a que Jameson acabara conmigo para que empezara su turno. De hecho, vi a Nora, que me miraba con desprecio, y a Anna Sophia y a Cecily justo detrás, con gesto de suficiencia, seguras de que el rey no tardaría mucho en cansarse de mí.

—No te preocupes. Tus padres no estarán en nuestra barcaza —me aseguró.

Sonreí, agradecida por aquella pequeña concesión, aunque no tuve tanta suerte con el paseo en coche de caballos por el río.

El castillo de Keresken estaba en lo alto de la meseta de Borady. Era una imagen imponente, imposible de pasar por alto. Para bajar al río, nuestros coches tenían que atravesar las calles de Tobbar, la capital…, y eso llevaría un tiempo.

Vi el brillo en los ojos de mi padre al darse cuenta de que aquel paseo en coche era su oportunidad de disfrutar de una audiencia prolongada con el rey.

—Bueno, majestad, ¿cómo van las cosas por la frontera? He oído que el mes pasado nuestros hombres se vieron obligados a retroceder.

Tuve que hacer un esfuerzo para no poner los ojos en blanco. ¿Cómo podía ocurrírsele a mi padre que recordarle al rey nuestros recientes fracasos era un buen modo de iniciar una conversación? No obstante, Jameson se lo tomó con calma.

—Es cierto. Nosotros solo tenemos soldados en la frontera para preservar la paz. ¿Qué van a hacer en caso de ataque? Según dicen, el rey Quinten insiste en que el territorio de Isolte se extiende hasta las llanuras Tiberanas.

Mi padre soltó un bufido de repulsa.

—Eso ha sido territorio coroano desde hace generaciones.

—Precisamente. Pero no tengo miedo. Aquí estamos a salvo de cualquier ataque, y los coroanos son unos soldados excelentes.

Miré por las ventanillas, aburrida con aquella charla insustancial sobre la frontera. Jameson solía ser muy entretenido, pero mis padres hacían que el paseo en coche perdiera toda su gracia.

No pude evitar suspirar de alivio cuando paramos en el muelle y pude dejar atrás el asfixiante ambiente del coche.

—Desde luego no bromeabas cuando hablabas de tus padres —dijo Jameson cuando por fin estuvimos a solas.

—Las dos últimas personas que invitaría a una fiesta, sin duda.

—Y, sin embargo, consiguieron traer a este mundo a la joven más encantadora de todas —dijo, y me besó la mano.

Me ruboricé y aparté la mirada. Mis ojos se cruzaron con los de Delia Grace, que salía de su coche, seguida de Nora, Cecily y Anna Sophia. Si yo pensaba que mi viaje había sido insoportable, sus puños apretados al acercarse a mi lado me dejaron claro que el suyo había sido mucho peor.

—¿Qué ha pasado? —susurré.

—Nada que no haya pasado mil veces antes —dijo ella, echando los hombros atrás y estirando el cuello.

—Por lo menos estaremos juntas en el barco —le aseguré—. Ven. Ya verás qué divertido resulta verles la cara cuando subas al barco del rey.

Fuimos hasta el muelle, y sentí un escalofrío de emoción recorriéndome el brazo cuando el rey Jameson me cogió de la mano y me ayudó a subir a bordo. Tal como estaba previsto, Delia Grace vino con nosotros, al igual que dos de los asesores del rey. A mis padres y al resto de los invitados los acompañaron a los otros barcos, tal como había dispuesto su majestad. El estandarte real ondeaba, flamante, en lo alto del mástil, y el rojo encendido de la bandera coroana aleteaba a tal velocidad con la brisa del río que parecía una llama. Yo me senté a la derecha de Jameson, que me ayudó a acomodarme, sin soltar ni por un momento mi mano.

Había comida para picar y pieles con las que taparnos si hacía demasiado viento. Daba la impresión de que disponía de todo lo que pudiera desear, y precisamente lo que me sorprendía era que no parecía haber nada que deseara mientras estaba sentada al lado del rey.

Mientras surcábamos las aguas del río, la gente que encontrábamos en las orillas se paraba y hacía reverencias al ver el estandarte, o lanzaba sus bendiciones para el rey. Él asentía, agradecido, pero sin perder la compostura, más tieso que un árbol.

Yo ya sabía que no todos los soberanos son guapos, pero Jameson lo era. Cuidaba mucho su aspecto, procurando tener siempre el oscuro cabello bien corto y su bronceada piel suave. Iba a la moda sin resultar frívolo, pero le gustaba lucir sus posesiones. Que hubiera decidido sacar a pasear los barcos apenas iniciada la primavera era una clara demostración de ello.

Y aquello me gustaba, aunque solo fuera porque me permitía sentarme allí a su lado y sentirme como una princesa.

En la orilla del río, cerca del lugar en que acababa de construirse un puente, había una estatua erosionada por las inclemencias del tiempo, que proyectaba su sombra por la ladera y hasta las aguas de color azul verdoso. Tal como dictaba la tradición, los caballeros de los barcos se pusieron en pie, mientras las damas bajaban la cabeza en señal de respeto. Había volúmenes enteros sobre las andanzas de la reina Albrade, que había cabalgado por el campo combatiendo contra los isoltanos mientras su marido, el rey Shane, estaba en Mooreland por asuntos de estado. A su retorno, el rey hizo que se erigieran siete estatuas de su esposa por toda Coroa, y cada mes de agosto todas las damas de la corte representaban unas danzas con espadas de madera para recordar la victoria de su reina.

De hecho, las reinas de la historia coroana habían dejado un recuerdo más profundo que los reyes, y la reina Albrade no era la que suscitaba mayor veneración. Estaba la reina Honovi, que había recorrido los extremos del país, trazando las fronteras y bendiciendo con un beso los árboles y rocas que usó como demarcadores. Aún ahora, la gente buscaba aquellas piedras colocadas por la propia reina y las besaba para tener suerte. La reina Lahja era famosa por haberse ocupado de los niños coroanos en plena peste de Isolte, llamada así porque las

19

personas que la contraían y morían se ponían azules como la bandera de Isolte. La valerosa reina recorrió la ciudad personalmente en busca de los pequeños supervivientes y les buscó familias de acogida.

También la reina Ramira, la madre de Jameson, era conocida en todo el país por su buen corazón. Era, quizás, el extremo opuesto a su marido, el rey Marcellus. Mientras él era de los que golpeaban antes de preguntar, a ella se la conocía por buscar siempre la paz. Yo había oído hablar al menos de tres posibles guerras que ella había conseguido detener con su buen juicio. Los jóvenes de Coroa le tenían que estar muy agradecidos. Igual que sus madres.

La labor de las reinas de Coroa había dejado huella en todo el continente, lo cual probablemente aumentara el atractivo de Jameson. No solo era guapo y rico, no solo te podía convertir en reina…, podía hacer de ti una leyenda.

20 —Me encanta estar en el agua —comentó Jameson, devolviéndome a la realidad y a la belleza de aquel momento—. Posiblemente, una de las cosas que más me gustaban cuando era niño era navegar hasta Sabino con mi padre.

—Recuerdo que vuestro padre era un marinero excelente —señaló Delia Grace, colándose en la conversación.

Jameson asintió con entusiasmo.

—Era uno de sus muchos talentos. A veces pienso que he heredado más rasgos de mi madre que de él, pero lo de navegar se me ha quedado. También su pasión por los viajes. ¿Y tú, lady Hollis? ¿Te gusta viajar?

Me encogí de hombros.

—La verdad es que nunca he tenido ocasión. He pasado toda mi vida entre el castillo de Keresken y el palacio de Varinger. Pero siempre he querido visitar Eradore. —Suspiré—. Me encanta el mar, y me han dicho que aquellas playas son preciosas.

—Sí que lo son —dijo él. Sonrió y apartó la mirada—. He

oído que ahora está en boga que las parejas hagan un viaje juntos cuando se casan. —Sus ojos encontraron los míos una vez más—. Deberías asegurarte de que tu marido te lleva a Eradore. Estarías radiante en esas playas blancas.

Apartó la mirada de nuevo y picó unas moras, como si hablar de maridos, de viajes y de estar solo no significara nada. Yo miré a Delia Grace, que me devolvió la mirada, atónita. Sabía que cuando estuviéramos solas analizaríamos cada detalle de aquel momento para deducir qué había querido decir exactamente.

¿Intentaba decirme que pensaba que debía casarme? ¿O estaba sugiriendo que debía casarme… con él?

Aquellas eran las preguntas que me bailaban en la mente cuando levanté la cabeza y miré algo más allá. Nora estaba ahí, con su gesto agrio, observando con las otras chicas de la corte que habían quedado desplazadas. Cuando miré, vi varios pares de ojos puestos no en la belleza del día, sino en mí. No obstante, los únicos que parecían enfadados eran los de Nora.

Cogí una grosella y se la tiré: le di de lleno en el pecho. Cecily y Anna Sophia se rieron, pero Nora abrió la boca desmesuradamente, atónita. Sin embargo, reaccionó: cogió algo de fruta ella también y me la tiró, adoptando un gesto casi alegre. Yo solté una risita, cogí más e inicié una especie de guerra.

—Hollis, ¿qué demonios estás haciendo? —dijo mi madre desde su barco, elevando la voz lo mínimo necesario para imponerse al ruido de los remos al golpear el agua.

La miré y respondí, muy seria:

—Defender mi honor, por supuesto.

Vi que Jameson contenía una risita y me giré de nuevo hacia Nora.

Se desencadenó un intercambio de risas y bayas en ambas direcciones. Fue lo más divertido que había hecho en mucho tiempo, hasta que me incliné demasiado en un lanzamiento y acabé perdiendo el equilibrio y cayendo al agua.

21

Oí los gritos y las exclamaciones de asombro de la gente a mi alrededor, pero conseguí coger aire y salí del agua sin toser ni atragantarme.

—¡Hollis! —exclamó Jameson, tendiéndome un brazo. Me agarré y él me izó y me devolvió a la barca en cuestión de segundos—. Mi dulce Hollis, ¿estás bien? ¿Te has hecho daño?

—No —balbucí, empapada y tiritando—. Pero parece que he perdido los zapatos.

Jameson bajó la vista, me miró los pies enfundados en medias y se echó a reír.

—Bueno, eso tendremos que arreglarlo, ¿no te parece?

Hubo una carcajada general ahora que estaba claro que no me había pasado nada. Jameson se quitó el abrigo para envolverme con él y darme calor.

—Volvamos a la orilla, pues —ordenó, sin dejar de sonreír.

Me envolvió en su abrazo, mirándome intensamente a los ojos. En aquel momento sentí (sin zapatos, con el cabello desgreñado y empapada) que me encontraba irresistible. Y, sin embargo, con mis padres justo detrás de él, con una docena de severos lores pululando por los alrededores, tuvo que conformarse con posar un tierno beso en mi aterida frente.

Aquel beso bastó para hacer revolotear mariposas en mi estómago. Me pregunté si cada momento con él sería así. No veía la hora de que me besara, cada vez que teníamos un momento de intimidad esperaba a que me agarrara y me acercara a él. Sin embargo, eso nunca había sucedido. Sabía que había besado a Hannah y a Myra, pero si había besado a alguna de las otras, ellas no lo decían. Me pregunté si el hecho de que no me besara sería una buena o una mala señal.

—¿Puedes aguantarte de pie? —preguntó Delia Grace, haciéndome despertar de mi ensoñación y ayudándome a bajar al atracadero.

—El vestido pesa mucho más cuando está empapado —admití.

—¡Oh, Hollis, lo siento mucho! ¡No quería hacerte caer! —exclamó Nora cuando hubo bajado de su barca.

—¡Tonterías! Fue culpa mía, y he aprendido una valiosa lección. A partir de ahora solo disfrutaré del río desde mi ventana —respondí, guiñándole el ojo.

Ella se rio, casi sin querer.

—¿Estás segura de que estás bien?

—Sí. Puede que mañana tenga un resfriado, pero, aparte de la cantidad de agua que llevo encima, estoy perfectamente. Sin rencores. Te lo prometo.

Ella sonrió, y pareció que lo hacía de corazón.

—Déjame que te ayude —se ofreció.

—Ya me encargo yo —replicó Delia Grace.

La sonrisa de Nora desapareció al instante y su expresión de satisfacción se transformó en un gesto de irritación inimaginable.

—Sí, estoy segura de que lo harás. En vista de que nunca has tenido la mínima posibilidad de que Jameson se fije en ti, sostenerle la falda a Hollis es lo máximo a lo que puede aspirar una chica como tú —dijo. Levantó una ceja y dio media vuelta—. Yo, en tu lugar, la agarraría fuerte.

Abrí la boca para decirle a Nora que, si Delia Grace se encontraba en aquella situación, no había sido en ningún caso por culpa suya. Pero me encontré una mano en el pecho, frenándome.

—Jameson se enterará —dijo Delia Grace entre dientes—. Vámonos.

El dolor era palpable en su voz, pero tenía razón. Los hombres combatían a campo abierto; las mujeres lo hacían detrás de sus abanicos. La agarré con fuerza mientras volvíamos al castillo. Tras tantos reproches en una sola tarde, temía que al día siguiente se retirara y se aislara de todo. Ya lo había hecho muchas veces cuando éramos pequeñas, y sabía que no estaba en disposición de aguantar ni una palabra más.

23

Pero la mañana siguiente la tenía en mi habitación, haciéndome otro complicado peinado sin decir palabra. Fue en ese momento cuando llamaron a la puerta. Ella abrió, y nos encontramos con un ejército de doncellas que traían un ramo tras otro de las primeras flores de la primavera.

—¿De qué va esto exactamente? —preguntó Delia Grace, haciéndolas pasar para que dejaran las flores en cualquier sitio que encontraran.

Una doncella me hizo una reverencia y me entregó una nota doblada en dos. Yo sonreí por dentro y la leí en voz alta: «Por si te has resfriado y no te ves con ánimo de salir hoy a contemplar la naturaleza, he pensado que era mejor que la naturaleza fuera hasta su reina».

Delia Grace abrió los ojos como platos.

—«¿Su reina?»

Asentí, con el corazón disparado.

—Búscame el vestido dorado, por favor. Creo que se merece que le dé las gracias.

3

*R*ecorrí el pasillo con la cabeza bien alta, con Delia Grace justo detrás, junto a mi hombro derecho. Me crucé con las miradas de otras cortesanas, les sonreí y asentí a modo de saludo. La mayoría de ellas no me hicieron ni caso, lo cual no era de extrañar. Era consciente de lo que pensaban: que no valía la pena encariñarse demasiado con la última aventura del rey.

Sin embargo, cuando llegamos al vestíbulo del Gran Salón, oí algo que me puso en alerta:

—Esa es la chica de la que te hablaba —susurró una mujer a su amiga, lo suficientemente alto como para que la oyera, y en un tono que dejaba claro que aquello no era ningún cumplido.

Me quedé helada y miré a Delia Grace, que frunció el ceño, señal inequívoca de que ella también lo había oído y que no sabía cómo interpretarlo. Siempre cabía la posibilidad de que estuvieran hablando de ella. De sus padres, de su padre. Pero los cotilleos sobre Delia Grace ya no eran ninguna novedad, y normalmente eran obra de jovencitas que buscaban a alguien con quien meterse; todos los demás buscaban historias nuevas, más emocionantes.

Por ejemplo, las relacionadas con la última conquista del rey Jameson.

—Respira hondo —dijo Delia Grace—. El rey querrá ver que estás bien.

Me llevé la mano a la flor que me había puesto detrás de la oreja para asegurarme de que seguía en su sitio. Me alisé la falda y seguí adelante. Tenía razón, por supuesto. Era la misma estrategia que ella llevaba usando muchos años.

Sin embargo, cuando entramos en el Gran Salón, vi que las miradas eran claramente de desaprobación. Intenté que no se reflejara en mi rostro, pero por dentro estaba temblando de miedo.

Junto a la pared vi a un hombre de pie, con los brazos cruzados, que meneaba la cabeza.

—Sería una vergüenza para todo el país —murmuró alguien al pasar a mi lado.

Por el rabillo del ojo vi a Nora. Contraviniendo todo lo que sentía hasta el día anterior, me acerqué a ella, con Delia Grace siguiéndome como una sombra.

—Buenos días, lady Nora. No sé si te habrás dado cuenta, pero hoy en la corte hay algunas personas que están… —dije, pero no encontré la palabra para acabar la frase.

—Sí —respondió ella, sin alterarse—. Parece que alguien de los presentes en nuestra excursión ha contado la historia de nuestra batallita. No parece que nadie esté molesto conmigo, pero, claro, yo no soy la favorita del rey.

Tragué saliva.

—Pero su majestad ha ido pasando de dama en dama todo el año como si nada. No es de esperar que desee mi compañía mucho más tiempo. ¿Cuál es el problema?

Ella hizo una mueca.

—Te acompañó desde palacio. Dejó que te sentaras bajo la bandera. Por insustancial que te pueda parecer, es algo que no había hecho nunca en sus relaciones con otras mujeres.

«Oh.»

—Son los lores, ¿no? —preguntó Delia Grace—. ¿Los del Consejo?

Nora asintió enseguida. Esa había sido la primera interacción civilizada que habían tenido desde que las conocía.

26

—¿Qué significa? —pregunté—. ¿Y por qué iba a importarle al rey lo que pensara nadie?

Delia Grace, que siempre se había aplicado más que yo en el estudio del gobierno y del protocolo, hizo un gesto de hastío:

—Los lores gobiernan los condados en nombre del rey. Él depende de ellos.

—Si el rey quiere mantener la paz en los territorios exteriores y recaudar los impuestos sin problemas, necesita que sean los lores del Consejo los que se ocupen —añadió Nora—. Si los lores no están contentos con cómo lleva las cosas, bueno…, digamos que pueden empezar a mostrarse perezosos a la hora de desempeñar sus tareas.

Ah. Así que el rey podía perder tanto en ingresos como en seguridad si cometía el error infantil de relacionarse con alguien que no gustara a los lores. Alguien como una chica que se cayó al río mientras libraba una batalla de frutas con otra, en presencia de la estatua erigida en honor de una de las más grandes reinas que había conocido el país.

Por una décima de segundo me sentí absolutamente humillada. Había sacado conclusiones precipitadas de las palabras de Jameson, de sus atenciones. Había creído realmente que tenía posibilidades de llegar a ser reina.

Pero entonces lo recordé: siempre había sabido que no sería reina.

Sí, sería divertido ser la dama más rica de toda Coroa, ver estatuas erigidas en mi honor…, pero eso no era realista, y estaba claro que no pasaría mucho tiempo antes de que Jameson se quedara prendado de otra sonrisa bonita. Lo mejor que podía hacer era disfrutar de las atenciones de Jameson mientras duraran.

Le cogí la mano a Nora y la miré a los ojos.

—Gracias. Tanto por la diversión de ayer como por tu honestidad de hoy. Te debo un favor.

Ella sonrió.

27

—Dentro de unas semanas será el Día de la Coronación. Si el rey y tú seguís juntos, supongo que tendrás que preparar un baile para él. Si lo haces, espero que cuentes conmigo.

Muchas jóvenes preparaban danzas para el Día de la Coronación, esperando ganarse el favor del rey. Supuse que, si Jameson aún seguía teniendo interés en mí, esperaría que yo también tuviera una danza preparada. Por lo que recordaba, Nora era una bailarina muy elegante.

—Necesitaré contar con toda la ayuda posible. Por supuesto que cuento contigo.

Le hice un gesto a Delia Grace para que me siguiera:

—Ven. Tengo que ir a darle las gracias al rey.

—¿Estás loca? —me susurró, escandalizada—. No será verdad que vas a dejarla bailar con nosotras, ¿no?

Me giré, incrédula.

—Acaba de demostrarme una gran consideración. Y ha sido más que educada contigo. No es más que una danza, y a ella se le da muy bien. Nos hará quedar mejor.

—Desde luego sus acciones de hoy no compensan las del pasado —insistió Delia Grace.

—Nos hacemos mayores —rebatí yo—. Las cosas cambian.

Su rostro dejaba claro que aquella respuesta no la tranquilizaba en absoluto, pero permaneció en silencio mientras nos abríamos paso por entre aquel mar de personas.

El rey Jameson estaba en la tarima de piedra, al fondo del Gran Salón. Era un espacio muy amplio, con suficiente espacio como para toda una familia real, pero ahora solo había en ella un único trono con dos pequeñas butacas a los lados, para los invitados más distinguidos.

El Gran Salón se usaba para todo tipo de cosas: para recibir a invitados, para bailes e incluso como comedor, cada noche. En la pared este había una escalinata que llevaba a la galería de los músicos, junto a unas altas ventanas que dejaban entrar una gran cantidad de luz. Pero era la pared oeste la que me llamaba la atención cada vez que entraba en la sala, con sus seis grandes vitrales emplomados, que cubrían toda la anchura de la pared y que, partiendo de la altura de mi cintura, llegaban hasta el techo. Representaban escenas de la historia coroana con unas imágenes gloriosas, y llenaban la sala de luz y de color.

Había un vitral que representaba la coronación de Estus, y otro que mostraba a mujeres danzando en un campo. Uno de los paneles originales había quedado destruido en una guerra, y había sido sustituido con una escena que mostraba al rey Telau arrodillándose ante la reina Thenelope. De los seis, quizás aquel fuera mi favorito. No tenía muy claro el papel que había desempeñado la reina Thenelope en nuestra historia, pero era lo suficientemente importante como para haber acabado inmortalizada en la sala donde tenían lugar los eventos más importantes del palacio, y eso, por sí solo, ya era impresionante.

Las enormes mesas se introducían y se sacaban del salón para cada cena, el público variaba según las temporadas, pero los vitrales y la tarima siempre estaban ahí. Dejé de mirar a los reyes del pasado y me fijé en el que estaba en el trono. Vi cómo discutía animadamente con uno de sus lores, pero cuando el color dorado de mi vestido llamó su atención, se giró un segundo. Luego, al darse cuenta de que era yo, se quitó de encima enseguida al lord que tenía delante. Hice una reverencia y me acerqué al trono, donde me recibieron unas manos cálidas.

—Mi lady Hollis —dijo, meneando la cabeza—. Eres como el sol naciente. Espléndida.

Al oír aquellas palabras, toda mi determinación se desvaneció. ¿Cómo podía estar segura de que no significaba nada para él cuando me miraba de aquel modo? Yo no le había estado observando de cerca cuando estaba con las otras; en aquel momento, no pensé que fuera importante. Pero aquello tenía pinta de ser algo muy especial: el modo en que me acariciaba la mano pasando el pulgar por arriba y abajo, como si con un pequeño trozo de piel no le bastara.

—Majestad, sois demasiado generoso —respondí por fin, bajando la cabeza—, no solo con vuestras palabras, sino con vuestros regalos. Quería daros las gracias por el jardín entero que me habéis enviado a la habitación —dije, intencionadamente, lo que hizo que el rey sonriera con ganas—. Y quería que supierais que estaba bien.

—Excelente. Entonces tienes que sentarte a mi lado en la cena de hoy.

El corazón me dio un vuelco.

—¿Majestad?

—Y tus padres también, por supuesto. No me iría mal cambiar de compañía por una vez.

—Como deseéis —respondí, haciendo otra reverencia.

Vi que había otras personas que reclamaban su atención, así que me retiré enseguida, casi mareada. Me agarré a la mano de Delia Grace, buscando su apoyo.

—Van a ponerte junto al rey, Hollis —murmuró ella.

—Sí. —Aquella idea me había dejado sin aliento, como si hubiera cruzado el jardín corriendo.

—Y a tus padres también. Eso no lo ha hecho nunca.

—Lo sé —dije, agarrándole la mano aún con más fuerza—. ¿Debería…, debería ir a decírselo?

Miré a Delia Grace a los ojos, aquellos ojos que lo veían todo, que sabían leer mi emoción y mi miedo, que se daban cuenta de que yo misma no entendía lo que estaba sucediendo.

Aquellos mismos ojos brillaron cuando respondió, socarrona:

—Yo creo que una dama de tu importancia puede limitarse a mandar que les envíen una carta.

Salimos de la sala riendo, sin importarnos si alguien miraba o hacía comentarios. Yo seguía sin estar muy segura de las intenciones de Jameson, y sabía que a la gente de la corte no le hacía especial ilusión mi presencia, pero ahora mismo todo aquello no importaba. Esa noche cenaría junto a un rey. Y eso era algo que había que celebrar.

ϒ

Delia Grace y yo nos sentamos en mi habitación, cumpliendo con nuestra hora de lectura, para la que ella insistía en que teníamos que encontrar tiempo cada día. Delia Grace tenía intereses muy variados: historia, mitología y los grandes filósofos del momento. Yo prefería las novelas. Normalmente me veía transportada a los lugares de ensueño retratados en las páginas del libro, pero en ese momento estaba demasiado tensa. Escuchaba, miraba hacia la puerta cada pocos minutos, esperando que llegaran.

Y precisamente en el momento en que por fin di con un fragmento interesante del libro, las puertas se abrieron de par en par.

—¿Es una broma? —preguntó mi padre, no enfadado, sino más bien sorprendido y esperanzado.

Yo negué con la cabeza.

—No, señor. El rey nos ha invitado esta misma mañana. He pensado que estaríais tan ocupados que lo mejor era mandaros una carta.

Crucé una mirada conspiratoria con Delia Grace, que fingió seguir inmersa en la lectura.

Mi madre tragó saliva; no podía estarse quieta en un sitio.

—¿Todos vamos a sentarnos a la mesa del rey?

Asentí.

—Sí, señora. Tú, padre y yo. Y necesitaré a Delia Grace a mi lado, así que he pensado que su madre también se una al grupo.

Al oír aquello, el movimiento nervioso de mi madre cesó. Mi padre cerró los ojos, y en aquella reacción reconocí el gesto que tantas veces le había visto, cuando quería pensar bien lo que iba a decir antes de decirlo.

—Quizá preferirías contar únicamente con la compañía de tu familia en una ocasión tan significativa.

31

Sonreí.

—En la mesa del rey hay espacio para todos y para mucha más gente. No creo que eso importe mucho.

Mi madre me miró, molesta.

—Delia Grace, ¿te importaría dejarnos hablar un momento con nuestra hija?

Delia Grace y yo intercambiamos una mirada de hastío, y ella cerró su libro, lo dejó sobre la mesa y salió.

—¡Madre, de verdad…!

Ella hizo un movimiento rápido, acercándose a la butaca donde yo estaba sentada.

—Esto no es un juego, Hollis. Esa chica lleva una lacra, y no debería acompañarte a todas partes. Al principio nos pareció algo tierno, un acto de caridad, pero ahora… tienes que cortar esos lazos.

Me quedé boquiabierta.

—¡Por supuesto que no lo haré! Es mi mejor amiga en la corte, y siempre lo ha sido.

—¡Es una bastarda! —exclamó mi madre, susurrando.

Tragué saliva.

—Eso es un rumor. Su madre ha jurado que le fue fiel a su padre. Lord Domnall lanzó esa acusación (ocho años después, nada menos) únicamente para conseguir el divorcio.

—¡En cualquier caso, un divorcio ya es motivo suficiente como para alejarse de ella! —replicó mi madre.

—¡Eso no es culpa suya!

—Tienes toda la razón, querida —añadió mi padre, sin hacerme ni caso—. Si la sangre de su madre no es suficiente motivo, la de su padre sí lo es. Divorciado. —Meneó la cabeza—. Y que se fugara…, sobre todo así, de pronto.

Suspiré. Coroa era un país de leyes. Muchas de ellas tenían que ver con la familia y el matrimonio. Ser infiel a tu cónyuge significaba que te convertías, como poco, en un marginado. Y en el peor de los casos, podría significar un viaje a la torre. El divorcio era algo tan infrecuente que yo realmente no lo había visto nunca con mis propios ojos. Pero Delia Grace sí.

Su padre afirmaba que su esposa, antes lady Clara Domnall, había tenido una aventura amorosa fruto de la cual había nacido su única hija, Delia Grace. Basándose en aquello, había solicitado el divorcio, y le había sido concedido. Pero a los tres meses había huido con otra dama, con lo que los títulos que Delia Grace debía heredar pasaban a esa otra mujer, y posteriormente a los hijos que pudieran tener. Por supuesto, ¿de qué servían los títulos, con esa reputación? Fugarse significaba reconocer una situación de desaprobación generalizada y se consideraba el último recurso; de hecho, algunas parejas decidían separarse en lugar de llegar a esa solución tan desesperada.

Lady Clara, que seguía siendo dama por derecho propio, había reclamado su nombre de soltera, y se había llevado a su hija a la corte para que pudiera crecer en un ambiente noble. Sin embargo, lo único que había conseguido era vivir un tormento sin fin.

A mí toda aquella historia siempre me había parecido cuestionable. Si lord Domnall sospechaba que su esposa le había sido infiel y que Delia Grace no era hija suya, ¿por qué había esperado ocho años para sacar el tema? Nunca había podido demostrar su acusación, pero, aun así, le habían concedido el divorcio. Delia Grace decía que debía de haberse enamorado perdidamente de la mujer con la que se había fugado. Una vez intenté convencerla de que todo eso eran tonterías, pero ella me dijo que no: «No. Debía de quererla más que a mi madre y a mí juntas. ¿Por qué iba a irse con alguien que le importara menos?». Y lo hizo con una determinación en los ojos ante la que yo no podía discutir, así que no volví a sacar el tema.

No necesitaba hacerlo. Ya se ocupaba de eso la mitad de la gente del palacio. Y si no expresaban su desaprobación a cara descubierta, al menos se notaba que lo pensaban. Mis padres eran un claro ejemplo de eso.

33

—Estáis yendo demasiado deprisa —insistí—. El rey ha sido muy generoso invitándonos a cenar, pero eso no significa que vaya a suceder nada. Y aunque pasara, después de todo este tiempo, ¿no se merece estar a mi lado Delia Grace, que siempre ha sido un modelo de perfección en la corte?

Mi padre suspiró.

—La gente ya ha sacado conclusiones de vuestras correrías en el río. ¿Es que quieres darles más munición?

Dejé caer las manos sobre el regazo, resignada. Era inútil discutir con mis padres. ¿Qué posibilidades tenía de ganar una discusión? Lo más que me había acercado era cuando Delia Grace estaba a mi lado.

¡Eso era!

Suspiré, levanté la mirada y vi la determinación en el rostro de mis padres.

—Entiendo vuestra preocupación, pero quizá nuestros deseos no sean los únicos que entren en juego en este caso.

—Yo no tengo por qué hacer caso a esa jovencita escandalosa —espetó mi madre.

—No. Me refiero al rey.

Al oír eso se quedaron mudos, hasta que mi padre se atrevió a abrir la boca:

—Explícate.

—Solo quiero decir que su majestad parece bastante prendado de mí, y en parte lo que hace que resulte tan atractiva para él es la compañía de Delia Grace. Es más, Jameson es mucho más compasivo que su padre y quizás entienda que la acoja bajo mi ala. Con vuestro permiso, me gustaría plantearle la cuestión a él.

Había elegido mis palabras cuidadosamente, había medido mi tono. No podían decir que me hubiera puesto llorica o caprichosa, y desde luego no estaban en posición de debatir la autoridad del rey.

—Muy bien —dijo mi padre—. ¿Por qué no se lo pregun-

tas esta noche? Pero ella no está invitada a cenar con nosotros. Esta vez no.

Asentí.

—Le escribiré una carta a Delia Grace ahora mismo para
que lo entienda. Excusadme —dije, manteniendo un gesto se-
reno mientras cogía papel de mi escritorio.

Ellos se fueron, desconcertados.

Cuando la puerta se cerró, me reí para mis adentros.

> Delia Grace:
>
> Lo siento mucho, pero mis padres se han puesto firmes con lo
> de la cena de hoy. ¡No te preocupes! Tengo un plan para que estés
> siempre a mi lado. Ven a verme esta noche, más tarde, y te lo expli-
> caré. ¡Ánimo, querida amiga!
>
> HOLLIS

De camino a la cena seguí siendo objeto de miradas críticas, pero me di cuenta de que en realidad me importaban poco.
¿Cómo había podido sobrevivir Delia Grace a esa presión? ¿Y
desde tan pequeña?

También observé que a mis padres no les importaban las
miradas. Al contrario, caminaban como si estuvieran mostrando en público a una yegua purasangre que hubieran acabado de
heredar, y eso no hacía sino llamar aún más la atención.

Nos acercamos a la mesa y mi madre se giró a mirarme,
como si quisiera comprobar una vez más que todo iba bien. Yo
llevaba el mismo vestido dorado, y ella me había dejado una de
sus tiaras, de modo que las piedras preciosas brillaban entre mi
cabello dorado.

—La verdad es que no se ve —dijo ella, observando la tiara—. No sé de dónde saliste tan rubia, pero desde luego con ese
color de pelo las joyas no se ven nada bien.

—Eso no puedo evitarlo —respondí.

Como si no lo supiera ya. Mi cabello era algo más claro que

el de la mayoría de la gente, y más de una persona me lo había hecho notar en el pasado.

—Seguro que es culpa de tu padre.

—Seguro que no —replicó él.

Yo tragué saliva, consciente de que la tensión del momento realmente les estaba afectando. En la familia seguíamos la norma de limitar cualquier disputa interna a la intimidad de nuestra casa. Ellos debieron de recordar aquello precisamente en aquel instante, porque se contuvieron y tragaron saliva justo en el momento en que nos acercábamos a la mesa principal.

—Majestad —le saludó mi padre, con una gran sonrisa falsa en el rostro.

Pero Jameson casi ni se dio cuenta de que estaban allí. Solo tenía ojos para mí.

Hice una reverencia, incapaz de apartar la mirada:

—Majestad.

—Lady Hollis. Lord y lady Brite. Parecéis estar de buen humor. Por favor, sentaos —dijo, extendiendo la mano e indicándonos con un gesto que nos acercáramos a su lado de la mesa.

La respiración se me aceleró al verme situada junto al rey, y casi me vinieron ganas de llorar cuando me besó la mano. Al girarme, vi el Gran Salón como no lo había visto nunca.

Desde la posición elevada que me ofrecía la tarima podía ver el rostro de todos, ver cómo se distribuían según sus diferentes rangos. Curiosamente, pese a que toda la atención recibida al entrar me había puesto incómoda, ver aquellas mismas miradas desde mi posición junto a Jameson me produjo un escalofrío de emoción. Desde allí arriba veía el pensamiento que traslucía tras todas aquellas miradas: «Ojalá fuera yo».

Tras unos momentos de silencio en los que no dejó de mirarme a los ojos, Jameson tomó aire y se giró hacia mi padre.

—Lord Brite, he oído que vuestra finca es una de las más bonitas de toda Coroa.

—Bueno, a mí me lo parece —respondió mi padre, hinchando el pecho—. Tenemos un magnífico jardín y buenos terrenos. De un árbol aún cuelga un columpio de madera que yo mismo usé en mi infancia. Cuando era niña, Hollis también trepaba por esas cuerdas —explicó, y luego hizo un gesto, como si se hubiera arrepentido de decir aquello—. Pero cuesta retroceder en el tiempo cuando Keresken es tan bonita. Especialmente en fiestas. El Día de la Coronación no es lo mismo en el campo.

—Supongo que no. De todos modos, me gustaría verlo algún día.

—Su majestad es bienvenido en cualquier momento —intervino mi madre, tocándole el brazo a mi padre.

Una visita real supondría mucha preparación y un gasto enorme, pero era una victoria para cualquier familia.

Jameson se giró hacia mí.

—Así que cuando eras niña trepabas por las cuerdas de tu columpio, ¿eh?

Yo sonreí, recordando aquel momento con cariño.

—Vi un nido y entonces deseé ser un pájaro. ¿No sería estupendo volar? Así que decidí que subiría hasta allí arriba y me instalaría con la madre de los pajarillos, a ver si me aceptaba en su familia.

—¿Y?

—En lugar de eso me llevé una buena regañina por romper el vestido.

El rey soltó una sonora carcajada que atrajo la atención de la mayor parte de la sala. Yo sentía el calor de mil ojos sobre mí, pero los únicos en los que podía pensar eran los suyos. Unas delicadas líneas de expresión surcaban las comisuras de sus ojos, que se iluminaron de alegría; era algo precioso.

Podía hacer reír a Jameson, y aquel era un talento que poseían muy pocas personas. Me asombró que una historia tan tonta le hiciera tanta gracia.

El hecho es que había trepado por las cuerdas de aquel columpio muchas veces, sin llegar nunca demasiado lejos, en par-

37

te porque tenía miedo a las alturas y en parte porque temía los reproches de mis padres. Pero recordaba aquel día en particular, los pajarillos con su madre, que se echaba a volar en busca de comida para sus pequeños. Parecía muy preocupada por ellos, dispuesta a hacer todo lo que fuera necesario. Más tarde no podría evitar preguntarme hasta qué punto llegaría mi desesperación para desear tener un ave como madre.

—¿Sabes lo que me gustaría, Hollis? Tener a alguien que nos siguiera y tomara nota de cada palabra que dices. Cada cumplido, cada anécdota. Eres de lo más apasionante, y no quiero olvidar ni un segundo de todo esto.

Volví a sonreír.

—Entonces vos también tenéis que contarme vuestras historias. Quiero saberlo todo —dije, apoyando la barbilla en la palma de la mano, esperando.

Jameson tensó los labios en una mueca traviesa.

—No te preocupes, Hollis. Muy pronto lo sabrás todo.

4

—¿*P*or qué no has venido a la cena? Podías haber asistido de todos modos —le pregunté a Delia Grace, al tiempo que la rodeaba con mis brazos.

Los pasillos del palacio estaban vacíos y eso hacía que nuestras voces resonaran aún más de lo habitual.

—Pensé que sería más fácil no asistir que estar ahí con mi madre y explicar por qué no estaba contigo en un acto por primera vez en diez años.

—Mis padres… —dije, con un gesto que dejaba claro que la entendía—, a veces creo que son tan estirados que ni siquiera quieren dejarse ver conmigo.

Ella soltó una risita.

—¿Te han ordenado que guardes las distancias, entonces?

Me crucé de brazos.

—Si lo hubieran hecho, no valdría de nada, después de haber visto a Jameson diciendo que deberías estar siempre conmigo.

—¿De verdad? —dijo, y se le iluminó el rostro.

Asentí.

—Después de que te fueras, mis padres me plantearon que debía apartarme de ti. ¡Como si pudiera encontrar una amiga mejor! Pero yo les recordé, muy tranquila, que sin ti yo no sabría qué hacer, y que, si eso le place al rey, debería ser suficiente para ellos. Así que, por supuesto, mi madre sacó el tema durante la cena, hablando de tu reputación, como si tú tuvieras algo que ver con todo eso.

—Claro, cómo no iba a hacerlo —dijo Delia Grace, poniendo los ojos en blanco.

—Pero ¡escucha, escucha! Jameson preguntó: «¿De verdad es tan buena amiga?». Y lo le dije: «Después de vos, la mejor, majestad». Y le miré, agitando las pestañas.

—A ese hombre le encanta que le hagan la pelota —observó ella, cruzándose de brazos.

—Pues sí. Y preguntó: «¿De verdad me consideras tu amigo, querida Hollis?». Y yo… (aún no me puedo creer que me atreviera a hacer esto delante de tantísima gente) le cogí la mano y se la besé.

—¡No! —exclamó ella, con un susurro emocionado.

—¡Sí! Y le dije: «No hay nadie más en este mundo que me muestre tanto respeto y tanto afecto como vos…, pero Delia Grace se acerca mucho». Él se me quedó mirando un segundo y, oh, Delia Grace, creo que, si hubiéramos estado solos, me habría besado. Luego dijo: «Si eso hace feliz a lady Hollis, Delia Grace debe seguir a su lado». Y así acabó la conversación.

—¡Oh, Hollis! —exclamó ella, rodeándome con sus brazos.

—Me gustará ver cómo le dan la vuelta a eso mis padres. ¡Que se chinchen!

—Estoy segura de que lo intentarán —dijo ella, meneando la cabeza—. Da la impresión de que el rey está dispuesto a concederte todo lo que le pidas.

—Ojalá pudiera saber con seguridad qué es lo que quiere —suspiré, bajando la mirada—. Pero, aunque lo supiera, no sé cómo ganarme a la gente, y es justo lo que tendría que hacer si quiero que los lores se muestren satisfechos con su elección.

Delia Grace frunció el ceño, pensativa.

—Vete a dormir. Mañana por la mañana pasaré por tu habitación. Ya encontraremos una solución.

Se le ocurriría un plan. ¿Cuándo no había tenido un plan Delia Grace? La abracé y la besé en la mejilla.

—Buenas noches.

La mañana siguiente, al despertarme, no me sentía nada descansada. Me había pasado toda la noche pensando, y lo único que me apetecía era hablar de cada uno de mis pensamientos y tirar de cada hilo hasta encontrar las respuestas ocultas al final de uno de ellos.

Aún no podía creerme que Jameson quisiera realmente convertirme en su reina. Pero cuanto más pensaba en si aquello era una posibilidad real, más emocionante me resultaba la idea. Si pudiera hacer algo para que la gente se sintiera cómoda conmigo, quizá conseguiría que también me quisieran a mí. La gente querría besar los lugares por donde yo hubiera pasado, como con la reina Honovi, o celebraría fiestas en mi honor, como con la reina Albrade. Salvo por la reina Thenelope, que era reina por línea de sangre, el resto de las reinas de Coroa habían sido chicas normales, como yo, procedentes de buenas familias, y todas habían sido acogidas y habían dejado huella en la historia... Quizá yo también pudiera hacerlo.

Delia Grace entró cargada con un puñado de libros. Yo aún seguía sentada en la cama, agarrándome las rodillas, pegadas al pecho.

—¿Tú crees que llegar a ser reina significa pasarse el día durmiendo? —bromeó.

Detecté el sarcasmo en sus palabras, pero decidí no replicar.

—No he dormido bien.

—Bueno, pues espero que estés dispuesta a trabajar de todos modos. Tenemos mucho que hacer.

Se dirigió al tocador e hizo una señal con la cabeza, indicándome que fuera hasta allí y me sentara.

—¿Hacer? ¿Por ejemplo?

41

Me acerqué y dejé que me agarrara el cabello, apartándomelo del rostro.

—Lo relacionado con las fiestas y el entretenimiento se te da mejor que a ninguna otra dama de la corte. Pero no dominas nada las relaciones internacionales, y, si quieres convencer a los lores del Consejo de que eres una buena opción, tienes que poder hablarles de política.

Tragué saliva.

—De acuerdo. ¿Y qué hacemos? Si tengo que sentarme y aguantar una lección con un viejo tutor cascarrabias, me muero.

Delia Grace me colocó las horquillas a toda prisa, recogiéndome la parte superior del cabello en un sencillo moño y dejando el resto suelto.

—Yo puedo ayudarte. Tengo unos cuantos libros, y lo que yo no tenga sin duda el rey nos lo podrá conseguir.

42   Asentí. Si realmente pretendía que fuera su novia, Jameson querría que contara con la máxima educación posible.

—E idiomas —añadió Delia Grace—. Tienes que aprender al menos uno más.

—¡Se me dan fatal los idiomas! ¿Cómo voy a...? —Suspiré—. Probablemente, tengas razón. Si alguna vez visitamos Catal, no quiero estar completamente perdida.

—¿Qué tal vas de geografía?

—Bastante bien. Déjame que me vista —dije, y eché una carrerita hasta el armario.

—¿Puedo sugerirte rojo Coroa?

—Bien pensado —respondí, apuntándola con un dedo.

Intenté pensar en otros detalles estratégicos que pudiéramos modificar para ganarme el favor de la gente, pero, tal como había señalado Delia Grace, se me daban mucho mejor las relaciones sociales que la planificación. En el momento en que me ajustaba el último cordón del vestido, alguien llamó a la puerta.

Hizo el nudo y fue a abrir mientras yo me miraba en el espejo, asegurándome de que todo estuviera perfecto antes de que se abriera la puerta.

Apareció lord Seema, con un gesto en la cara tal que parecía haberse comido un limón.

Hice una reverencia, con la esperanza de que no se me viera la sorpresa en el rostro.

—Milord. ¿A qué debo este honor?

Él movía los dedos nerviosamente sobre el papel que tenía en las manos.

—Lady Hollis. No me ha pasado inadvertido que en las últimas semanas habéis sido objeto de una atención especial por parte del rey.

—No estoy segura de eso —objeté—. Su majestad ha sido muy amable conmigo, pero eso es todo lo que sé.

Él paseó la mirada por la sala, como si deseara contar con algún otro caballero con el que compartir aquel momento. Al no encontrar a nadie de su gusto, prosiguió:

—No sé decir si os hacéis la cándida o si realmente no lo sabéis. En cualquier caso, es indudable que se ha fijado en vos, y esperaba que pudierais hacerme un favor.

Eché una mirada fugaz a Delia Grace, que levantó las cejas, como diciendo: «¡Venga, adelante!». Crucé las manos por delante del cuerpo, esperando parecer recatada y atenta. Si tenía que aprender sobre la política de la corte, aquella era una ocasión estupenda para empezar.

—No puedo prometerle nada, señor, pero dígame por qué ha venido.

Lord Seema desplegó los papeles que llevaba en la mano y me los entregó.

—Tal como sabéis, el condado de Upchurch está en el extremo más remoto de Coroa. Para llegar hasta allí, o a Royston, o a Bern, hay que tomar algunas de las carreteras más antiguas del país, las que hicieron nuestros ancestros mientras se abrían paso hacia los bosques y campos de los confines de nuestro territorio.

—Ya —dije, y lo cierto era que recordaba esa parte de la historia de Coroa.

—De modo que esas carreteras necesitan reparaciones urgentes. Yo tengo carruajes de la mayor calidad y, aun así, les cuesta recorrerlas. Podéis imaginar las dificultades que tienen los más pobres de mi comunidad cuando tienen que viajar a la capital por algún motivo.

—Lo imagino.

Tenía razón. Nosotros teníamos propiedades en Varinger Hall, y muchas familias que vivían en ellas y nos pagaban un alquiler en dinero y cosechas. Había visto sus viejos caballos y sus carros en mal estado, con los que sería todo un reto hasta cubrir la ruta desde nuestro condado, mucho más próximo, hasta el castillo. No podía imaginarme lo que sería hacerlo desde los puntos más remotos del país.

—¿Y qué es lo que queréis de mí, señor? —pregunté finalmente.

—Me gustaría que se hiciera un estudio de todas las carreteras de Coroa. He intentado mencionárselo a su majestad dos veces este año, y él no me ha hecho caso. Me preguntaba si vos podríais… animarle a que se lo tomara como algo prioritario.

Respiré hondo. ¿Cómo iba a hacer yo tal cosa?

Eché una mirada a los papeles, aunque no esperaba entender nada de lo que ponía en ellos, y se los devolví a lord Seema.

—Si consigo que el rey preste atención a este asunto, quiero pediros un favor a cambio.

—Me parece lógico —respondió, cruzándose de brazos.

—Si este proyecto avanza —le planteé—, espero que habléis bien de mí a cualquiera que mencione mi nombre. Si le habláis a alguno de los otros lores de este encuentro, ¿les diréis que os he atendido con la mayor gentileza?

Sonrió.

—Milady, lo decís como si fuera a mentir. Tenéis mi palabra.

—Entonces haré todo lo que pueda para ayudaros en este proyecto, que me parece de lo más razonable.

Satisfecho, hizo una profunda reverencia y salió de la sala. En el momento en que se cerraba la puerta, Delia Grace explotó en una carcajada.

—Hollis, ¿te das cuenta de lo que significa esto?

—¿Que tengo que encontrar un modo para que el rey se preocupe por las viejas carreteras?

—¡No! Un lord del Consejo Real acaba de acudir a ti para pedirte ayuda. ¿Te das cuenta del poder que tienes ya?

Hice una pausa para asimilar aquello.

—¡Hollis! —añadió, con una gran sonrisa—. ¡Vas por el buen camino!

45

Esta vez, cuando entré en el Gran Salón para la cena y Jameson me hizo un gesto para que me acercara a la mesa principal, Delia Grace vino conmigo. Mis padres ya estaban sentados, a la izquierda del rey, charlando animadamente, así que tenía algo de tiempo para pensar en cómo sacar a colación el asunto de la reparación de las carreteras.

—¿Cómo voy a hacer esto? —le pregunté a Delia Grace en voz baja.

—Nadie ha dicho que tengas que hacerlo hoy mismo. Date tiempo para pensar en ello.

No sabía cómo explicarle que aquello para mí era algo más que conseguir el apoyo de lord Seema. Quería que Jameson me viera como una persona seria. Quería que supiera que podía ser su compañera, que tenía cabeza para tomar decisiones importantes. Si lo conseguía…, quizás eso allanara el camino hacia el compromiso.

Mientras Delia Grace y yo escuchábamos a mis padres

que hablaban de la tiara favorita de mamá, que había perdido el Día de la Coronación del año anterior, y a ella diciendo que esperaba que la culpable se presentara con ella puesta para poder recuperarla, pensé en lo desenfadada que había sido nuestra conversación la noche anterior. ¿Cómo lo habría hecho entonces para introducir una idea? Se me ocurrió algo, y esperé hasta que mi madre acabó con su incesante parloteo y dejó respirar por fin al rey.

—He pensado una cosa —dije, con tono suave—. ¿Recordáis aquel viejo columpio de Varinger Hall?

Jameson sonrió.

—Sí. ¿Qué le pasa?

—Se me ha ocurrido que me encantaría volver a subirme en él, y que las manos más fuertes de todo Coroa me empujaran. Quizás así por fin consiguiera convertirme en pájaro —bromeé.

—Eso suena encantador.

—Hay muchos lugares de Coroa que me gustaría ver con vos —añadí.

Él asintió, convencido.

—¡Y deberías! Cada vez tengo más claro que deberías tener un profundo conocimiento de la historia de Coroa.

Aquello lo sumé a la lista mental de cosas que me había dicho el rey y que me hacía pensar que podía desear verme convertida en reina.

—He oído que las montañas del norte son tan bonitas que al verlas los ojos se te llenan de lágrimas.

Jameson asintió.

—Si vieras cómo se posa la bruma sobre ellas…, es como si fueran de otro mundo.

Sonreí distraídamente.

—Me encantaría verlas. Quizás estaría bien hacer un recorrido por el país, dejar que vuestro pueblo os viera. Hacer gala de vuestras posesiones.

Él se acercó y se enroscó un mechón de mi cabello alrededor del dedo.

—Sí que tengo cosas bonitas, pero hay especialmente una joya que no veo la hora de lucir.

Tic.

Bajé la voz hasta convertirla en un suspiro:

—Yo iría a cualquier lugar con vos, majestad. Aunque… —Miré más allá, hacia donde estaba mi padre—. Padre, ¿no tuviste problemas por la carretera la última vez que fuiste hasta Bern?

Después de tragar la enorme cucharada de comida que se había metido en la boca, respondió:

—Se me rompió una rueda. Esas carreteras son muy complicadas.

—¿Ah, sí? —preguntó Jameson.

Mi padre asintió con gravedad, como si todo lo que pudiera decirle al rey fuera de la máxima importancia.

—Desgraciadamente así es, majestad. No hay suficiente mantenimiento. Estoy seguro de que habrá muchas otras en ese mismo mal estado.

—Bueno, pues entonces no podemos hacerlo —dije yo—. No querría que su majestad se lastimara. Quizás en otra ocasión.

Jameson me hizo un gesto con los dedos para que me acercara.

—¿Quién fue…? ¡Ah! ¡Lord Seema! —dijo, elevando la voz.

Entre la multitud, lord Seema levantó la cabeza, fue corriendo ante el rey e hizo una reverencia.

Yo me senté muy erguida, escuchando.

—¿Fuisteis vos quien me dijo algo sobre las carreteras de Upchurch?

Lord Seema parpadeó, mirándonos alternativamente a Jameson y a mí.

—Sí, majestad. Están en un estado de abandono considerable.

47

Jameson meneó la cabeza.

—Estaba pensando en llevarme a los Brite de viaje, pero no puedo hacerlo si corro el riesgo de que esta maravillosa señorita se quede tirada en la carretera.

—No, majestad. Con vuestro permiso, podría crear una comisión y hacer que salieran a examinar las carreteras. Después podría elaborar un presupuesto realista, si os parece. Tengo un especial interés en que todos los ciudadanos de Coroa puedan moverse por el reino con facilidad cuando lo deseen, y será un placer para mí supervisar la actuación personalmente.

—Concedido —respondió Jameson enseguida—. Espero informes.

Lord Seema se quedó de piedra.

—Sí. Sí, por supuesto —balbució, mientras se alejaba, con la boca aún entreabierta.

—¡Qué bien! —exclamé—. Por fin podré ver nuestro gran país al completo.

Jameson me besó la mano.

—Todo Coroa. Y todo el continente, si lo deseas.

Tic.

Me recosté en mi silla y eché una mirada a Delia Grace, que levantó la copa, con una sonrisa tensa.

—Impresionante.

—Gracias.

Miré hacia los presentes y encontré a lord Seema, que inclinó la cabeza en un gesto de reconocimiento. Yo respondí con el mismo gesto. Quizás, a fin de cuentas, sí podría hacerlo.

5

$\mathcal{A}$ los pocos días, mi mundo había cambiado por completo. Jameson seguía enviándome flores y regalos a la habitación cada vez que veía algo que le parecía que me gustaría, pero ahora los nobles también me enviaban regalos. Con todas esas nuevas joyas a mi disposición, me sentía radiante como el sol, tal como decía Jameson. Se me asignaron dos camareras y, cuando caminaba por el palacio, la gente me sonreía al pasar, aunque a veces fuera de un modo algo forzado. Yo no sabía si aquello se lo debía a lord Seema, o si era que por fin estaban dando fruto mis intentos por mostrarme todo lo digna y encantadora posible mientras estaba con Jameson, pero desde luego no me importaba nada ser el centro de tanta atención. Pensaba que nada podría ser más emocionante que conquistar el corazón de un rey, pero me equivocaba. Era mucho más divertido ganarse el corazón de una enorme cantidad de gente a la vez.

Aún pensaba en eso cuando entré en el Gran Salón con Delia Grace al lado, saludando con elegancia a los cortesanos y deseándoles buenos días. Jameson parecía tener una sensibilidad especial para saber cuando yo entraba en cualquier estancia, y me dedicaba toda su atención cuando me acercaba. Ahora, cada vez que me acercaba a él, me recibía con un beso en la mejilla, a la vista de todos. Y, aunque observé más de una mirada de desaprobación cada vez que eso ocurría, me lo tomé más como un reto que como un motivo para la decepción.

—¿Has recibido mi carta? —preguntó.

—¿Queréis decir esa página de preciosa poesía que acababa pidiéndome que viniera a veros esta mañana? Pues sí, la he recibido.

Él chasqueó la lengua.

—Sacas de mi interior palabras que no sabía que existían —confesó, sin mostrar la más mínima vergüenza por hacer una declaración como aquella con tanta gente alrededor—. Dime, ¿está todo bien? ¿Tus nuevas doncellas? ¿Te gustan los nuevos vestidos?

Di un paso atrás para que pudiera ver uno de sus recientes regalos en todo su esplendor.

—Son los más bonitos que he tenido nunca. Y sí, mis doncellas me ayudan mucho, gracias. Como siempre, sois demasiado generoso.

Al oír eso levantó las cejas.

50

—Esos detalles te parecerán bagatelas cuando…

Se interrumpió al oír unos pasos acelerados, y yo me giré siguiendo su mirada. Un caballero anciano, uno de los muchos asesores de Jameson, entró corriendo y agachó la cabeza.

—Su majestad, perdonadme. Ha venido una familia del vecino país de Isolte buscando asilo. Vienen a presentar su caso.

Era costumbre en todos los reinos del continente pedir permiso al rey antes de asentarse en su territorio. Si se detectaba a alguna familia sin permiso real, bueno, les podía ir bien y se los sacaba de allí, sin más. Pero yo había tenido ocasión de ver lo que pasaba si les iba mal, cuando el padre de Jameson, Marcellus, ocupaba el trono.

Su majestad suspiró, aparentemente decepcionado por tener que interrumpir nuestra conversación.

—Muy bien, hacedles pasar. —De pronto, como si se le acabara de ocurrir una idea—. Lady Hollis, ¿os gustaría quedaros y asistir al procedimiento? —añadió, indicándome con un gesto el asiento que tenía al lado.

El caballero que estaba sentado en él, lord Mendel, nos miró a los dos, atónito.

—Majestad, yo…

Lord Seema, que estaba a su lado, le dio un empujoncito discreto en el brazo. Lord Mendel suspiró, pero se puso en pie, y nos hizo una reverencia al rey y a mí. Le di las gracias a lord Seema con un gesto de la cabeza y ocupé mi lugar.

Le lancé una mirada a Delia Grace, que lucía una sonrisita maliciosa por mí; seguro que ella sabía que acabaría así. Oí un murmullo de voces que planteaban objeciones a nuestro alrededor —sí, aún tenía que ganarme muchos más corazones—, pero centré toda mi atención en Jameson. Era la oportunidad de demostrar exactamente de qué era capaz. Podía mostrarme recatada e inteligente, si la situación lo requería.

Me senté todo lo recta que pude, bajando la barbilla y respirando despacio. Quería que todo el mundo me viera centrada, capaz. Quizás eso convenciera a Jameson para convertirme en su reina.

Un caballero de edad avanzada y su esposa entraron en la sala. Ella apoyaba elegantemente la mano sobre la de él. Les seguían sus cuatro hijos, tres chicos y una chica.

Todos los hijos tenían la piel clara y el cabello en diferentes tonos de rubio, mientras que el de los padres tendía ya hacia el gris. El chico más joven estaba tenso y le apretaba la mano a su hermana, que escrutaba la sala de un modo muy diferente, como si buscara algo con la mirada.

El padre hincó una rodilla en el suelo, se levantó y se presentó ante el rey. Aunque no nos hubieran dicho que eran de Isolte, habría resultado evidente. Allí hacía un viento espantoso en verano, y el invierno era mucho más largo que aquí. No me habría sorprendido oír que aún había nieve, pese a la fecha. Así que los isoltanos pasaban mucho más tiempo que nosotros bajo techo, y no tenían el rubor en las mejillas que se veía en todos los coroanos.

51

—Buenos días, señor —dijo Jameson, invitando al hombre a que hablara.

—Su majestad, os ruego que perdonéis nuestro pobre aspecto, pero hemos venido aquí directamente —dijo el padre, con tono humilde.

Yo no habría calificado su aspecto de pobre. Todos los miembros de la familia iban cubiertos de una cantidad exagerada de terciopelo…, ante lo cual tuve que apretar los labios para no soltar una risita. De verdad…, ¿quién había diseñado esas mangas? Me habría podido hacer un vestido con la tela sobrante de sus mangas. ¡Y aquellos sombreros! Desde luego, nunca entendería la moda de Isolte.

Lo cierto es que no entendía a la gente de Isolte. El adjetivo que más me venía a la mente al pensar en ellos era banal. Sí, había oído hablar de sus grandes descubrimientos en el campo de la astronomía y de la herboristería, y de que las medicinas descubiertas por sus médicos habían mejorado mucho la vida de su pueblo. Pero siendo generosos se podría decir que la música que hacían era sosa, sus bailes los copiaban de los nuestros y la mayoría de sus iniciativas artísticas eran variaciones sobre algo que habían visto en algún otro sitio. Su sentido de la moda parecía ser un intento por dominar una estética en la que nadie más estaba interesado. ¿Por qué iban a estarlo?

—Nos presentamos ante vos pidiéndoos compasión, para que permitáis que nos establezcamos en vuestro territorio y nos ofrezcáis la protección de nuestro rey —prosiguió el padre, con un tono de voz que dejaba entrever sus nervios.

—¿Y de dónde decís que venís, señor? —preguntó Jameson, aunque ya conocía la respuesta.

—De Isolte, majestad.

—¿Cuál es vuestro nombre, señor?

—Lord Dashiell Eastoffe, majestad.

Jameson hizo una pausa.

—Ese nombre me suena —murmuró, frunciendo el ceño,

pensativo. Cuando por fin recordó, miró a los visitantes con una expresión a medio camino entre la sospecha y la compasión—. Sí, ya me imagino por qué habéis decidido abandonar Isolte. Oh, Hollis —dijo, girándose hacia mí, con un brillo juguetón en los ojos—, ¿no se te ha ocurrido nunca dar gracias a los dioses por tenerme a mí por rey y no a ese gruñón del rey Quinten?

—Doy gracias a los dioses por teneros a vos de rey por encima de cualquier otro, majestad —respondí, pestañeando, aunque lo cierto era que daba las gracias al cielo de que fuera mi rey. Era más joven y más fuerte que cualquier otro monarca del continente, mucho más amable que su padre y mucho menos temperamental que otros soberanos de los que había oído hablar.

Él chasqueó la lengua.

—Si yo estuviera en vuestro lugar, señor, quizá también hubiera decidido huir. Últimamente, muchas familias han decidido emigrar a Coroa —dijo. De hecho, una de esas familias vivía en el castillo, aunque yo no los había visto nunca—. Me pregunto qué es lo que estará haciendo últimamente mi querido rey Quinten para infundir tal miedo en sus súbditos.

—También traemos un regalo para su majestad —dijo Lord Eastoffe, evitando responder a la pregunta.

Le hizo un gesto con la cabeza a su hijo mayor, y el joven dio un paso al frente, bajó la cabeza y le presentó un paquete largo envuelto en terciopelo.

Jameson bajó los escalones de la tarima, se acercó al joven y retiró la tela. Debajo había una espada de oro con la empuñadura cubierta de piedras preciosas. Cuando Jameson la levantó, la luz del sol de la primavera se reflejó en la hoja, cegándome por un momento.

Tras inspeccionar la espada, Jameson cogió un mechón de la larga melena del joven y lo cortó limpiamente con la hoja de su nuevo regalo. Levantó la espada de nuevo.

53

—Esto es impresionante, señor. Nunca he visto nada igual.

—Gracias, majestad —respondió lord Eastoffe—. Pero no puedo atribuirme el mérito. A mí me educaron como caballero, pero mi hijo se ha formado en este tipo de artesanía, con la que es capaz de ganarse el sustento, con o sin tierras.

Jameson miró al chico al que acababa de cortar un mechón de pelo.

—¿Tú has hecho esto?

El chico asintió, sin levantar la mirada.

—Tal como he dicho, impresionante.

—Majestad —prosiguió lord Eastoffe—, somos gente sencilla, sin grandes ambiciones, y nos hemos visto obligados a abandonar nuestras fincas a causa de las graves amenazas lanzadas contra nuestras tierras y nuestras vidas. Solo os pedimos que nos dejéis asentarnos aquí en paz, y juramos que nunca atacaremos a ningún coroano de nacimiento, y que seremos vuestros fieles súbditos.

Jameson se apartó del grupito con gesto pensativo y la mirada perdida, pero cuando posó sus ojos en mí enseguida pareció reaccionar y sonrió, aparentemente satisfecho con lo que se le había ocurrido:

—Lady Hollis, esta gente ha venido a mí buscando asilo. ¿Qué responderíais vos a su petición?

Sonreí y miré a la familia. Observé a los niños más pequeños y a su madre, y acabé fijando la mirada en el hijo mayor. Aún tenía la rodilla en el suelo y sostenía el envoltorio de terciopelo. Nuestras miradas se cruzaron.

Por un momento, el mundo se frenó en seco. Me perdí por completo en su mirada, sin poder apartar mis ojos de los suyos, que eran de un azul impresionante, un color rarísimo en Coroa y diferente a cualquier otro que hubiera visto. No era el tono del cielo o del agua. No sabría cómo definirlo. Y aquel azul me atrapaba, no podía liberarme de él.

—¿Hollis? —dijo Jameson.

—¿Sí? —Yo no podía apartar la mirada.

—¿Vos qué diríais?

—¡Oh! —Parpadeé, volviendo al presente—. Bueno, se han presentado con toda humildad y han demostrado que contribuirán a nuestra sociedad con su labor artesana. Y lo más importante es que han escogido el mejor reino para instalarse, ofreciendo su devoción al más grande de los reyes vivos que hay en el continente. Si fuera yo quien tuviera que decidir… —miré a Jameson—, les permitiría quedarse.

El rey Jameson sonrió. Daba la impresión de que había superado la prueba.

—Bueno, pues ahí lo tenéis —dijo a los isoltanos—. Podéis quedaros.

Los miembros de la familia Eastoffe se miraron entre sí y se abrazaron, embargados por la alegría. El joven me miró y asintió en reconocimiento, y yo le devolví el gesto.

—Una familia de vuestro… calibre debe quedarse en el castillo —declaró Jameson, y sus palabras sonaron más a advertencia que a invitación, aunque yo no entendía por qué—. Al menos de momento.

—Por supuesto, majestad. Y estaremos encantados de vivir donde consideréis mejor —respondió lord Eastoffe.

—Llevadlos al ala sur —ordenó Jameson a un guardia, con un gesto de la cabeza.

Los isoltanos bajaron la cabeza a modo de despedida, se dieron la vuelta y se fueron.

—Hollis —me susurró Jameson al oído—, lo has hecho muy bien. Pero debes acostumbrarte a pensar rápido. Si te pido que hables, tienes que estar preparada para hacerlo.

—Sí, majestad —respondí, intentando no ruborizarme.

Él se giró para hablar con uno de sus asesores, mientras yo seguía con la mirada a la familia Eastoffe, que estaba ya en el extremo del salón. Aún no sabía cómo se llamaba el hijo mayor, pero él giró la cabeza para mirarme de nuevo y sonrió.

55

Fuera lo que fuera lo que me había impedido apartar la mirada antes, me provocó un nuevo temblor, y fue como si algo me tirara del pecho, obligándome a seguir aquellos ojos. Pero no hice caso. Si algo sabía como coroana que era, era que uno no se puede fiar del azul isoltano.

6

—Ahora que ya está hecho, tengo algo que enseñarte —dijo Jameson, susurrándome al oído.

Me giré para ver aquellos ojos emocionados, recordando que aquella mañana me había llamado para algo. Agradecía tener algo (lo que fuera) que me apartara de aquella extraña sensación que aún me vibraba en el pecho.

Le agarré la mano encantada, pero, cuando entrecruzó sus dedos con los míos, pareció preocuparse:

—Estás temblando. ¿No te encuentras bien?

—No sé cómo podéis soportar todos esos ojos puestos en vos todo el rato —respondí, intentando dar una explicación a mi reacción—. Tenéis que tomar tantas decisiones, y tan rápidamente…

Me llevó hasta el borde de la tarima y me miró con aquellos ojos llenos de sabiduría:

—Tuve la suerte de contar con mi padre, un profesor estupendo. Pero mi novia, quienquiera que sea, tendrá que esforzarse en aprender de mí el oficio de gobernar.

—No es nada fácil, majestad.

—No —respondió, con una mueca pícara—. Pero tiene sus recompensas.

Esperé que dijera algo más, pero se quedó en silencio, con la mirada perdida.

—¿Majestad?

Siguió sonriendo, con la barbilla levantada, sin hacerme caso.

Bajamos los escalones y cogí aire al ver que me llevaba a una de las puertas del Gran Salón. Cruzamos una mirada en el momento en que los guardias nos daban paso: no había estado nunca allí. Los aposentos del rey (sus estancias privadas, salas usadas para la oración, y las habitaciones que había cedido a los miembros del Consejo Real) estaban separados del resto del palacio por el Gran Salón. Eso le permitía hacer una entrada bastante impactante, y al mismo tiempo hacía más fácil mantenerle seguro.

—Majestad, ¿adónde vamos?

—A ningún sitio —respondió, evasivo.

—Desde luego, esto es algún sitio —insistí, sintiendo la emoción en forma de presión en el estómago.

—De acuerdo. Es un lugar al que he pensado llevarte desde la noche en que nos conocimos de verdad.

58

Puse los ojos en blanco.

—¿Queréis decir el momento en que hice el mayor ridículo de mi vida?

Se rio.

—El momento en que te convertiste en la chica más encantadora de todo Coroa.

—Tengo que confesaros que me hace muy feliz saber que he aportado cierta alegría a vuestra vida —reconocí—. No muchas damas pueden presumir de haber hecho reír a todo un rey.

—En mi caso, no hay ninguna chica que pueda decirlo en toda la corte. Tú eres la única, Hollis. Todas las demás siempre están pidiendo. Pero tú no haces más que dar. —Me cogió la mano, se la llevó a los labios y la besó—. Así que me produce un gran placer poder corresponderte.

Pasamos por delante de otros dos pares de guardias antes de llegar a la sala que quería enseñarme Jameson. Cuando llegamos, uno de los guardias tuvo que sacar una llave especial y nos entregó una lámpara.

—Ya hay lámparas en la sala —dijo Jameson—, pero no hay ventanas, así que no está de más llevar algo de luz.

—¿Me estáis llevando a una mazmorra? —bromeé, fingiéndome asustada.

Él se rio.

—No, hoy no. Ven. Creo que esta puede llegar a convertirse algún día en tu estancia favorita del castillo.

Tic.

Le seguí, vacilante, y entramos. Mis ojos tardaron un momento en adaptarse a la penumbra, y al momento me quedé sin respiración.

—Algunas de estas son mías —me explicó—. Seguro que reconoces el sello que llevaba el día de mi coronación. Estos anillos los he llevado muchas veces. Y esta…

—La corona de Estus —exclamé, casi sin aliento—. Vista de cerca, es aún más bonita.

Me quedé mirando aquella pieza un buen rato, sintiendo cómo se me acumulaban las lágrimas en las comisuras de los ojos. Hacía solo siete generaciones, Coroa estaba sumida en constantes guerras civiles por la disputa del gobierno. Los soberanos subían al trono y caían cada pocos años, y aquella guerra contra nuestro propio pueblo nos dejaba indefensos ante otros países que pudieran codiciar nuestros territorios. Por fin, la tribu Barclay —los mismos Barclay de los que descendía Jameson— se impuso a las últimas fuerzas enemigas y, aunque el combate fue brutal, el pueblo agradeció tener un líder claro. La gente recogió el oro y las joyas que le quedaban, los fundió y con ello forjó una corona. Un gran sacerdote la bendijo, y todo el mundo acudió a ver la coronación del rey Estus Barclay, que asumía así el liderazgo y el poder sobre sus súbditos.

La corona de Estus solo se sacaba al exterior una vez al año,

59

el Día de la Coronación, y solo los que tenían la suerte de haber nacido en una familia noble podían llegar a verla, aunque fuera brevemente.

—Majestad, muchas gracias. Debéis de tener una gran confianza en mí para dejar que me acerque tanto a algo tan especial; estoy sobrecogida.

No tenía palabras para expresar la emoción que sentía, pero sabía el privilegio que suponía. Me giré hacia él, con la mirada borrosa por las lágrimas.

Él me cogió la mano de nuevo y volvió a besármela.

—Confío en ti, Hollis. Es tal como te he dicho antes: tú me estás dando constantemente. Tu tiempo y tu afecto, tus risas y tus atenciones. Ya me has dado mil regalos con todo eso. Por eso debo decirte que el regalo que te quiero hacer no es que puedas ver la corona de Estus..., es este.

Con un gesto señaló hacia la pared que tenía a mi izquierda, que estaba cubierta de estantes con otras joyas. Ante mí tenía sartas de zafiros y collares de diamantes. No hacían falta las ventanas: la poca luz que había bastaba para que emitieran un brillo cegador.

—Estas son las joyas de la reina. Cada año, los reyes de Coroa y de Isolte se encuentran para renovar su compromiso de paz. El rey Quinten vendrá este fin de semana para su visita anual, y quiero que des tu mejor imagen.

Una parte de mí quería desmayarse. Otra parte habría deseado que mis padres estuvieran allí para que vieran aquello. Pero toda yo, hasta el último fragmento de mi ser, deseaba ponerse el collar con gemas de tonos rosados y diamantes que tenía delante.

Lo miré más de cerca, temerosa incluso de señalar con el dedo aquellas joyas tan espléndidas.

—¿Estáis seguro? Sé lo preciosas que son estas joyas.

—No hay nadie en quien confíe más. Y lo cierto es que, desde aquella noche en la pista de baile, llevo imaginándote con algo tan bonito como esto colgándote alrededor del cuello —dijo, apuntando con la mano hacia aquella pared con joyas, como si me las estuviera ofreciendo todas.

Complacida, apreté los labios y alargué los dedos hasta tocar las suaves y frías piedras, de un tono entre el rosa y el rojo.

—Esta —dije.

—Perfecto.

La emoción de saber que iba a llevar algo claramente fabricado para una reina me embargó, y me giré, rodeando a Jameson con los brazos.

—Sois demasiado bueno conmigo.

—¿Eres feliz?

—Casi demasiado —respondí, agarrándolo con fuerza y cayendo de pronto en algo—. Jameson, es la primera vez que estamos solos.

Él sonrió.

—Bueno, parece que eres una dama muy virtuosa. Me sorprende haber conseguido que vinieras hasta aquí conmigo.

—Sois muy listo.

Y precisamente porque estábamos tan cerca el uno del otro, y solos, y sumidos en nuestro propio mundo, cuando se agachó a besarme, fui a su encuentro. Recibir aquel beso por fin fue algo maravilloso, y que fuera un rey quien me besara resultaba aún más impresionante. Jameson me acercó a él con su abrazo, tocándome la barbilla con la mano, y se apartó cuando consideró que el beso ya había durado lo suficiente.

Había algo nuevo en sus ojos, como si hubiera tomado una decisión. De pronto, su tono se volvió muy serio.

—Debes prepararte, Hollis. Se acercan muchos cambios.

Tragué saliva.

—¿Para los dos, majestad?

Asintió.

—En las próximas semanas, tengo intención de hacer saber a toda Coroa lo mucho que me importas. Eso significa muchas cosas. Algunos vendrán a disputarse tu favor; otros te maldecirán. Pero nada de todo eso importa, Hollis. Quiero que te conviertas en mi novia.

Tuve que hacer acopio de todas mis fuerzas para conseguir susurrar apenas una respuesta:

—Y para mí sería un honor…, pero me preocupa no estar a la altura.

Él negó con la cabeza, recolocándome con cuidado un mechón rebelde tras la oreja.

—Tengo la impresión de que muchas de las personas que se casan con alguien de la realeza se sienten así, pero no tienes que preocuparte. Piensa en mi bisabuela Albrade. Decían que estaba más pálida que una isoltana cuando juró sus votos —bromeó—, pero luego ya sabes que se convirtió en toda una leyenda.

Intenté sonreír, pero me costaba imaginarme a mí misma haciendo algo tan valeroso como vencer una guerra.

—Yo no tengo madera de soldado —respondí tímidamente.

—Y yo no quiero que lo seas. Lo único que te pido es que seas todo lo que ya eres. Es por eso por lo que te quiero.

«Por lo que te quiero, por lo que te quiero, por lo que te quiero…»

Aquellas palabras resonaron en mi corazón, y deseé poder guardarlas de algún modo en un frasquito. Tuvo la gentileza de darme otro momento para reponerme antes de seguir.

—Yo crecí sin hermanos. Mis padres murieron demasiado pronto. Por encima de todo lo demás, me has dado la compañía que tanto he anhelado durante toda mi vida. Es todo lo que te pido. Todo lo que quiera cualquier otra persona es superfluo. Si crees que puedes ser feliz siendo mi compañera en este mundo, no puedo pedir más.

Hablaba con tal sinceridad, con tanto sentimiento, que los ojos se me llenaron de lágrimas una vez más. Su manifestación de afecto resultaba sobrecogedora, y al mirarle a los ojos, a solo unos centímetros de los míos, tuve la seguridad de que podría llevar a cabo cualquier tarea que se me presentara siempre que lo tuviera a mi lado.

Era una sensación muy extraña, muy nueva. En aquel instante supe que aquello tenía que ser amor. No era solo la debilidad en las rodillas, sino también la seguridad que inspiraba en mí..., todo aquello solo me lo podía dar Jameson.

Asentí. Era todo lo que podía hacer. Pero a él le bastó.

—De momento, quiero pedirte que mantengas esto en secreto. Los lores aún intentan convencerme de que me case con la princesa de Bannir por el bien de nuestras fronteras, pero yo no puedo ni imaginármelo. Necesito algo de tiempo para convencerles de que tú y yo podemos encargarnos de mantener la seguridad de Coroa por nosotros mismos.

Asentí otra vez.

—Lo haré.

Parecía que iba a besarme otra vez, pero luego se lo pensó mejor.

—Debemos volver antes de que alguien pueda cuestionar tu honor. Ven, dulce Hollis, volvamos al caos de la corte.

En el momento en que las puertas del Gran Salón se abrieron de nuevo, todo el mundo se giró hacia nosotros y sentí que me ruborizaba. El corazón me latía implacable en el pecho, y me pregunté si se darían cuenta.

Estaban mirando a su reina.

7

*L*os días siguientes, Delia Grace me acosó implacablemente. A veces, yo canturreaba como si no hubiera oído ni una palabra de lo que me decía, o cambiaba de tarea, sin dejar de sonreír. Esta vez estaba enfrascada en un bordado que estaba realizando en un vestido nuevo, pero, por mucho que intentara concentrarme, no pasaba un minuto sin que Delia Grace reclamara mi atención.

—¿Por qué no me dices al menos lo que viste?

Solté una risita.

—No es más que una serie de estancias. Solo que Jameson vive en una de ellas.

—¿Y por qué demonios tardasteis tanto?

Yo tiré con cuidado de mi hilo dorado, intentando que el bordado me quedara limpio.

—Solo desaparecimos cinco minutos.

—¡Quince!

La miré por encima del hombro y vi su cara de estupefacción.

—De eso nada.

—Yo estaba ahí fuera, esperando, con el resto de la corte. Te aseguro que todos contábamos los minutos.

Meneé la cabeza, sonriendo.

—Muy pronto lo sabrás todo.

—¿Ya os habéis casado?

Estuve a punto de pincharme un dedo.

—¿En tan baja consideración me tienes? Sea rey o no, casarse sin testigos sería algo tan innoble como fugarse. ¿De verdad crees que Jameson mancharía mi reputación de este modo?

Al menos tuvo la decencia de mostrarse arrepentida.

—No. Perdona, Hollis. Pero, entonces, ¿por qué no me cuentas la verdad?

—¿Es que no puedes darme el placer de disfrutar de una sorpresa de vez en cuanto? ¿O de un secreto? Desde luego, parece que es imposible mantener nada en secreto en esta corte.

Delia Grace puso los ojos en blanco.

—Pues sí, desde luego —dijo, y, con un suspiro, apoyó las manos en mis hombros—. Si pasa algo importante, me lo contarás, ¿verdad?

—Confía en mí; ojalá pudiera contártelo todo —respondí, y volví a centrar la atención en mi bordado. El vestido estaba quedando bastante bonito, y resultaba agradable tener algo con que ocupar la mente, para variar.

—Solo dime esto: ¿las cosas van como yo sospechaba?

Apreté los labios y la miré por debajo de las pestañas. La sonrisa con que me respondió lo decía todo.

—Muy bien, pues —dijo—. Vas a necesitar damas de compañía.

Dejé el vestido de golpe.

—No. No quiero rodearme de un círculo de falsas amigas. La mayoría de las chicas de la corte me lanzan miradas asesinas desde la noche del baile; no quiero tenerlas cerca constantemente.

—Necesitarás quien te asista.

—No —respondí—. Una reina necesita gente que la asista. Yo no ostento ese título… ahora mismo.

—Hollis.

—Y si intento crearme un séquito, los lores hablarán. Ya parece que tienen sus dudas, y no pretendo hacer nada que le cause más problemas a Jameson.

65

—Muy bien —respondió con un suspiro—. Si tuvieras que escoger a otra persona de la corte, una sola, para ayudarte con tus cosas, ¿quién sería? Y en el nombre de Estus, no te atrevas a proponerme a Anna Sophia, con su morro de cerdo.

Suspiré.

—¿Puedo pensármelo?

—Sí, pero no mucho tiempo. Esto no es ningún juego, Hollis.

Recordé un momento, apenas unas semanas antes, en que realmente me parecía un juego. Pero Delia Grace tenía razón; estábamos forjándonos el camino de nuestras vidas. No era algo con lo que jugar.

—¿Dónde crees que podría encontrar más hilo?

Delia Grace se puso en pie.

—La costurera real debería tener montones. Puedo ir a verla.

—No, no —rebatí—. Déjame ir a mí. Seguro que tú tienes mucho trabajo organizándome la vida —añadí, guiñándole el ojo.

Salí por la puerta lateral de mi habitación. Las dependencias de mi familia estaban en pleno centro del castillo, donde se desarrollaba una actividad frenética. Eché un vistazo alrededor. Aunque hacía mucho que vivía en el castillo de Keresken, aún seguía impresionándome.

Los amplios corredores tenían una decoración majestuosa; la mampostería era regular y elegante; y por todas partes había unos arcos espectaculares que formaban un bosque de nervaduras por encima de los espacios que creaban. A veces, los veía como puentes del revés, con balaústres que descendían como si quisieran tocar la punta de nuestros dedos levantados hacia lo alto. Unas magníficas escaleras en espiral comunicaban las tres plantas superiores del castillo, y se decía que las colecciones de esculturas y pinturas que albergaban dejaban en nada cualquier otra que hubieran podido ver los embajadores extranjeros en otro lugar del continente.

Los aposentos de mi familia estaban situados en el extremo interior del ala este, que era una ubicación respetable. Las familias más importantes vivían en la exclusiva ala norte, que era la más próxima al Gran Salón, y, por tanto, la más cercana al rey. En el ala norte también había aposentos vacíos, reservados a nobles y dignatarios. Allí era donde se alojaba el rey Quinten cuando venía de visita.

Las familias con un largo linaje coroano eran las siguientes, y vivían en las partes más cercanas del ala este y el ala oeste, y luego venían las de linaje más corto pero con importantes vínculos y terrenos en las regiones fronterizas. Después, las familias menos importantes y, si rebasabas un cierto cruce de pasillos…, bueno, se hacía evidente que a la mayoría de la gente no le importaba tu presencia. Por las plantas altas se podía pasar sin que nadie te prestara atención, y los criados vivían en las plantas por debajo de la planta principal.

Por detrás del palacio, siguiendo la ladera de la colina en la que estaba asentado el castillo, había anexos, despensas y otros espacios donde trabajaba la gran cantidad de gente que se encargaba del funcionamiento del palacio. Allí era donde esperaba encontrar a la costurera real.

—¡Oh! —exclamé, tras girar una esquina algo precipitadamente.

Los dos jóvenes con los que estuve a punto de chocar me miraron y luego hicieron una profunda reverencia. Su cabello, por sí solo, los hacía inconfundibles; eran los chicos de Isolte. Vestían unas camisolas muy anchas, del tipo que los hombres respetables de Coroa llevaban por debajo del jubón, y ambos llevaban unas bolsas de cuero con herramientas.

—Oh, por favor, eso no es necesario —dije, apremiándolos a que se pusieran en pie.

El chico que tenía los ojos de un azul cegador levantó la cabeza.

—Quizá sí lo sea, lady Brite.

Sonreí.

—Veo que te has aprendido mi apellido. Pero lady Brite es mi madre. Yo soy simplemente Hollis.

Él se puso en pie, sin apartar la mirada de la mía en ningún momento.

—Hollis, pues.

Nos quedamos allí un instante, sin saber muy bien qué decir y, una vez más, me di cuenta de que me costaba apartar la mirada.

—Yo soy Silas —añadió por fin—. Y este es mi hermano Sullivan.

El hermano apenas insinuó un saludo con la cabeza. Silas le puso una mano en el hombro.

—¿Por qué no te adelantas y llevas estas herramientas al taller? Yo voy enseguida.

Sin decir palabra, Sullivan saludó torpemente de nuevo con la cabeza y se fue a toda prisa.

—Perdonad a Sullivan —dijo Silas, girándose hacia mí—. Es muy tímido cuando no conoce a alguien. De hecho, lo es incluso con los conocidos.

Se me escapó una risita.

—Bueno, sois vosotros los que tenéis que disculparme. No quería sobresaltaros.

—¿Desde cuándo tenéis que disculparos por nada, milady? Se dice que vais a ser la reina.

No pude evitar poner ojos como platos.

—¿No es cierto? No quería ser indiscreto. Es que… es lo que dice todo el mundo cuando os ve pasar.

Bajé la mirada.

—Y esa gente… ¿se les ve felices cuando lo dicen?

Silas asintió.

—Muchos sí. Pero los que tienen más o menos nuestra edad… Bueno, digamos que su tono es más de envidia que de admiración.

—Entiendo —dije con un suspiro—. Bueno, no llevo ningún anillo de compromiso, así que nadie puede decir ni una cosa ni la otra.

—En ese caso…, si se da el caso, espero que los dos seáis muy felices. Isolte tiene reina, pero todo el mundo sabe que no tiene el carácter ni la generosidad que cabría esperar en una soberana. Vuestro pueblo será afortunado de teneros a vos como reina.

Bajé la mirada a los pies, sintiendo que me ruborizaba, y vi de nuevo las herramientas que llevaba en las manos.

—Perdona que pregunte, pero… ¿por qué sigues trabajando ahora que estás aquí? Has salido de Isolte (lo cual, por cierto, es probablemente una de las cosas más inteligentes que se puede hacer). ¿Por qué no empiezas de cero como un caballero, como tu padre? Llevarías una vida más descansada.

Él se rio.

—Estoy orgulloso de mi trabajo. Lo que mejor se me da son las espadas y las armaduras. No obstante, si Sullivan me ayuda, también puedo hacer joyas. —Se encogió de hombros, aparentemente satisfecho—. Después de presentar esa espada a vuestro rey, yo…

—Bueno, ahora también es vuestro rey —comenté.

Silas asintió.

—Perdonadme. Aún tenemos que acostumbrarnos, y ahora mismo todo lo relacionado con la realeza me provoca cierto escepticismo. —Hizo una pausa y luego retomó el discurso—: Después de presentarle la espada al rey, recibimos varias peticiones más, y creo que mi madre incluso ha conseguido que alguien nos encargue un collar.

Puse los brazos en jarras y me lo quedé mirando, impresionada.

—Y yo que pensaba que los isoltanos no tenían talento artístico —dije.

Él sonrió y se encogió de hombros.

—Ese es un trabajo que requiere mucha habilidad —añadí—. ¿Cómo aprendiste a hacerlo, si también eras un cortesano?

—Nuestra granja estaba lo suficiente cerca del castillo como para poder entrar y salir libremente, así que pasábamos la mayor parte del tiempo en casa. —Una sonrisa misteriosa asomó en su rostro—. Lo que más lamentaba mi padre era no haber aprendido algún oficio en su juventud, así que cuando le comuniqué que me interesaba la metalurgia, me facilitó las cosas para que aprendiera. La primera espada que hice fue para... ¿mi primo Etan? —Lo dijo como si no supiera ni de quién hablaba—. Necesitaba una buena espada de batalla para un torneo. La empuñadura se movía demasiado como para infundirle confianza, y en el primer mandoble saltó un trozo enorme de metal, pero, aun así, la usó hasta el final del torneo —dijo, con una expresión en el rostro que dejaba claro que se estaba imaginando la escena—. Han pasado tres años, y estoy orgulloso de lo que soy capaz de hacer, pero siempre intento mejorar. Como todos. Incluso mi hermana se dedica a la metalurgia, aunque ella se dedica a los detalles más refinados, a los toques finales de las joyas que hacemos Sullivan y yo. —Levantó las manos—. Nosotros tenemos los dedos demasiado gruesos.

Le miré las manos y observé que estaban secas y que tenía hollín en la raíz de las uñas. Podía llevar la vida de un noble, pero sus manos no tenían nada de noble. Había algo en aquello que resultaba curiosamente atractivo. Yo escondí las mías tras la espalda y respondí con admiración:

—Eso es fantástico.

Él se encogió de hombros.

—En Isolte no resulta tan impresionante. Allí no dan tanto valor a las artes.

Levanté las cejas en un gesto de reconocimiento.

—¿Hace tanto frío como dice todo el mundo?

—Si habláis del viento..., sí, a veces puede ser brutal. Y si habláis de la gente en general... —Él también levantó las cejas—. Yo creo que hay gente en Isolte que puede hacer que la temperatura descienda aún más. —Se sonrió ante su propia broma—. ¿No sabéis cómo es? ¿No habéis estado allí?

Era lógico que estuviera sorprendido. Si alguien de Coroa quería viajar a algún otro país, lo más fácil era ir a Isolte..., aunque quizá no fuera el destino más acogedor.

—No. Mi padre siempre está trabajando, y cuando viaja prefiere hacerlo solo o con mi madre. Yo le he pedido que nos lleve a Eradore (he oído que las playas allí son impresionantes), pero no ha habido manera.

No quise decirle que había dejado de pedírselo mucho tiempo atrás, cuando se había hecho evidente que no les habría importado tanto que los acompañara de haber tenido el sentido común de haber nacido chico, o al menos si hubiera llegado después de que hubieran podido tener un niño. Pero las cosas no habían ido así, y yo no sabía de quién era la culpa de eso, aunque estaba claro que ellos habían decidido que era mía.

De todos modos, yo contaba con Delia Grace; ella era mucho mejor que cualquier viaje largo en una carroza recargada, cualquiera que fuera el destino. Eso era lo que me decía a mí misma.

Silas se cargó la bolsa al hombro.

—Bueno, estoy seguro de que su majestad os llevará a todos los lugares que deseéis. Da la impresión de que haría cualquier cosa por una dama que ha rescatado incluso de un río helado —dijo, con una mueca socarrona.

—¡Eso ocurrió antes incluso de vuestra llegada! ¡Y no estaba helado! Y yo me estaba defendiendo de un bombardeo de bayas. ¡Aún me quedé corta!

—Me habría gustado verlo —comentó, divertido—. Las damas de Isolte ni siquiera se agachan para tocar el agua con las manos. ¡Así que de meterse dentro, ni hablar!

—Probablemente, hagan bien. Ese río se ha quedado con un par de zapatos a los que tenía mucho cariño.

Él se rio y pateó el suelo distraídamente.

71

—Bueno, supongo que tendría que ir con Sullivan. El personal del castillo ha tenido la amabilidad de buscarnos un lugar donde trabajar. Será agradable sentirse… útil.

—Ya sé lo que quieres decir. Lo cual me recuerda… ¿Has visto algún taller de costura o de sastrería por aquí? Estoy buscando hilo.

—Sí —respondió él con entusiasmo—. Tomad la siguiente escalera hasta la segunda planta. El taller no tiene puerta, así que no tiene pérdida.

—Ah. Bueno, muchas gracias, Silas.

Él asintió.

—Para serviros, lady Hollis.

Él siguió su camino y yo retrocedí hasta las escaleras. Tuve la sensación de que allí estaba mucho más oscuro de a lo que yo estaba acostumbrada. Mientras subía las escaleras, pensé en las innumerables visitas de reyes y dignatarios, de emisarios y representantes que se habían producido desde que mi familia había convertido el castillo de Kresken en nuestra residencia habitual. Había visto a gente de todo el continente. Y, sin embargo, aquella conversación en el pasillo con Silas Eastoffe había sido la primera que había tenido nunca con un extranjero.

Me sorprendió observar que no era tan diferente, que no parecía tan fuera de lugar allí, entre los muros del castillo.

8

*L*a mañana siguiente llamaron a la puerta justo a tiempo.

—¿Quién crees que será? —preguntó Delia Grace—. ¿Algún regalo de su majestad, u otro lord que viene a pedirte un favor?

Evité mirarla a los ojos; no sabía muy bien cómo saldría aquello.

—Ni una cosa ni la otra.

—Lady Nora Littrell —anunció la doncella, en el momento en que aparecía mi invitada.

—¿Qué hace aquí? —preguntó con mucho disimulo Delia Grace.

—La he invitado —respondí, levantándome para dar la bienvenida a mi invitada—. Gracias por venir, Nora.

—Es un placer. ¿Qué puedo hacer por ti?

Tragué saliva, sabiendo que lo que iba a decir dejaría atónita a Delia Grace.

—Te he pedido que vinieras porque querría que fueras mi dama de compañía.

Por supuesto, Delia Grace se quedó de piedra:

—¿Qué? ¿Por qué ella?

—Porque fue lo suficientemente noble como para pedir disculpas después de hacer una tontería, y para no utilizar mi torpe gesto en mi contra —dije, mirando de nuevo a mi mejor amiga—. Tenemos una influencia muy limitada en la corte.

Lady Nora conoce a gente que nosotras no conocemos, y es muy lista. Tal como has señalado, necesito toda la ayuda que pueda conseguir.

Al oír aquello, Delia Grace bajó la cabeza, ruborizada, como si estuviera apretando los dientes tras los labios.

—Por supuesto, mi cargo aún no es oficial —proseguí, dirigiéndome de nuevo a Nora—, pero, si os parece bien, querría contar con ambas en mi entorno más cercano. Delia Grace, por supuesto, tú serías mi primera dama de compañía, y Nora, si quieres unirte a nosotras, también serías dama de compañía. Si las cosas siguen como hasta ahora, y si Jameson se me declara, os pediré ayuda para reclutar al resto de mis damas, para que podamos asegurarnos de que todo salga de la mejor manera posible. Y, naturalmente, cualquier favor del que yo sea objeto, lo compartiré con vosotras.

Nora se me acercó y me cogió de las manos.

74

—¡Me encantaría ser tu dama de compañía! ¡Hollis, gracias!

Su sonrisa era genuina, y estaba claro que cualquier resentimiento que hubiera podido albergar en el pasado por haberme ganado el corazón de Jameson había desaparecido.

Delia Grace, en cambio, aún echaba humo. La miré con calma.

—Esto solo puede funcionar si las dos cooperáis. Sois damas muy diferentes, con personalidades y talentos muy diferentes, y no sé cómo podría gestionar todo esto sin las dos. Por favor.

Delia Grace estaba de brazos cruzados, y su expresión dejaba bien claro que acababa de traicionarla de la peor manera posible.

—Desde el primer momento sabíamos que debía haber otras damas. Tú misma lo sugeriste —le recordé.

—Lo sé. Pero no pensaba… Responderá ante mí, ¿verdad? —preguntó Delia Grace.

—Tú eres la primera dama de compañía —dijo Nora antes de que yo pudiera responder—. Todo el mundo responderá ante ti.

—Espero que seas justa —le advertí—, pero sí, estarás por encima de todo el que venga después.

—Está bien —dijo con un suspiro, y su gesto era un claro reflejo de su decepción—. Si me excusáis, milady, tengo jaqueca. Y parece que ahora mismo ya tenéis quien os atienda.

Y, acto seguido, salió de la sala dando un portazo.

—Supongo que ha ido todo lo bien que podía ir —comentó Nora.

—Tendrá que pasar mucho tiempo para que reparéis todos los desencuentros que habéis acumulado con el paso de los años —respondí.

—Sí. Pero tengo que decir que con todo… lo distantes que hemos estado en el pasado, me sorprende que me quieras dar una oportunidad.

Me giré hacia ella.

—Bueno, soy una gran defensora de las segundas oportunidades. Espero que Delia Grace también te dé una. Y que intentes empezar de cero con ella.

Tardó un momento en encontrar las palabras para responder, y su incomodidad era evidente.

—Eso estaría bien. A veces…, es más fácil estar en la corte cuando toda la atención negativa se la lleva otra persona. No sé si tiene sentido lo que digo.

—Sí —suspiré—. Sí que lo tiene.

Se encogió de hombros, con gesto triste.

—Mi familia tiene sus propios escándalos, como casi todas, pero resultaba mucho más fácil sobrellevarlos teniendo cerca a alguien que fuera blanco de todos los comentarios.

—Lo entiendo. Pero eso queda en el pasado. Antes o después, tendrás que disculparte con ella. Necesito tu ayuda, pero no puedo pasar sin ella.

Nora asintió.

—No te decepcionaré. No tengo palabras para expresar lo agradecida que estoy de formar parte de esto. Vas a salir en los libros de historia. ¿Te das cuenta?

Respiré hondo, y todo el cuerpo me tembló.

—Sí que me doy cuenta… Supongo que es por eso por lo que estoy tan nerviosa.

—No te preocupes —dijo, y me dio un beso en la mejilla—. Tienes a Delia Grace, y ahora me tienes a mí.

Antes de que pudiera darle las gracias, mi madre abrió la puerta de golpe, con aspecto de estar a punto de iniciar una batalla.

Nos miró a mí y a Nora, que aún me tenía las manos cogidas, y me señaló con un dedo acusador.

—¿De verdad has metido a esa chica en tu séquito?

Tras un momento de asombro, lo comprendí.

—Supongo que te has cruzado con Delia Grace.

—Pues sí.

—Me pregunto por qué por fin te has decidido a escucharla. ¿Podría ser porque ha sacado a colación un trozo de mi vida que se te ha escapado de las manos?

No lo negó. No dijo que estaba buscándome, o que había un modo mejor de gestionar la situación que se me había pasado por alto. Era simplemente una cosa más que había caído en mis manos y de la que, en su opinión, yo no era digna.

—¿Qué te hace pensar que tienes la capacidad de dirigir tu propia casa? —preguntó—. Yo ya me esperaba que no despidieras a Delia Grace; eso no tenía solución. —Puso los ojos en blanco, dolida por tener que aceptar que la única amiga de verdad que tenía en el castillo hubiera decidido permanecer a mi lado—. Y esto lo permitiré porque Nora es de una familia con una reputación mejor que la mayoría, pero, a partir de este momento, seremos tu padre y yo quienes escojamos a tus damas. ¿Queda claro?

Tener que soportar el peso de sus exigencias constantes resultaba agotador. ¿No le bastaba que estuviera a punto de prometerme con un rey? Nadie más habría podido darle algo así; un hijo tampoco habría podido dárselo.

Rebufó y salió de la sala tan rápidamente como había entrado.

—No te preocupes —susurró Nora—. Tengo una idea.

Delia Grace estaba en el jardín, arrancando pétalos a las flores y dejándolos caer al suelo. Era un lugar que nos encantaba a las dos y en el que solíamos refugiarnos. En un mundo que iba a toda prisa y en el que la gente siempre andaba corriendo, el jardín era un remanso de paz.

Pero no lo sería por mucho tiempo.

—¿Cómo se te ha ocurrido ir a quejarte a mi madre? —le espeté, mientras cruzaba el césped—. Ahora quiere ser ella la que me organice todo el séquito. ¿No te das cuenta de que sus decisiones pueden ser mucho peores que las que pueda tomar yo?

Delia Grace puso los ojos en blanco.

—Tu madre tiene algo de sentido común. Es más de lo que tienes tú.

—¡No podemos pasarnos la vida solas en mi habitación! Con el tiempo tendremos que descubrir en quién podemos confiar y en quién no.

Ella soltó una risita sarcástica.

—¿Y te parece que el mejor modo de empezar es con la persona que se ha pasado los últimos diez años metiéndose conmigo?

—Nora lo hizo mal, y me lo ha dicho. Yo creo que aún está demasiado avergonzada como para reconocerlo delante de ti, pero sabe que tiene muchas cosas que enmendar.

—Oh, sí, estoy segura de que el hecho de que la hayas

invitado a formar parte de tu séquito no tiene nada que ver con su repentino cambio.

Suspiré.

—Aunque así sea, ¿no deberíamos aceptarlo? Ese es el motivo por el que no te he dicho lo que pensaba hacer. Nora es la única dama de la corte, aparte de ti, a la que podía pedir ayuda. Pero sabía que tú harías lo posible para evitarlo.

Delia Grace se quedó allí sentada, negando con la cabeza.

—¿No decías que tenía que tener damas de compañía? —le recordé—. ¿No eras tú la que quería que aprendiera más, que fuera mejor?

Al oír aquello se puso en pie por fin.

—¿Quieres hacer el favor de dejar de echarme en cara mis propias ideas? —Respiró hondo un par de veces más y se pasó la mano por la frente, como si pudiera borrar la preocupación que denotaba su ceño fruncido—. La próxima vez, ¿quieres decírmelo antes, por favor? Antes de incorporar a alguien más, ¿me lo dirás? Así podré prepararme para el golpe.

Me acerqué y le agarré las manos, agradecida por el simple hecho de que me dejara cogérselas.

—Lo dices como si hubiera hecho esto con la intención de herirte. Te prometo que no ha sido así. Pensé que incorporar a Nora nos sería útil. Y creo que siente de verdad haberte hecho daño.

—Es una actriz consumada —dijo Delia Grace, negando de nuevo con la cabeza—. Eres demasiado cándida como para darte cuenta.

Tragué saliva para digerir aquel insulto.

—Bueno, puede que sea una cándida, pero también soy la que el rey quiere a su lado. Así que necesito que confíes en mí. Y necesito tu ayuda; sabes bien que esto no puedo hacerlo sola.

Puso los brazos en jarras, reflexionando. Por un momento, me planteé si realmente me abandonaría.

—Tú procura que no olvide cuál es su lugar, ¿de acuerdo?

Negué con la cabeza.

—Tampoco hace falta que te guste.

—Bien. Porque ahora mismo casi no me gustas ni tú —dijo, y se fue de allí, dejándome sola en el jardín, que desde luego había dejado de ser un remanso de paz.

9

—Lady Hollis —susurró la doncella, con voz temblorosa. Yo aún estaba en la cama mientras ella echaba agua a la bañera y avivaba el fuego—. Su majestad requiere su presencia inmediata en el Gran Salón para un asunto urgente.

Me giré y vi a un guardia detrás de ella. No era de extrañar que la pobre estuviera tan nerviosa. ¿Una escolta? Algo en mi interior me decía que eso no podía ser bueno. Aun así, intenté mantener un tono firme.

—Si su majestad así lo pide, estoy lista. Mi bata, por favor.

La doncella me ayudó a ponerme la bata y me recogió a toda prisa unos mechones de cabello hacia atrás. Me habría sentido mucho mejor si hubiera sido Delia Grace quien lo hiciera. Ella habría dicho algo y a los pocos segundos ya tendría un plan. Me lavé el rostro para tener un aspecto algo más despierto y respiré hondo.

—Adelante, os sigo —le dije al guardia, como si por algún motivo yo no fuera capaz de encontrar el Gran Salón por mí misma.

Los sonidos resonaban en los pasillos vacíos. Normalmente, eso me parecía una música especial. Pero que me llevaran en camisón y con escolta por un motivo completamente desconocido hacía que la situación fuera completamente diferente.

Cuando llegué vi a Jameson sentado en el trono, con una carta en la mano y un gesto de enfado en el rostro. Mis padres también estaban allí, acompañados de otro guardia, y me miraban como si hubiera sido yo quien les hubiera convocado a esa hora tan temprana. Que estuvieran allí no me pareció nada raro, pero que estuviera toda la familia Eastoffe sí. Todo el mundo estaba a medio vestir, hasta el propio Jameson. Aunque tenía que admitir que estaba bastante guapo con el cabello desmarañado y la camisa a medio abotonar.

Hice una reverencia al llegar ante él. Por su expresión, tuve claro que no era el mejor momento para exponer mis impresiones.

—Majestad, ¿en qué puedo serviros?

—A su debido tiempo, Hollis. Primero tengo unas cuantas preguntas —dijo, con un tono tranquilo, mesurado. Miró a todos los presentes a la cara, como si tuviera que decidir con quién empezar—. Vosotros —dijo por fin, señalando a los Eastoffe.

—Majestad —respondió lord Eastoffe, hincando una rodilla.

—¿Habéis estado en contacto con vuestro antiguo rey?

—No, majestad —dijo él, sacudiendo la cabeza con vehemencia—. En absoluto.

Jameson hizo un mohín y ladeó la cabeza.

—Me resulta difícil de creer después de haber recibido esto —dijo, mostrando la carta—. Los reyes de Coroa y de Isolte se reúnen cada año, como ya sabéis. Y sospecho que habéis formado parte del entorno de mi querido rey Quinten durante muchos años.

Lord Eastoffe asintió.

—Es la segunda vez que me reúno con él como soberano titular, pero... ¿no es curioso que de pronto haya decidido venir acompañado de su reina? —Jameson levantó las cejas—. ¿Se te ocurre algún motivo por el que decidiera hacerlo?

—¿Cómo iba a saber yo sus motivos, majestad? Como sabéis, es un hombre muy impulsivo, y últimamente se muestra cada vez más impredecible. —Lord Eastoffe estaba sudando ostensiblemente—. A mí me sorprende tanto como a vos, ya que raramente permite que la reina le acompañe fuera del reino.

—Yo creo que ha llegado a sus oídos la noticia de que por fin he sentado la cabeza —declaró Jameson—. Creo que sabe que tengo intención de darle una reina a Coroa, y que ha decidido traer a esa jovenzuela para que se compare con la dama más noble de nuestro reino.

No estaba gritando, pero poco le faltaba, así que era difícil saber si aquello era un cumplido o no. Después de tantos nervios, no entendía por qué me había preocupado tanto por algo que parecía tan normal. ¿No suelen viajar los reyes con sus esposas?

Aparté de mi mente el único posible motivo que se me ocurrió para que aquello fuera algo malo: que, colocándome junto a una reina de verdad, quedara como una tonta, y perdiera el apoyo de todos los lores que aún me miraban con recelo.

Bajé la cabeza y él siguió:

—Me resulta de lo más curioso que se haya enterado del importante papel que ocupa, justo la semana después de vuestra llegada. —Se recostó en el trono—. Conozco a ese hombre desde siempre. Vendrá y denigrará a lady Hollis todo lo que pueda, y debería de haberlo pensado antes, ya que es algo que ha intentado hacer conmigo en el pasado.

—Su majestad, independientemente de lo que piense el rey…

—¡Silencio!

Lord Eastoffe bajó la cabeza aún más y se secó el sudor de la frente. Tras él, su esposa alargó la mano para agarrar la de su hija y se la apretó con fuerza.

Jameson se levantó y empezó a caminar sobre la tarima como un animal enjaulado, buscando el barrote más débil para abrirse paso y escapar.

—Ocuparéis un lugar central en todos los eventos. Y, como nuevos ciudadanos de Coroa…, mostraréis una conducta irreprochable. Y si Quinten tiene alguna queja de vosotros, me encargaré de que os rebanen el pescuezo.

—Sí, majestad —respondieron los Eastoffe a coro, casi sin aliento.

Hasta a mí me costaba respirar.

—Creo que hay otras tres o cuatro familias isoltanas de alto rango en el castillo. Informadlas. Si queréis permanecer aquí, espero la máxima lealtad.

—Sí, majestad.

—Lady Eastoffe, tendréis que instruir a lady Hollis en el protocolo de Isolte. Quiero que, a su lado, la joven que ha puesto Quinten en el trono parezca un chiste.

—Sí, majestad.

Aquella mujer, a la que solo había visto una vez, y de pasada, me miró y esbozó una sonrisa leve pero reconfortante. Había algo en su gesto que dejaba claro que no iba a dejar que fracasara.

—Lord y lady Brite —dijo Jameson, dirigiéndose a mis padres—. Deberéis aseguraros de que Hollis sabe todo lo que hay que saber sobre lo que sucede en Mooreland y Great Perine, de modo que pueda hablar si le preguntan.

Mi padre soltó un suspiro entrecortado.

—Eso es mucha información, majestad.

—Y cualquier carencia en ese campo será responsabilidad vuestra. Soy muy consciente de lo capaz que es lady Hollis, y no van a reírse de mí —bramó Jameson.

—Sí, majestad —respondió mi padre, con una profunda reverencia.

—¿Alguien más tiene algo que decir? —preguntó Jameson, escrutándonos a todos con sus oscuros ojos.

Yo levanté la mano vacilante, y él asintió.

—Dado que los Eastoffe son artesanos, ¿no estaría bien que

hicieran algo para conmemorar la ocasión? Una pareja de objetos idénticos de algún tipo para vos y para el rey Quinten, algo que os defina como iguales, teniendo en cuenta que parece intimidado por vuestra juventud y vuestra fuerza, lo cual podría muy bien ser el motivo de que muestre a su esposa en público. Quizá lo tranquilizaríais con un gesto de... paz —dije.

Eché una mirada rápida a Silas, con su larga melena aún enmarañada por el sueño. Al igual que su madre, tenía una mirada tranquilizadora, y suspiré, con la esperanza de que la idea fuera buena para los dos.

Jameson sonrió, aunque su sonrisa era más fría de lo habitual.

—¿Lo veis, lord Brite? La mente de vuestra hija es más ágil que la vuestra, hasta en vuestro mejor día. —Se giró hacia los Eastoffe—. Haced lo que dice. Y hacedlo rápido. Estarán aquí el viernes.

El estómago se me encogió de golpe. ¿El viernes? Eso era... mañana. Sí, Jameson me había dicho que vendrían a final de semana... ¿Cómo podía ser que hubiera perdido la noción del tiempo? Y, peor aún, ¿cómo iba a prepararlo todo en un día?

Se puso en pie, dando por finalizada la reunión, y todos se dispersaron.

Me llevé la mano al vientre y me quedé mirando la espalda de Jameson, que se alejaba malhumorado. No sabía qué iba a hacer. Aparte de que siempre habían sido enemigos de Coroa, no sabía gran cosa de los isoltanos. ¿Lecciones sobre su protocolo? ¿Sobre política continental? Dudaba de que ni Delia Grace pudiera ser capaz de hacer todo aquello en tan poco tiempo.

—¿Cuándo queréis que venga a veros, milady? —me preguntó lady Eastoffe en voz baja y con una profunda reverencia, algo a lo que aún no acababa de acostumbrarme.

—Estoy segura de que aún no habéis tenido ocasión de desayunar. Hacedlo, y venid en cuanto podáis.

Ella asintió y se fue con su familia. El más pequeño de los hijos aún estaba algo lloroso. Lord Eastoffe apoyó de nuevo la rodilla en el suelo para hablarle:

—No tienes nada que temer, Saul —le prometió—. Este rey es diferente, más bueno. ¿Ves cómo nos pide ayuda? Todo irá bien.

Tras el pequeño estaban Silas y Sullivan, que le acariciaron el pelo y le reconfortaron. Silas levantó la mirada y me lanzó otra sonrisa similar a la de su madre, aunque tuve que reconocer que sus ojos tenían un brillo especial. Lo cierto era que nunca había visto a nadie con aquel brillo en los ojos.

—Más vale que estés a la altura —me advirtió mi padre al pasar a mi lado, haciéndome caer en la cuenta de que me había quedado distraída—. No volverás a humillarnos ante los lores una vez más.

Suspiré. Había pasado de ser la que bailaba con Jameson en las cenas a su compañera oficial en ocasión de la visita de un rey extranjero. Por lo que recordaba de la madre de Jameson, en las visitas de Estado tenía que ocuparse de decenas de tareas. ¿Esperarían que yo hiciera todo lo que hace una reina? Sacudí la cabeza. No podía afrontar aquello sola; necesitaba a mis damas.

10

—No —dije, mientras Nora sacaba otro vestido—. Demasiado oscuro.

—Tiene razón —concedió Delia Grace a regañadientes—. Quizá deberíamos cambiar algo. Los isoltanos llevan las mangas diferentes.

—Volcaré todas las copas de la mesa —comenté entre risas, a las que ella se unió rápidamente.

—Pues quedarás como un bufón.

Meneé la cabeza.

—Solo quiero estar digna. Quiero que parezca que estoy… natural al lado de Jameson.

—Creo que lo mejor es que optes por el dorado, que es tu color —insistió Delia Grace—. Y luego, para el torneo, el vestido rosa quedará muy bonito a la luz el sol.

—El rosa combina muy bien con tu color de piel —coincidió Nora—. Y Delia Grace y yo ya veremos qué tenemos que podamos ponernos para que destaques. Te prometo que no te disputaremos el protagonismo.

Delia Grace respiró hondo, evidentemente molesta de que alguien hablara por ella.

—Yo creo que cualquier cosa en color crema quedará bien. O en el consabido rojo Coroa. Lo que más te guste, milady.

Parte de la rabia había desaparecido. Pero no toda.

Alguien llamó a la puerta y Delia Grace fue a responder.

Yo fui tras ella, sabiendo que sería lady Eastoffe, que entró rápidamente, seguida por su hija. Ambas me hicieron una reverencia.

—Lady Hollis, permitidme que os presente a mi hija, Scarlet.

—Es un placer conoceros a las dos personalmente. Por favor, pasad.

Ella avanzó con las manos cogidas a la espalda.

—¿Por dónde os gustaría empezar?

Suspiré.

—No estoy muy segura. Yo… no soy la mejor alumna; simplemente, necesito aprender lo suficiente de Isolte como para no parecer una tonta redomada.

El gesto de lady Eastoffe era dulce y serio a partes iguales, y parecía sopesar todas sus palabras:

—Todas las mujeres en vuestra posición han pasado por un momento así, al inicio de su «era», por decirlo así. Nosotras haremos todo lo que podamos para que estéis brillante.

87

Aquellas palabras quebraron la tensión que llevaba sobre la espalda desde el momento en que me había levantado por la mañana, y dejé caer los hombros.

—Gracias —dije, y alargué la mano, indicándoles con un gesto que se sentaran junto a la mesa.

Lady Eastoffe se sentó a mi lado.

—Tenemos muy poco tiempo, así que es mejor que abordemos primero las cosas más importantes. No hace falta que os hable del rey Quinten —dijo, muy seria, mientras yo me sentaba—. Es un hombre peligroso. Quizá ya sepáis que la dinastía de los Pardus es casi tan antigua como la de los Barclay.

—Asentí, aunque eso solo lo intuía. Jameson era el séptimo descendiente del rey Estus, y nadie en el continente podía presumir de una ascendencia genealógica directa tan larga como la de los reyes coroanos. Eso lo sabía.

—Al igual que todos los demás países, hemos tenido reyes buenos y reyes malos, pero el rey Quinten tiene... algo oscuro. Siempre ha estado hambriento de poder, y lo ha utilizado a su antojo con la despreocupación de un niño. Pero el miedo ha hecho que empeore con la edad, y ahora está mayor y paranoico. Su primera esposa, la reina Vera, tuvo varios abortos y lleva seis meses en la tumba. El príncipe Hadrian es su único hijo vivo, y es un hombre enfermizo. El rey Quinten desposó hace poco a una mujer joven con la esperanza de engendrar más herederos...

—¿Valentina?

—Valentina —confirmó—. Pero hasta ahora no han tenido suerte. El rey tiene todas sus esperanzas puestas en el príncipe Hadrian, que he oído que se va a casar el año que viene con alguna princesa no muy convencida. El pobre chico da la impresión de que podría morirse en cualquier momento.

—¿Tan enfermo está?

Lady Eastoffe hizo una mueca y miró a su hija, que respondió por ella.

—Ha conseguido sobrevivir hasta ahora, así que... ¿quién sabe? —dijo la joven—. Quizá sea solo que ese tono verde pálido es su color natural.

Me permití esbozar una sonrisa y luego me dejé caer de nuevo en la silla.

—¿Así que vuestro rey está preocupado por que su dinastía podría acabar con él o con su hijo?

—Sí —respondió lady Eastoffe.

—¿Y no hay nadie que pueda hacerse cargo del trono y mantener la paz?

La mujer vaciló.

—El rey suele eliminar a cualquiera que pueda usurparle el poder.

—Oh... Así pues... No sé si lo entiendo. ¿Qué gana con ello?

88

—Cualquiera con el más mínimo sentido común estará de acuerdo en que no gana nada —se apresuró a responder Scarlet—. Pero, tal como decíamos, el miedo le ha hecho enloquecer, y llegados a este punto lo mejor que se puede hacer es mantener las distancias.

Lady Eastoffe asintió y prosiguió:

—Por supuesto debéis obedecer a vuestro rey. Mostraos estupenda, lo mejor que podáis. Pero mantened toda la distancia posible del rey Quinten.

Asentí.

—¿Y qué hay de Valentina?

—Lamento decir que no la conocemos bien —explicó Scarlet, cruzando una mirada de preocupación con su madre—. Muy poca gente la conoce. Pero es joven, como nosotras. Así que si podéis tenerla distraída, quizás eso os valga para ponérosla de vuestro lado.

Asentí y me giré hacia Nora y Delia Grace.

—Distraer a la gente es lo que se me da mejor. Pero no estoy muy segura de cómo voy a hacerlo sin conocer sus gustos.

Nora soltó un suspiro.

—¿Quizá podríamos llevarla a la ciudad y enseñarle alguna tienda?

—Bien. Sí. Y ya pensaremos otras cosas —le prometí a lady Eastoffe.

—Yo también seguiré pensando —prometió Scarlet—. Si recuerdo algo, os lo diré. Y dado que con el rey vendrán muchos cortesanos, cuando lleguen podemos preguntarles a algunos de ellos si tienen alguna idea.

Suspiré aliviada.

—Gracias. Toda la vida me han dicho que los isoltanos eran más intratables. Veo que me habían informado mal.

Lady Eastoffe esbozó una sonrisa cómplice.

—Esperad a conocer al rey antes de cambiar de opinión del todo.

89

Me reí, y madre e hija rieron conmigo. Estaba contenta de tener a alguien a quien consultar cualquier duda sobre la visita.

—Os admiro —reconoció lady Eastoffe—. Tan joven y tan valiente.

Hice una mueca.

—¿Valiente?

—Ser reina no es ninguna tontería. Admiro por ello incluso a Valentina, independientemente de lo que me parezca como persona.

Tragué saliva.

—Mentiría si dijera que no estoy nerviosa.

—Y es natural. Pero ya estáis haciendo lo mejor que podríais hacer: estáis animando a vuestro rey a que busque la paz. —Meneó la cabeza—. Nadie podría hacer más.

Asentí, agaché la cabeza y me miré las manos. Sus palabras eran generosas, pero eso no impedía que me preocupara ser el eslabón más débil de la cadena, susceptible de romperse en cualquier momento.

—El rey Jameson parece bastante prendado de vos —comentó Scarlet—. ¿Cómo conseguisteis que se fijara en vos?

Vi que Delia Grace ponía un brazo en jarras; su sonrisa socarrona lo decía todo.

—Fue casualidad, más bien —respondí—. El rey había estado flirteando con unas cuantas chicas de la corte, pero estaba claro que no eran relaciones serias. Hacía un año y medio, más o menos, que su padre había muerto. Su madre murió unos tres meses después que el rey Marcellus.

—Ya —dijo lady Eastoffe—. Mi esposo y yo vinimos a ambos funerales.

Aquello me llamó la atención. Debían de ser una familia muy noble para acompañar al rey Quinten en tantos viajes internacionales.

—Una noche, Delia Grace y yo estábamos bailando juntas en el Gran Salón. Estábamos cogidas de las muñecas, dando vueltas como un trompo, cuando tropezamos y caímos hacia atrás. Delia Grace cayó en brazos de otras damas, y yo caí en los brazos de Jameson.

Por un momento, se me escapó la risa. Resultaba algo ridículo que fuera así como había conquistado el corazón de Jameson.

Lady Eastoffe suspiró, y Scarlet apoyó la cabeza en la mano, escuchando atentamente.

—Me estaba riendo tanto que no me di cuenta de quién me estaba sujetando. Cuando conseguí ponerme en pie y darle las gracias, él también se estaba riendo. Todo el mundo dijo que era la primera vez que le habían oído reír desde la muerte de sus padres, y desde entonces mi objetivo es hacerle sonreír. Creo que todo el mundo pensó que con el tiempo se olvidaría de mí…

—No todo el mundo —me recordó Delia Grace.

—Casi todo el mundo —precisó Nora, guiñándome un ojo.

Sonreí, divertida, y luego miré a Delia Grace:

—Bueno, tú siempre has tenido más confianza en mí que yo misma. Pero lo cierto es que fue una casualidad. Si hubiéramos dado un cuarto de vuelta más, ambas habríamos dado con el trasero en el suelo. Otra media vuelta, y habría sido yo la que estaba en el suelo, y ahora sería Delia Grace la que os recibiría, y yo la que le serviría fielmente.

Nora asintió. Luego añadió:

—Bueno, si nos hubiera aceptado como damas de compañía.

No iba desencaminada, y aquello me hizo reír otra vez. Hasta Delia Grace tuvo que sonreír.

—Supongo que sería muy afortunada de contar con ambas —bromeó.

—Está muy bien que tengáis un grupo de amigas fieles —dijo lady Eastoffe—. Es muy importante saber exactamente en quién podéis confiar. La reina Valentina solo tiene una dama de compañía.

—¿De verdad? Quizá tendría que preguntarle al respecto. Me gustaría tener un séquito pequeño. Quiero decir, cuando llegue el momento.

Lady Eastoffe sonrió.

—Quizá tengáis que esperar un poco para hablar con ella.

—¿Y eso?

—Protocolo. Al principio, solo habla el cabeza de familia. Como vos no estáis casada, tendrían que presentaros vuestros padres, pero puede que el rey lo haga personalmente. Pueden ser cualquiera de las dos cosas. Pero lo normal es que la persona de rango más alto hable primero, y si eso no sucede... —Se produjo una larga pausa. ¿Es que no iba a poder hablar con ninguna mujer?—. En caso de duda, en cualquier situación, tratad a Quinten y a Valentina como superiores. Aunque no lo sean, agradecerán el halago y es más fácil que respondan con amabilidad.

—De acuerdo. ¿Y qué hay de las comidas? Hasta ahora me he sentado a la derecha del rey, pero supongo que ese lugar ahora lo ocupará el rey Quinten. ¿Debería intentar...?

De pronto, entraron mis padres, sin llamar. Mi padre llevaba varios libros y mapas enrollados en las manos.

—Podéis marcharos —le dijo bruscamente mi madre a lady Eastoffe.

—Madre, padre, lady Eastoffe es mi invitada. Por favor, mostradle...

—El rey me ha encomendado un trabajo —me interrumpió mi padre—. ¿Sugieres que desoiga sus órdenes?

Lady Eastoffe sonrió y se levantó de la silla.

—Llamadme cuando queráis, lady Hollis. Si se nos ocurre algo más sobre la reina, os lo haremos saber. Un placer, lord Brite. Lady Brite.

Mi padre echó a un lado las flores de la mesa y desplegó un mapa.

—Siéntate. Tenemos mucho de lo que hablar. Great Perine está al borde de la guerra civil, y con Mooreland no sé ni por dónde empezar.

Suspiré y miré aquellos mapas de color fango. No importaba quién me explicara todo aquello; a los veinte minutos, ya no me cabía ni un concepto más en la mente. Entre el protocolo y la situación política, no me quedaba sitio en el cerebro para nada más. Y lo peor era que aún no sabía prácticamente nada de lo que necesitaba aprender antes de que acabara el día.

11

Cuando se fueron mis padres, Nora y Delia Grace se pasaron el resto del día preguntándome para ver lo que había aprendido. Por cada respuesta acertada podía tomar un bocado de tarta, así que, por supuesto, cuando llegó la hora de la cena estaba muerta de hambre.

Cuando pasamos al Gran Salón, Nora me susurró al oído.

—Intenta no mostrarte abatida. Esto es un gran honor.

—No puedo evitarlo. Es imposible que lo haga bien. Es demasiado poco tiempo.

—Tiene razón —dijo Delia Grace—. Sonríe. De todo esto lo más importante es que hagas feliz a Jameson.

Sonreí y levanté la cabeza en el momento en que entrábamos, entre reverencias y sonrisas corteses. Jameson estaba, como siempre, encantado de verme. Pensé en aquellas palabras que me había dicho en la cámara de las joyas. Él mismo había dicho que quería que fuera yo misma. ¿Cómo iba a hacer eso y ser también todo lo que la gente esperaba de mí? Desde luego, si le fallaba ante un medio enemigo no declarado, sus sentimientos se desvanecerían.

Algo en mi interior se preguntaba si no sería lo mejor.

Sacudí la cabeza e intenté recomponerme. Solo una idiota renunciaría a un rey.

—Corazón mío —dijo Jameson al acercarme, besándome en la mejilla ante toda la corte—. ¿Cómo ha ido el día?

—Ojalá al rey Quinten empiece a fallarle el oído, para que no se entere de lo poco que recuerdo de las lecciones que me han dado.

Jameson se rio. A mí también me habría gustado poder reírme.

—Oh, supongo que tienes razón en temer a Quinten. Cuando yo era un crío, también le temía. Tuve que superar ese miedo cuando subí al trono —dijo, sin darle mayor importancia, al tiempo que echaba mano de su copa.

—¿Vos? ¿De qué ibais a tener miedo? Sois el rey.

Hizo una mueca.

—Bueno, cuando lo conocí, no lo era. Ya tenía ese aspecto de malo de cuento de hadas cuando lo vi por primera vez. Y con el tiempo, viéndolo en acción, me he dado cuenta de que «malo» es una palabra demasiado buena para él.

—Qué curioso. —De pronto había perdido el apetito—. ¿Y qué es lo que ha hecho para haceros pensar eso?

Jameson no respondió enseguida. Era como si le costara elegir las palabras.

—No es nada en particular. Lo es todo. Actúa como si el mundo le hubiera ofendido gravemente, y dedica todo el tiempo que tiene a desplegar su venganza.

—¿Contra qué? ¿Contra quién?

Jameson levantó la copa en reconocimiento, como si hubiera dado en el clavo.

—Nadie lo sabe con certeza, mi querida Hollis. Mi padre se pasó la vida preparándose para la guerra contra Quinten, y de no haber sido por mi madre se habrían enfrentado mucho más a menudo de lo que lo hicieron. Pero si debo ir a la guerra, quiero que sea por alguna causa importante; nada de esas tontas escaramuzas. Estoy seguro de que llegará el día en que tenga que ir a por Quinten por algún motivo de peso, pero hasta entonces intentaré a toda costa que haya paz.

Le sonreí, rendida.

—Sois un rey magnífico. Y lo digo de corazón.

Me cogió la mano con las dos suyas y me la besó con fervor.

—Ya lo sé —susurró—. Y no tengo dudas de que tú serás una gran reina.

Aquellas palabras hicieron que se me acelerara el pulso. Iba a ser algo inimaginable, el día en que me dieran una corona.

—Eso me recuerda… —dijo— que tengo una sorpresa para ti.

Miré a Jameson, preocupada:

—Os juro que, si habéis invitado a algún otro rey a las festividades de mañana y tengo que aprenderme otro montón de normas de protocolo esta noche, vuelvo al río y me tiro al agua. ¡Y esta vez me quedaré dentro, de verdad!

Se rio con ganas, y yo no estaba segura de si era porque se divertía al verme bajo presión o si era porque realmente se me daba tan bien hacer que se divirtiera.

—No, no es nada de eso. Es solo algo para ayudarte. Pero… —miró hacia atrás, buscando a Nora y a Delia Grace— creo que necesitaré algo de ayuda.

Y levantó la servilleta.

12

—*N*o te atrevas a mirar —insistió Jameson, atándome la servilleta en torno a los ojos.

—¡Mientras me prometáis que no me dejaréis caer! —repliqué, con una risita nerviosa.

—No te preocupes —me susurró Delia Grace, cogiéndome de la mano—. Yo te vigilo. Como siempre.

Y aquello era bastante cierto. A pesar de todos los altibajos, ella siempre me había mantenido a flote. Le agarré la mano algo más fuerte mientras subíamos por unas escaleras de caracol.

—Majestad, ¿dónde me estáis llevando?

—Solo unos escalones más —me susurró al oído, y su aliento me hizo cosquillas en el cuello—. Nora, ¿puedes abrir la puerta?

Oí que Nora reprimía una exclamación de admiración y sentí que Delia Grace se paraba un momento, sin dejar de apretarme la mano. Levanté la mano, rozando la casaca de Jameson, agarrándome al terciopelo, esperando no caerme.

—Muy bien, Hollis. Por aquí. —Delia Grace me agarró de la cintura y me colocó en posición.

Con un gesto ágil de la mano, Jameson me arrancó la servilleta de los ojos. Lo primero que vi fue a él. Me había girado para ver su rostro, esperando ver en él una expresión de satisfacción. Y desde luego estaba satisfecho.

Oh, aquellos brillantes ojos de color miel que eran la envidia de las estrellas. Incluso al final de un día tan horrible, poder observar aquella sonrisa y saber que estaba ahí por mí me bastaba para sentirme mejor.

Lo segundo que vi fue el lugar preciso en que me encontraba. Vi los aposentos de la reina y el corazón casi me dejó de latir.

—Las últimas cuatro reinas de Coroa han dormido en estos aposentos. Dado que mañana vas a recibir a la reina Valentina y a su séquito, lo justo es que sean tuyos.

—Majestad... —murmuré—. No.

—Quizá si tienes vistas al río se te quiten las ganas de tirarte al agua —comentó, como si nada, acompañándome a la ventana.

La luna brillaba baja en el cielo, llena y radiante. Se reflejaba en el río, a lo lejos, y bañaba de luz la ciudad. Recordé la panorámica del río Colvard que vimos Delia Grace y yo desde unas estancias vacías una o dos plantas por encima de aquella. Nos habíamos escabullido con una botella de hidromiel y unos gruesos chales y nos habíamos quedado allí, charlando y esperando ver el amanecer. Cuando por fin salió el sol, el río reflejó la luz de sus rayos y fue como si toda la ciudad se cubriera de oro. En aquel momento, pensé que no podía haber otra estancia comparable en el castillo. Estaba equivocada.

—He hecho que pusieran sábanas nuevas, por supuesto —dijo Jameson, haciéndome pasar—. Y esos tapices de las paredes también son nuevos. Pensé que te harían el cambio más fácil.

El corazón me latía desbocado en el pecho. Yo me acerqué a él.

—Majestad... Yo no soy reina.

Él sonrió de nuevo, aparentemente contento consigo mismo.

—Pero lo serás. —Me besó la mano—. Simplemente, te estoy entregando lo que te corresponde... con unos meses de anticipo.

Apenas podía respirar.

—Sois demasiado bueno conmigo, majestad.

—Esto no es nada —susurró—. Cuando seas reina, te cubriré de joyas, de regalos y de elogios hasta el día de nuestra muerte. Y sospecho que seguiré haciéndolo hasta muchos años después —añadió con un guiño—. Echa un vistazo a la habitación. Instálate. Mis hombres traerán todas tus cosas por la mañana, antes de que llegue Quinten.

Estaba atónita. Iba a vivir en los aposentos de la reina. Eran míos.

—Parece una tontería darle las buenas noches al sol, pero lo haré igualmente. Buenas noches, lady Hollis. Nos vemos por la mañana.

En el mismo instante en que se cerraron las puertas, Nora y Delia Grace compartieron su primer momento de verdadera camaradería. Se agarraron de las manos y se pusieron a dar saltitos como si los aposentos se los hubieran concedido a ellas.

—¿Puedes creértelo? —exclamó Delia Grace.

Me agarró de las manos y tiró de mí, llevándome por toda la estancia, desde el lugar donde la reina recibía a sus invitados hasta el dormitorio. A la derecha de la gran cama con dosel estaba el enorme ventanal con vistas a la ciudad y al río, y en la pared de la izquierda se abría el paso a la antecámara. Por las pocas veces que había visitado antes los aposentos de la reina, sabía que sus damas también dormían allí. Pero en la pared de detrás de la cama había otra puerta, una que no había atravesado nunca.

Nora y Delia Grace me siguieron, en un silencio reverencial, mientras yo abría la pesada puerta. Aquello no acababa. Había mesas para escribir y salas para reuniones privadas y, en otra antecámara, una colección de armarios para mi ropa.

De pronto, me sentí débil, como si el suelo flotara sobre las aguas del río y se moviera con la marea.

—Delia Grace, ¿me ayudas a ir hasta la cama?

Ella se acercó y me agarró enseguida, con gesto preocupado.

—¿Hollis?

—Ven aquí —dijo Nora, retirando las cortinas del dosel.

Me senté, intentando controlar la respiración.

99

—¿No estás contenta? —exclamó Delia Grace—. ¡Vas a conseguir todo lo que desearía cualquier chica del reino!

—Claro que sí. Es solo que… —Tuve que parar un momento para respirar—. Son demasiadas cosas de golpe. Voy a tener que recibir a una reina, aprender todas esas cosas y trasladarme a unos aposentos nuevos. ¿Todo en un día? ¡Llegarán mañana!

—Nosotras te ayudaremos —dijo Nora.

Meneé la cabeza y me eché a llorar.

—No sé si quiero todo esto.

—Tienes que dormir —dijo Delia Grace, que luego se dirigió a Nora—. Cógele los zapatos.

—Ni siquiera tengo una bata —gimoteé.

—Iré a buscar una. Tú, tranquila.

Nora salió de allí a toda prisa, y me quedé con Delia Grace, que se dedicó a quitarme los zapatos.

No había agua en la jarra ni fuego en el hogar. Habían traído sábanas y habían encendido velas para que la habitación estuviera presentable, pero los aposentos aún no estaban en condiciones de ser habitados.

—Volvamos a mi habitación —murmuré—. Esto podemos hacerlo mañana por la mañana.

—¡No! —insistió ella, haciéndome sentar de nuevo en la cama—. El rey lo verá como un desprecio. ¿Te han dado los segundos mejores aposentos de todo el palacio, y quieres rechazarlos por un puñado de artículos personales? ¿Es que has perdido completamente la cabeza?

Sabía que tenía razón, pero me sentía como si estuviera saliendo despedida de las manos de Delia Grace hacia la derecha del trono en un abrir y cerrar de ojos, y no sabía cómo gestionarlo.

Me tendí de costado mientras Delia Grace me aflojaba el vestido. A los pocos minutos, Nora ya había vuelto con un camisón, una bata y unas zapatillas. También me había traído el cepillo y un jarroncito.

—Pensé que te gustaría ver algo tuyo por aquí —dijo—.
¿Lo pongo sobre el tocador?

Asentí tímidamente, esbozando una sonrisa mientras ella
colocaba las cosas en su sitio. Delia Grace me hizo sentar de
nuevo en la cama y Nora corrió la cortina y echó un vistazo al
interior de la antesala.

—Aquí hay sitio para cuatro o cinco, diría yo, si es que
quieres escoger alguna dama más.

—Si debo tener alguna más, podéis escogerlas vosotras.
Pero no hoy.

—Nora, ve a ver si encuentras alguna doncella —ordenó
Delia Grace—. Yo voy a meterla en la cama y a traer unas
cuantas cosas: leña, flores…

—¿Vamos a su habitación y le traemos sus cosas?

—El rey dijo que lo harían por la mañana. Puede esperar
hasta entonces.

Hicieron planes sobre mí como si ni siquiera estuviera allí,
como si todo aquello no estuviera pasando por mí y para mí.
Y, dado que yo no estaba en condiciones ni de pensar, les dejé
que lo hicieran. Las cortinas del dosel estaban corridas, cosa que
convertía la cama en un ambiente acogedor y tranquilo, pero
eso no bloqueaba del todo el ruido que hacían al moverse por
los aposentos, ni el de las doncellas encendiendo el fuego.

No me dormí. Pero estuve atenta a cuando Delia Grace y
Nora cayeron por fin rendidas. Fue entonces cuando recuperé
mis zapatos y me escapé en silencio de la habitación.

$\mathcal{A}$ esas horas de la noche, sabía que la luna iluminaría las vidrieras emplomadas del Gran Salón. Pasé por esquinas ocupadas por parejas que hablaban en susurros y entre risitas, y recibí las reverencias de guardias y criados que aún trabajaban a aquellas horas de la noche.

En el Gran Salón, el fuego del amplio hogar había quedado reducido a brillantes brasas, y había un criado removiéndolas, sacándoles el poco calor que aún podían dar. Me quedé bajo el arco de la entrada, observando la explosión de color en el suelo. Por supuesto, nada podía igualar el despliegue de colores proyectados a la luz del día, pero la luna creaba una imagen diferente, casi mística. Eran los mismos dibujos, las mismas formas, y, sin embargo, eran más suaves, más delicadas.

—¿Sois vos, lady Hollis?

Me giré. El que pensaba que era un criado, junto al fuego, era en realidad Silas Eastoffe.

Cómo no. En el momento en que yo me planteaba si no haría bien en abandonar a mi rey, me encuentro con alguien que había hecho algo parecido con el suyo. A saber quién de los dos era más indigno.

Quizá Silas fuera la peor persona con la que me podría haber encontrado. No solo porque a él también se le había presentado la tentación de vivir como un traidor (se le había presentado y había sucumbido), sino porque había algo en aquellos ojos azules que me hacía pensar... Ni siquiera podía decir qué me hacían pensar.

Intenté mostrarme digna, como si mi camisón fuera un vestido de noche. Era difícil hacerlo, bajo el peso de su mirada.

—Sí. ¿Qué estás haciendo de pie a estas horas, tan tarde?

—Yo podría preguntaros lo mismo —dijo él, sonriendo.

Levanté la cabeza.

—Yo he preguntado antes.

—Es verdad que vais a ser reina, ¿no? —dijo, en tono sarcástico—. Por si os interesa, a alguien se le ocurrió que sería buena idea hacer dos piezas de metal para dos grandes reyes en un solo día... Sullivan y yo hemos estado trabajando hasta hace veinte minutos.

Me mordí el labio, y mis intentos por mostrarme distante sucumbieron bajo el peso de la culpa.

—Lo siento mucho —dije.

Lo cierto es que en el momento de hacer aquella propuesta había perdido por completo la noción de cuándo iba a ser la visita. A mí también me ha pillado por sorpresa todo esto.

—¿De verdad? Mi madre dice que hoy os ha visto muy entregada al estudio. —Se cruzó de brazos y se apoyó en la pared, de lado, como si aquel encuentro fuera de lo más normal, como si me conociera perfectamente.

—Entregada igual sí, pero buena estudiante..., bueno, eso está por ver. —Me ajusté un poco la bata—. Nunca he sido de las más listas de la corte. Y, si alguna vez se me olvida ese detalle, Delia Grace se encarga de recordármelo. O mis padres. Pero tu madre y Scarlet han tenido mucha paciencia conmigo. Puede que necesite que vuelvan mañana. Quiero decir hoy... supongo.

—Se lo puedo decir, si queréis.

—También tendrás que decirles que me he trasladado.

—¿Trasladado? ¿En un día?

103

—En una hora. —Me pasé la mano por el cabello y tragué saliva, intentando mostrarme menos enojada de lo que estaba—. El rey Jameson ha decidido que hoy durmiera en los aposentos de la reina. No creo que lo sepan ni siquiera mis padres. No tengo ni idea de cómo se lo van a tomar en el Consejo Real cuando la noticia salga a la luz. —Me froté la frente, intentando alisar las arrugas de preocupación—. El rey quería que me metiera de lleno en mi papel antes de la llegada del rey Quinten. Me van a traer joyas. Habló de nuevos vestidos. Y, de pronto, tengo nuevos aposentos…, son demasiadas novedades —confesé.

—Pero ¿no es lo que queréis? Seréis la mujer mejor atendida de todo el reino.

Suspiré.

—Lo sé. Solo que no estoy segura de que… —Me detuve. Le estaba contando demasiado a aquel chico. Era un extraño… y un forastero. ¿Quién era él para preguntarme por mi vida? Sin embargo, en aquel mismo momento, me di cuenta de que me apetecía contarle mis problemas a él más que a nadie, más incluso que a la gente que se suponía que lo sabía todo de mí—. Supongo que no se trata de todo lo que estoy recibiendo, sino de la velocidad a la que está llegando. Tienes razón: tengo todo lo que podría pedir y más.

—Bien —dijo, pero su sonrisa no pareció tan genuina como antes.

Tenía la sensación de que la conversación iba a tomar derroteros para los que no estaba preparada, así que cambié de tema enseguida:

—¿Qué tal os estáis adaptando? ¿Qué tal te va por Coroa?

Sonrió.

—Sabía que la comida no sería la misma, que el aire tendría otro olor y que las leyes serían diferentes. Pero en el pasado, cada vez que he venido de visita, siempre ha sido sabiendo que volvería a casa. No quiero parecer ingrato. Estoy muy agradecido de que su majestad nos haya dejado quedarnos. Pero hay veces que me siento triste, sabiendo que no voy a ver Isolte nunca más.

Bajé la cabeza y suavicé el tono para intentar que fuera más positivo.

—Sin duda podréis volver de visita. Os queda familia allí, ¿no?

Él esbozó una sonrisa.

—Sí. Y los echo de menos. Pero cuando vea al rey Quinten, mañana, espero con todo mi corazón que sea la última vez que lo haga.

Había algo en sus palabras que me estremeció, y me di cuenta de que, curiosamente, aquello se parecía mucho a lo que había dicho Jameson.

—Si es tan horrible, yo también espero no verle más. Y espero que tu familia sea feliz en Coroa.

—Gracias, milady. Sois la joya que todo el mundo dice que sois.

Yo habría querido decirle que, por lo que sabía, nadie más que Jameson me consideraba una joya. Pero había sido tan amable al decirlo que no quise estropeárselo.

Se sujetó un mechón de pelo tras la oreja. El resto lo llevaba atado con un cordón, y me di cuenta de que aquel mechón debía de ser el que le había cortado Jameson, y que ahora resultaba ingobernable. También había observado que, al acercarle la espada al rostro, Silas no había pestañeado siquiera.

—Supongo que debo irme —dijo—. No os quiero entretener.

—¿Y tú qué estabas haciendo aquí, por cierto? —respondí apresuradamente. Aquella conversación aún no había acabado—. Esto está bastante lejos de la zona del castillo donde vives.

Él señaló hacia arriba.

—Como he dicho antes, en Isolte somos grandes pensadores, pero no grandes creadores. El arte aquí, la arquitectura... tiene algo especial. Lo describiría si pudiera, pero no encuentro las palabras. —Volvió a mirar hacia los ventanales—. Me gusta observar la luz que atraviesa el cristal. Es... relajante.

—Sí que lo es, ¿verdad? Toda esa luz reflejada parece fragmentada, pero, si levantas la vista, ves que sigue un patrón.

Asintió.

—Y decís que no sois buena estudiante. Admiro vuestro modo de pensar, lady Hollis. —Bajó la cabeza a modo de reverencia—. Le diré a mi madre que venga a veros después de desayunar. Probablemente, necesitaremos que Scarlet se quede a ayudarnos para acabar las piezas.

—Lo siento, de verdad.

Él se encogió de hombros y relajó el gesto.

—Fue una buena idea. Especialmente teniendo en cuenta el pasado tumultuoso del rey. Pero la próxima vez que tengáis una idea genial, ¿podéis avisarme un poco antes? No tenemos recursos infinitos.

Solté una risita y, sin pensarlo, alargué la mano para estrechar la suya en un gesto de buena voluntad.

—Lo prometo.

Aquello le pilló desprevenido: bajó la mirada y se quedó mirando nuestras manos. Pero no se apresuró a retirar la suya. Y yo tampoco lo hice.

—Gracias, milady —susurró, asintiendo rápidamente antes de desaparecer por los pasillos del castillo.

Me lo quedé mirando hasta que se convirtió en otra de las sombras de Kereskon, fundiéndose con la noche. Y luego me miré la mano y estiré los dedos, como si pudiera eliminar la sensación de calidez que aún sentía en la piel.

Sacudí la cabeza para quitarme aquella sensación de encima. Fuera lo que fuera lo que acababa de suceder, ahora mismo era la menor de mis preocupaciones. Me giré y observé la explosión de color en el suelo.

Si quería, podía atravesar el salón y llamar a la puerta de los aposentos de Jameson. Podía decirle al guardia que necesitaba hablar con el rey, urgentemente. Podía decirle que necesitaba más tiempo, que al no haber nacido en aquel entorno me costaba seguir el ritmo.

Pero…

Miré al otro lado del Gran Salón, planteándomelo. Sabía lo que sentía por Jameson. Y eso bastaba para que me esforzara más aún y aceptar que podría gestionar la situación, aunque aún no hubiera llegado a ese punto.

El amor de un rey podía hacer que alguien intentara cualquier cosa. Y no había nada más embriagador que ser el objeto de su adoración, y el de mucha otra gente que me adoraba por él. Al día siguiente, tendría el privilegio de hablarles a mis padres de mis nuevos aposentos. Vería a los lores cediendo ante los deseos de Jameson, conscientes de que había ascendido a una posición por encima no solo de cualquier otra chica del reino, sino también de cualquier otra princesa en el continente. Muy pronto sería reina.

Levanté la vista y contemplé el ventanal una vez más, y luego me volví a mis aposentos. Sentí una extraña emoción al subir las escaleras para acceder a un dormitorio que no solo había sido creado para la realeza, sino que estaba en un espacio independiente, lejos de mis padres. Aunque solo fuera por eso, ya podía estar contenta. Y todas aquellas cosas, juntas, me daban fuerzas para afrontar cualquier cosa.

14

$\mathcal{L}$a mañana siguiente fue de lo más ajetreada, con la llegada de todas mis posesiones a mis nuevos aposentos. Entre todo aquel caos, llegó un paje con una caja, flanqueado por dos guardias que observaban atentamente mientras dejaba la caja sobre una mesa. Nora y Delia Grace intercambiaron una mirada de desconcierto mientras yo asentía en dirección al paje, indicándole que podía abrirla. Las chicas se quedaron boquiabiertas al ver el brillo cegador del collar de piedras rosa.

—¡Por Dios, Hollis! —dijo Delia Grace, acercándose a mirar la caja, pero sin atreverse a tocarla.

—Eso es lo que sucedió ese día en los aposentos del rey. Estaba dejándome escoger algo para hoy.

—Pues lo hiciste de maravilla —comentó Nora.

—Conozco ese collar —observó Delia Grace, atónita—. Lo hicieron para la reina Albrade, Hollis. Fue hecho para una guerrera.

Sonreí, pensando que iba a ponerme algo creado para ir a la guerra. Ya estaba echando mano del collar cuando entró otro paje cargado con otra caja.

—Perdonad, lady Hollis —dijo—. Su majestad ha pensado que esto iría bien con vuestro collar.

No esperó instrucciones para abrir el paquete, probablemente porque seguía órdenes del rey, para impresionarme. Me acerqué y le apreté la mano a Delia Grace al ver el tocado que había escogido Jameson. Era impresionante, rematado con las mismas piedras preciosas que el collar, que se abrían en un abanico como los rayos del sol asomando por el horizonte.

Como el sol. Esa pieza la había elegido con toda la intención.

—Ayudadme, damas. Esto no valdrá de nada si llegamos tarde —dije, sentándome ante el tocador, mientras Delia Grace cogía el tocado, y Nora, el collar.

—¡A mediodía estarás agotada! Pesa muchísimo —dijo Nora, asegurando el cierre.

Cuando sentí el peso de la joya sobre mí, tuve que admitir que quizá tuviera razón. Pero, cansada o no, no iba a quitarme aquello del cuello hasta la noche.

—Toma —dijo Delia Grace, colocándome el tocado sobre el peinado y fijándolo con unas cuantas horquillas más.

Me senté en el tocador, mirándome al espejo. Nunca me había sentido tan guapa. No estaba muy segura de que aquella fuera yo misma, pero era innegable que tenía un aspecto real. Tragué saliva.

109

—Cuento con vosotras para que vengáis a rescatarme si me veis haciendo alguna tontería. He de estar compuesta y perfecta para que el rey Quinten no tenga nada que criticar.

Nora acercó su cabeza a la mía y me miró a través del espejo.

—Lo prometo.

—Por supuesto —añadió Delia Grace.

Asentí.

—Muy bien. Pues adelante.

Me cogí las manos por delante del cuerpo, con elegancia, mientras recorríamos el breve trecho entre los aposentos de la reina y el Gran Salón. Sentía que mi confianza iba en aumento a cada expresión de asombro y cada reverencia que iba recibiendo. Veía en los ojos de todos los que dejábamos atrás que había alcanzado mi objetivo: con mi mejor vestido dorado y el tocado que había elegido Jameson, parecía una reina radiante.

Hacia el final del salón encontré a los Eastoffe, que esperaban, tal como había ordenado Jameson. Lady Eastoffe me dedicó una cálida sonrisa y, con la mano en el corazón, dijo «preciosa», moviendo la boca, pero sin emitir sonido alguno. A su lado, Silas hizo una reverencia algo torpe, intentando fijar la vista en el suelo y al mismo tiempo mirarme a mí. Yo contuve una sonrisa; erguí la espalda y seguí hasta el lugar donde esperaba Jameson.

Tenía la boca ligeramente entreabierta y tardó un momento en reaccionar y tenderme la mano.

—Por Dios, Hollis. Por un momento, se me había olvidado cómo respirar. —Meneó la cabeza y se me quedó mirando. Me ruboricé—. No olvidaré nunca tu aspecto en este momento, en toda mi vida: una reina que brilla como un sol.

—Gracias, majestad. Pero el mérito es en parte vuestro. Esto es precioso —dije, llevándome la mano al tocado—. Me encanta.

Él negó con la cabeza.

—Me alegro de que te gusten las joyas, pero te aseguro que no hay otra mujer en esta sala que pudiera hacerles justicia.

Estábamos mirándonos a los ojos cuando, a lo lejos, sonaron las fanfarrias que anunciaron la llegada del rey Quinten. Jameson hizo un gesto a los músicos para que se prepararan, y yo miré a Delia Grace, que me indicó con un gesto que me colocara bien el collar, poniendo la gema más grande en el centro.

Cuando llegaron el rey Quinten y su séquito, ya estábamos preparados, perfectamente situados, como en un cuadro. Él recorrió la alfombra roja que atravesaba la gran sala por el centro. La última vez que lo había visto había sido en el funeral de la reina Ramira, y ahora lamentaba no haberme fijado más en él. Lo único que recordaba era que el vestido negro que llevaba me rozaba el brazo, y que me pasé la mayor parte del acto intentando ponerme bien la manga. Pero eso no importaba, porque ahora tenía toda la impresión de que lo conocía bien; era todo lo que me había dicho lady Eastoffe.

Estaba perdiendo cabello, que, aunque aún tenía alguna sombra rubia, en su mayor parte era gris. Caminaba apoyándose en un bastón, con los hombros algo echados hacia delante, y me pregunté si sus dificultades se deberían a su peso o a la gran cantidad de tela. Pero fue su expresión la que me dejó de piedra: al mirarle a los ojos, sentí que el corazón se me helaba. Había algo en él, como si no tuviera nada que perder y, al mismo tiempo, pudiera perderlo todo. Aquella contradicción lo hacía temible.

Aparté la mirada en cuanto pude, y la posé en la reina Valentina. En realidad, no era mucho mayor que yo, de hecho, y eso hacía que la diferencia de edad entre ella y el rey Quinten fuera muy grande. Sonreía sin mostrar los dientes y tenía la mano derecha apoyada en el vientre, como protegiéndose.

El príncipe Hadrian, al otro lado del rey, resultaba inconfundible. Sí, la mayoría de isoltanos tenían pinta de necesitar algo más de sol, pero él era prácticamente un espectro. Me pregunté si no le faltaría mucho para serlo. Tenía los labios apretados como para esconder el esfuerzo que le costaba moverse, pero el sudor de su mente lo traicionaba. Aquel hombre tendría que estar en la cama.

111

Con aquellos tres personajes delante, me di cuenta de que no tenía nada que temer. Coroa era un país mucho más pequeño que Isolte, sí, pero nuestro rey era mucho más grande.

—Rey Quinten —dijo Jameson en voz alta, abriendo los brazos—. Qué satisfacción veros llegar en perfecto estado a Coroa, a vos y a vuestra familia. Lady Hollis y yo os damos la bienvenida como antaño hizo mi padre, como camarada soberano, designado por los dioses, y como querido amigo.

Pasaron varias cosas a la vez: el rey Quinten puso los ojos en blanco al oír la mención a los dioses, el príncipe Hadrian levantó una mano temblorosa para limpiarse el sudor del labio superior y yo suspiré, aliviada, porque con eso quedaban hechas todas las presentaciones.

Jameson descendió de la tarima, en la que se habían instalado asientos para todos nuestros invitados, y fue a saludar al rey Quinten. Le estrechó la mano con las dos suyas, haciendo que la sala estallara en un aplauso entusiasta. Yo no dejaba de mirar a Valentina. Estaba perfectamente erguida, pero no conseguía ver qué era lo que la mantenía a flote. No parecía que fuera la felicidad, ni el orgullo…, era algo inescrutable.

Jameson invitó al rey Quinten, a Valentina y a Hadrian a acercarse y sentarse con nosotros. Los miembros del séquito de Quinten empezaron a mezclarse con los de la corte de Jameson. La visita había empezado oficialmente.

Me giré hacia Valentina, a la que habían situado a mi lado, con la esperanza de que se sintiera más cómoda.

—Majestad, Isolte es un país enorme. ¿De qué parte procedéis vos? —pregunté.

Se giró hacia mí con un gesto petulante.

—Vos no habláis primero. Yo hablo primero.

Aquello me pilló por sorpresa.

—Mis disculpas. Supuse que la presentación del rey era suficiente.

—No lo era.

—Oh. —Hice una pausa. Estaba bastante segura de no haberme equivocado—. ¿Y ahora qué tal? Ahora que ya me habéis hablado…

Puso los ojos en blanco.

—Supongo. ¿Qué es lo que me habéis preguntado? ¿De dónde procedo?

—Sí —respondí, recuperando la sonrisa.

Se puso a inspeccionar los numerosos anillos de sus manos.

—Si os lo digo, ¿reconoceréis siquiera el nombre?

—Bueno…

—Lo dudo. Por lo que he oído, os habéis pasado toda la vida entre la finca de vuestra familia y el castillo de Keresken —dijo, levantando una ceja.

—Entre los dos, tengo todo lo que podría desear en el mundo —reconocí—. ¿Quizá podría enseñaros algo de nuestra arquitectura más tarde? Hay edificios de piedra en el…

—No —atajó ella, cortándome y llevándose la mano de nuevo al vientre—. Necesito descansar. Es muy importante.

Se recostó en su butaca, con gesto aburrido, y yo tuve la convicción de que le estaba fallando a Jameson. Suspiré y aparté la mirada. Me había pasado la mayor parte de las últimas veinticuatro horas preocupada de no saber qué decirle a Valentina, y ahora lo cierto era que no me habría importado no volver a oírla hablar nunca más.

Miré a los invitados, buscando a mis padres con la vista; ellos sabrían cómo reactivar la conversación. Delia Grace también tendría alguna idea… Pero no vi a nadie que reconociera, salvo a los Eastoffe.

Dejé mi lugar para ir a pedirles ayuda, y los encontré saludando calurosamente a otra familia.

—No sabía que ibais a venir —decía lord Eastoffe, agarrando con fuerza a otro caballero de mayor edad—. Me alegro de tener ocasión de poder contaros cara a cara cómo nos va; por carta no se pueden transmitir todos los matices.

El caballero y su esposa estaban con un joven que evidentemente era su hijo, a juzgar por su nariz y sus pómulos. Aunque la pareja era todo sonrisas, contenta de reencontrar de nuevo a sus amigos, la expresión del hijo dejaba claro que habría preferido estar limpiando establos.

—Scarlet —susurré.

—¡Lady Hollis! —respondió, girándose—. ¡Estáis radiante!

Me miró con una sonrisa luminosa, casi con una expresión fraterna en el rostro.

—Gracias —respondí, algo aliviada—. Escucha, necesito tu ayuda. Dime que se te ha ocurrido algo que le pueda decir a la reina, por favor. Es evidente que no tiene ningún interés en hablar conmigo.

Scarlet suspiró.

—Es así con todo el mundo; será por eso por lo que solo tiene una dama de compañía. Pero alguien me comentó que le gusta la cocina. Si tenéis ocasión de enseñarle algún plato nuevo, probablemente eso le guste. Esperad —dijo, agarrándome del brazo y acercándome al grupito—. ¿Tío Reid, tía Jovana? Esta es lady Hollis. Será la nueva reina —dijo con orgullo, y yo apoyé una mano sobre la suya.

—Es un placer conoceros, milady —dijo la tía de Scarlet—. La noticia de vuestro compromiso ha llegado a Isolte. La gente habla mucho de vuestra belleza, pero lo cierto es que no os han hecho justicia.

Sentí que el corazón se me aceleraba un poco al tener que asimilar todo aquello. Era surrealista que la gente de otros países hubiera oído hablar de mí, que supiera mi nombre.

—Sois demasiado amable —respondí, esperando parecer más segura de mí misma de lo que en realidad me sentía.

—Estos son los Northcott —explicó Silas—. Nuestros tíos; y este es nuestro primo Etan.

Yo miré al joven, que me lanzó una mirada de hastío.

—Encantada de conoceros —dije.

—Sí —respondió él.

Bueno, al parecer era tan desagradable como Valentina. Solo se permitió esbozar una sonrisa cuando vino Saul y lo abrazó. El crío apenas le llegaba con la cabeza al pecho, y Etan le revolvió el cabello con los dedos. A partir de ese momento, volvió a mostrarse tan inexpresivo como una armadura.

—Hemos oído que va a haber una justa —dijo lord Northcott—. Espero veros a alguno de los dos en el campo —añadió, señalando a Sullivan y a Silas.

Sullivan agachó la cabeza y Silas habló por los dos.

—Esta vez estaremos en las gradas, pero tengo muchas ganas de verlo. Es la primera vez que asistimos a un evento tan festivo. No sé si en Coroa se hacen las cosas de otro modo. Nunca lo he visto.

Me miró, como buscando confirmación.

—Lo dudo —dije yo, con tono de broma—. A la vista

de todo lo que Isolte ha importado de Coroa, estoy segura de que todo os resultará bastante familiar.

La mayoría me concedió aquello, y soltaron unas risitas al oír mi observación. Pero Etan, no.

—Isolte es un estado tan soberano como Coroa. Nuestras tradiciones son igual de valiosas y nuestro pueblo es tan sagrado como el vuestro.

—Por supuesto. Tener el privilegio de conocer a vuestros primos me ha enseñado mucho del mundo fuera de Coroa —dije, mirando a Scarlet y sonriendo—. Y espero poder visitar Isolte algún día.

—Yo también lo espero —espetó Etan, sarcástico—. Estoy seguro de que os recibirán con fanfarrias en la frontera.

—Etan —le reprendió su padre.

El grupito se agitó, nervioso, y muchos bajaron la cabeza, pero el comentario me sorprendió.

—No entiendo, señor.

Etan me miró como si fuera una niña.

—No. Por supuesto que no. ¿Por qué ibais a hacerlo?

—Etan —le apremió su madre, susurrando.

—¿En qué os he ofendido? —pregunté, sin entender el porqué de su animadversión y la de Valentina.

—¿Vos? —respondió, con una sonrisa burlona—. Vos no podéis ofender a nadie. —Señaló mi tocado, que emitía destellos de luz a cada paso que daba—. Vos sois un objeto de decoración.

Cogí aire y me maldije por no poder evitar ponerme roja.

—¿Perdón?

Él señaló hacia la tarima, donde estaba sentada la reina Valentina, junto a mi butaca vacía.

—¿Qué veis ahí arriba?

—Una reina —respondí con decisión.

Etan meneó la cabeza.

—Eso es un recipiente vacío, escogido para que resulte agradable a la vista.

115

—Etan, ya basta —gruñó Silas. Pero no parecía que pudiera detener a su primo.

—Si no sabéis lo que está sucediendo en vuestras propias fronteras, lo que le está pasando a vuestro pueblo, solo puedo deducir que vos, milady, sois exactamente lo mismo: un objeto de decoración de vuestro rey.

Tragué saliva, y en aquel momento deseé ser tan fría e inteligente como Delia Grace. Ella habría sabido desmontar a aquel chico. Pero algo en mi interior me decía que, en cierto sentido, tenía razón. Si iba a convertirme en reina en poco tiempo, tenía que seguir el ejemplo de aquellas mujeres que me habían precedido y a las que me iba a sumar.

Yo no era guerrera. No era cartógrafa. No era una erudita ni tenía especial don de gentes, ni destacaba en nada digno de mención.

Era guapa. Y eso no tenía nada de malo, pero, por sí solo, tenía muy poco valor. Eso lo sabía hasta yo.

Aun así, me negaba a tener que avergonzarme por ser lo que era.

—Más vale ser un objeto de decoración en Coroa que un bellaco en Isolte —sentencié, levantando bien la cabeza—. Bienvenidos a Coroa, lord y lady Northcott. Me alegro mucho de que hayáis venido.

Me giré y volví a mi butaca, esperando que Etan observara que básicamente era un trono. Pensé en la imagen del sol elevándose tras el río para calmar la mente, buscando ideas que me transmitieran paz y felicidad.

No iba a llorar. No en aquel lugar, no en aquel momento. No iba a dar motivo a nadie de los presentes —y mucho menos a alguien de Isolte— para que pensara que no tenía la paciencia, la compostura y el nivel necesarios para sentarme a la derecha de un rey.

15

—*P*or favor —le rogué a Jameson—. Es terrible.

Él esbozó una sonrisa socarrona mientras iba de un lado al otro de sus aposentos, quitándose algunos de los accesorios más pesados que llevaba, ahora que ya había acabado la recepción.

—Son todos terribles —dijo él.

—Se cree tan superior… No puedo pasar la velada con ella. —Me crucé de brazos, recordando el rostro amargado de la reina—. Preferiría comer en los establos.

Al oírme, él soltó una carcajada, tan potente como el murmullo de la multitud, que seguía concentrada al otro lado de la puerta.

—¡Y yo también! Pero no te preocupes, querida Hollis. La visita será corta; se irán muy pronto. —Se acercó y me rodeó la cintura con las manos—. Y podremos volver a dedicarnos a cosas más importantes.

Sonreí.

—Vos sois lo más importante que hay en mi mundo. Así pues, si insistís en que tengo que cenar con esa mujer retorcida, lo haré.

Él me puso una mano bajo la barbilla e hizo que le mirara a los ojos.

—Te ahorraré este sacrificio. Por esta vez —añadió, en un tono casi serio—. Sin embargo, desgraciadamente, yo tengo que cenar con Quinten para hablar de unos cuantos acuerdos…, cosas que te aburrirían. Así que tranquila. Puedes pasar la noche con tus damas.

Cogí la mano que tenía bajo la barbilla y me la llevé a la boca para besarla.

—Gracias, majestad.

Sus ojos brillaron de satisfacción, y no era fácil concentrarse siendo el blanco de su mirada.

—Más vale que vuelvas —dijo—. No te preocupes, me inventaré una excusa para disculparte esta noche.

—Decidle que he muerto ahogada bajo un montón de vestidos isoltanos —bromeé, y me fui, con el sonido de su risa aún en los oídos.

En el exterior, Delia Grace y Nora esperaban ansiosas.

—Vamos, señoras, no me encuentro bien —dije, con un tono de falsa solemnidad—. Creo que es mejor que me retire.

Delia Grace lo entendió al momento y me siguió mientras pasaba por entre la multitud. En una esquina vi por fin a mis padres. Mi madre miraba con altivez a la gente que acudía a hablar con ella, presumiblemente para felicitarla a ella y a mi padre por su gran éxito. ¿No sería algo digno de contar que el rey me había elegido precisamente por ser lo contrario a todo lo que ellos habían intentado hacer de mí?

Incluso con todo lo sucedido, raramente me hablaban, salvo para corregirme o para intentar tomar alguna decisión por mí. El alejamiento entre nosotros hacía aún más fácil plantarles cara.

Giré la cabeza y miré a Nora.

—¿Por qué no reúnes a unas cuantas damas más y venís a mi dormitorio? Sería agradable tener algo de gente alrededor.

—Por supuesto, milady —respondió ella, encantada.

—Veré si puedo conseguir uno o dos músicos. Pasaremos una buena tarde —dije, pensando en voz alta. El plan sonaba mejor cada vez. Frené a Nora antes de que se alejara—. Y trae a Scarlet Eastoffe si puedes. De hecho, dile a toda la familia

Eastoffe que, si le apetece escapar de la presencia de su antiguo rey, es bienvenida en mis aposentos.

Asintió y se puso en marcha. Al menos el día podría mejorar; me había salvado de tener que pasar la noche con Valentina; en lugar de eso, iba a poder bailar.

Nora abrió la puerta a Yoana y a Cecily mientras yo ayudaba a Delia Grace a poner las últimas sillas contra la pared.

El espacio principal del recibidor estaba despejado para que se pudiera charlar y bailar, y había llamado a uno de los músicos de la corte para que tuviéramos música. Tras la locura de la mudanza y la tensión del encuentro con Valentina, aquello iba a ser todo un alivio.

—Gracias por invitarnos —dijo Cecily al entrar, saludando con una leve reverencia.

—Oh, sois bienvenidas. Os acordaréis de Delia Grace, por supuesto —dije, señalándola.

Delia Grace la miró con la cabeza bien alta, consciente de que por fin estaba en una posición innegablemente superior.

—Sí —dijo Yoana, a su lado, tragando saliva—. Encantada de verte.

—Delia Grace, querida, ¿quieres enseñarles dónde están los refrescos?

Ella asintió, libre de la necesidad de hablar con nadie con quien no quisiera. Estaba segura de que disfrutaba al saber que tenía el poder de echar de la habitación a cualquiera que le faltara en lo más mínimo.

Llamaron de nuevo a la puerta y Nora fue a abrir.

—¡Scarlet! —exclamé—. Cómo me alegro de que hayas venido.

Me alegró ver que sus padres y Saul entraban tras ella, pero me sorprendió que los Northcott también se hubieran unido a ellos. Y entonces, como si hubiera decidido presentarse en solitario, entró Silas Eastoffe. Y el corazón se me disparó, como si no le bastara el espacio disponible en mi pecho.

119

Me aclaré la garganta y fui a dar la bienvenida a mis invitados.

Lord Eastoffe se acercó e hizo una reverencia.

—Gracias por dejarnos venir. Volver a ver al rey Quinten ha sido algo más... tenso de lo que pensábamos.

Ladeé la cabeza. Lo entendía.

—Podéis quedaros aquí todo el tiempo que queráis. Los aposentos son enormes, y tenemos muchísima comida: ¡haremos un campamento! —bromeé—. Por favor, poneos cómodos.

Delia Grace ya se estaba moviendo al ritmo de la música, y yo la seguí, ejecutando una coreografía que nos habíamos inventado nosotras mismas el año anterior.

—Eso es muy bonito —comentó Nora, mientras Delia Grace y yo nos tocábamos por las muñecas y girábamos una en torno a la otra.

120

—Gracias —respondió Delia Grace—. Tardamos semanas en idearla.

—Deberías probar a coreografiar la danza del Día de la Coronación —añadió Nora.

Delia Grace parecía casi asombrada ante la amabilidad de aquella sugerencia.

—Si lady Hollis lo desea... Gracias.

Cuando el baile acabó y empezó una nueva canción, yo me aparté y vi que Nora iniciaba un nuevo baile. Pensé, sinceramente, que si Delia Grace y ella coreografiaban nuestra danza, probablemente sería una de las mejores que habría bailado nunca.

Más de una vez me distrajeron un par de ojos azules que observaban divertidos desde una silla junto a la pared. Me dirigí a Silas aún moviéndome al ritmo de la música.

—¿Bailáis, señor?

Él levantó la cabeza, irguiendo el cuerpo algo más.

—Ocasionalmente. Pero de todos los miembros de la familia, el mejor es Etan —dijo, señalando con un gesto de la cabeza a su primo, al otro lado de la sala.

Miré en aquella dirección y lo vi frunciendo el ceño mientras observaba los tapices, con las manos en la espalda, con aspecto de estar allí en contra de su voluntad.

—Debes de estar de broma.

Silas chasqueó la lengua.

—En absoluto.

—Bueno, pues no te molestes si no le invito.

Él hizo una mueca divertida.

—En su estado de ánimo actual, tampoco creo que aceptara.

Suspiré, segura de que así sería.

—¿Y tú?

—Yo… —Tragó saliva y bajó la mirada al suelo—. Yo bailaría…, pero quizá hoy no.

Cuando levantó la vista de nuevo, observé un atisbo de rubor en sus mejillas. No podía culparle por no querer bailar ante una comitiva tan reducida.

—Lady Hollis, venid a ver esto —dijo Cecily.

Crucé la sala despacio, lo que afortunadamente me sirvió para borrar la sonrisa de mi rostro. ¿Qué era lo que tenía Silas Eastoffe que convertía el aire de la sala en algo más dulce? Hacía que todo pareciera… fácil. Las palabras me salían más claras, las ideas se volvían menos borrosas. No sabía que la gente pudiera tener ese efecto, que pudiera hacer que todo adquiriera una mayor definición.

En la sala se habían formado numerosos grupitos que conversaban tranquilamente y se reían de un modo distendido, lo cual me puso de muy buen humor. Y cuando, sin saber cómo, acabé bailando con el pequeño Saul, fue un gusto ver que las lágrimas del día anterior se transformaban en risas. Cuando la canción acabó, me agaché y le di un beso en la mejilla.

—Gracias, milord. Sois un gran bailarín.

121

La música del violinista sonaba en un segundo plano tras la charla de la gente, y viendo a toda aquella gente conversando tuve la sensación de que los aposentos de la reina podían llegar a ser un lugar acogedor. Se respiraba en el ambiente.

—El rey debe de teneros un gran afecto —dijo Silas, situándose a mi lado—. Estas estancias son impresionantes. Me recuerdan nuestros salones en el palacio de Chetwin. Pero la arquitectura de Coroa es muy diferente. Yo creo que la piedra, por sí sola, lo cambia todo.

—¿Y eso? —pregunté. Era la misma piedra que había visto toda la vida.

—En Isolte, los edificios tienen un tono ligeramente verdoso o azulado. Es por un mineral que tienen las piedras de la costa sur; y las hace muy bonitas, pero sobre todo en invierno parecen oscuras. Estas piedras vuestras tienen unos colores muy cálidos. Así que todo se ve más luminoso, más acogedor. Y eso, combinado con las enormes dimensiones de estos aposentos, resulta bastante impresionante.

Yo asentí, sintiendo una mezcla de sentimientos en el corazón.

—Probablemente sea el lugar más bonito en el que he pasado la noche, pero mentiría si no dijera que echo de menos la simplicidad de mi vieja habitación, por no hablar de la sensación de saber lo que va a ocurrir la mayoría de los días —dije, y tragué saliva, preguntándome una vez más si no habría hablado de más, aunque seguía teniendo la sensación de que, si había alguien con quien podía compartir esas cosas, era con él.

Silas esbozó una sonrisa.

—Hay cierta belleza en la simplicidad, ¿verdad? —Paseó de nuevo la mirada por la sala—. Hubo un momento en mi vida en que habría preferido la ropa nueva, la buena comida, todas las atracciones de la corte. Pero ahora puedo decir que al perderlas he aprendido que no hay nada en este mundo como la lealtad, la paciencia y el afecto genuino.

Suspiré.

—En eso tengo que darte la razón. Lo más valioso que existe es ocupar un lugar seguro en el corazón de alguien. Es mucho mejor que cualquier collar; mucho mejor que cualquier aposento.

Cruzamos una mirada en silencio.

—¿Cambiaríais, pues, vuestra corona de oro por una de flores? —preguntó, sonriendo.

—Quizá sí.

—Yo creo que os quedaría muy bien —comentó, y sin quererlo me lo quedé mirando a los ojos algo más de lo que habría debido.

—Le he dicho a tu padre que podéis quedaros aquí el tiempo que queráis. Si necesitáis cualquier cosa, ya sabéis dónde están mis aposentos. Pedid lo que necesitéis.

Él meneó la cabeza.

—Ya nos habéis dado mucho. Mirad lo contenta que está Scarlet. Y Saul. No podría pedir más.

Tenía razón. Todo el mundo sonreía… con una única excepción.

—Gracias, por cierto. Por intentar defenderme antes.

Silas levantó la mirada y vio a su primo como lo había visto yo: solo y con cara de pocos amigos.

—Si os conociera, no diría esas cosas. Le dije lo buena y lo amable que habíais sido con nosotros. Le dije lo bien que habla de vos mi hermana, que hasta Sullivan sonríe cuando oye vuestro nombre.

—¿Eso hace? —respondí, impresionada.

Silas asintió, orgulloso. Me sentí muy halagada con su reconocimiento silencioso.

—Mi madre alaba vuestro coraje, mi padre dice que sois muy sabia para vuestra edad, y yo…

Se detuvo. Lo miré, impaciente por conocer el final de la frase.

—¿Y tú?

Él me miró fijamente, y vi que las palabras se le habían quedado bloqueadas en la boca.

Bajó la vista, respiró hondo y prosiguió:

—Estoy muy contento de haber encontrado una amiga en Coroa. La verdad es que pensaba que sería imposible.

—Oh —respondí, paseando la mirada por toda la sala, con la esperanza de que nadie pudiera ver mi gesto de decepción—. Bueno, con lo atenta que es toda tu familia, me cuesta creer que eso pueda ser imposible. Siempre tendrás mi amistad.

—Gracias —susurró.

—¿Silas?

Ambos nos giramos al oír la voz de su madre.

—Por favor, excusadme —dijo, y tuve la clara sensación de que me habían rescatado.

—Por supuesto. Yo también tengo que ir a ver cómo está la gente —dije, en el momento en que se apartaba.

Por motivos que no sabría explicar, cogí una copa de cerveza y me acerqué a aquella figura de ceño fruncido junto al enorme ventanal.

—¿Hay algún problema, sir Etan? —pregunté, ofreciéndole la copa.

Él la cogió sin una palabra de agradecimiento.

—No os ofendáis. Vuestros aposentos son muy bonitos. Estoy seguro de que os moríais por mostrarlos en público.

—Ese no es el motivo de la invitación —dije, negando con la cabeza.

—Supongo que vuestro rey quiere que volvamos a casa y contemos lo bien que trata a la futura reina. Pero yo no tengo tiempo para cotilleos. Preferiría estar en casa.

—Ah, qué coincidencia. Algo que tenemos en común.

Me giré y fui al encuentro de Delia Grace. No iba a permitir que aquel tipo me pusiera de mal humor.

—Ese hombre es horrendo. Si no fuera familia de toda esta gente que me ha ayudado tanto, le sacaría de aquí a patadas ahora mismo.

—¿Qué es lo que pasa? —preguntó Nora, que había oído el final de la frase.

—Nada. Es Etan, el primo de los Eastoffe, que está portándose como un prepotente.

—Como si los isoltanos tuvieran algo de lo que presumir —gruñó Delia Grace. Yo miré por encima del hombro, con la esperanza de que no hubiera nadie lo suficientemente cerca como para oír eso—. Por cierto —añadió—, voy a seguir el consejo de Nora y voy a empezar a preparar nuestra coreografía para el Día de la Coronación. Para que luego no vayamos con prisas.

—Buena idea. Últimamente, todo es de lo más precipitado.

—Quiero un grupito pequeño, solo cuatro chicas. Así que tienes que escoger una más, y estamos listas.

—Buena idea. Hmm —dije, pensando en el resto de las chicas de la corte.

A muchas no las conocía muy bien, y las que conocía no me eran demasiado simpáticas. Dios, si no se me ocurría ni una con la que quisiera bailar, ¿cómo iba a reunir todo un séquito? Miré por la sala, intentando pensar en alguien que valiera la pena incorporar al grupo, cuando de pronto di con la persona perfecta.

—¿Scarlet? —dije, acercándome a ella, que charlaba con su tía.

—¿Sí, lady Hollis?

—¿Has oído hablar del Día de la Coronación? —pregunté—. Yo tengo que reconocer que no sé nada de las celebraciones de Isolte.

—He oído hablar de ello. ¿Se supone que es para celebrar que se mantiene la línea dinástica real?

—¡Sí! Es algo simbólico. Se recrea la coronación del rey y

le profesamos nuestra lealtad. De nuestras fiestas, probablemente sea mi favorita. La mayoría de la gente duerme todo el día, los festejos empiezan al atardecer y todo el mundo pasa de fiesta toda la noche.

Lady Northcott escuchaba con los ojos bien abiertos:

—¡Vaya fiesta! ¡Quizá nosotros también deberíamos mudarnos!

Su entusiasmo me hizo reír.

—Bueno, entre otras cosas, hay bailes. Casi todas las chicas de la corte participan en uno u otro, así que, por supuesto, nosotras tendremos el nuestro. ¿Querrías bailar con Delia Grace, con Nora y conmigo? Sería una gran oportunidad para impresionar al rey.

Se le iluminó el rostro.

—¡Oh, me encantaría! ¿Cuándo empezamos?

—Al menos tendremos que esperar a que el rey Quinten se haya ido. Hasta entonces no tendré tiempo para pensar en bailes.

—Por supuesto. Comunicadme cuando vayáis a practicar, y ahí estaré.

Su tía pareció alegrarse mucho por ella, y en la esquina vi a Silas intentando no sonreír.

Sí, Valentina se había mostrado fría, y Etan había sido maleducado. Dos veces. Pero, cuando vi aquel brillo de reconocimiento en los ojos de Silas, solo pude pensar que había sido un gran día.

$\mathcal{L}$a mañana siguiente me desperté aspirando el aire de la mañana con energía. Si algo podía apaciguar los ánimos, eran los malabaristas, los músicos y los juegos en el campo de justas.

—¡Qué emocionada estoy con el torneo! —exclamó Nora, acercándose y empujándome para hacer sitio en la cama.

Yo me moví, ella me echó todo el cabello atrás y se puso a cepillarlo.

—Yo también. —Rodeé las piernas con los brazos, pegando las rodillas al pecho, casi como si quisiera agarrar aquella sensación para que no se me escapara.

—¿Jameson va a participar?

Negué con la cabeza.

—Va a tener que hacer compañía al rey Quinten todo el día. Y, dado que Quinten se caería al suelo solo con el peso de la armadura, creo que se quedarán en las gradas —dije, con gesto burlón—. No sé si debería llevar siquiera el clásico pañuelo de premio.

—¿Por qué no? No tienes por qué entregarlo.

—Veremos. En cualquier caso, quiero llevar la combinación roja, pero con falda dorada encima. El dorado se ha convertido en mi color de referencia.

Nora asintió.

—Quedará bonito. Probablemente, tendríamos que recogerte el cabello para que no se ensucie. Venga, vamos.

Pasamos al tocador para que pudiera recogerme el cabello en un moño bajo, usando una ancha banda de satín rojo para recoger el cabello por delante.

—Queda claro a favor de quién voy hoy, ¿no?

—Con todo ese rojo, desde luego —respondió ella, sonriendo.

—¿Y dónde está Delia Grace? —pregunté, extrañada.

—Tenía algún problema con el vestido; ha ido a buscar hilo.

—Con motivo esto está tan tranquilo —bromeé, levantando las cejas.

Nora contuvo una risa mientras yo abría mi cajón y rebuscaba entre cintas y pañuelos.

—Recuerda animar mucho y ten cuidado de no caer prendada de algún apuesto caballero —la advertí.

Aunque sabía que Jameson estaría sentado a mi lado, cogí un pañuelo y lo agité repetidamente. Suponía que Nora tendría razón; lo llevaría, pero no se lo daría a nadie. Me lo metí en la manga del vestido justo cuando Delia Grace entró en la habitación, ya nerviosa.

—¿Por qué tiene que estar la costurera en ese lugar tan escondido del castillo? ¿Es que en este lado del palacio nunca necesitan aguja e hilo? —protestó, mientras revisaba nuestros vestidos y peinados.

—Una de las primeras cosas que ordenaré, cuando llegue el momento, será que se creen salas en esta zona para las ayudantes de cámara —prometí—. Estoy segura de que hay mucha gente que lo necesita.

Ella asintió al tiempo que me recogía un mechón suelto y lo encajó bajo la redecilla.

—A veces, Hollis, tengo la impresión de que somos las únicas que nos enteramos de lo que pasa aquí dentro. Así, estás perfecta.

—Pues vamos, señoritas —dije, dándole una cinta a Delia Grace.

Salimos y pasamos por entre la multitud. Caminé con la cabeza alta hasta la grada del rey, donde Jameson se estaba acomodando. El rey Quinten estaba sentado a su izquierda, con su preciosa reina al lado. Suspiré. Al menos al tenerla en el otro extremo de la grada, las posibilidades de tener que interactuar se reducían al mínimo.

Al acercarme, vi que se me acercaba un joven vestido con armadura.

—¿Eh? ¿Silas Eastoffe, eres tú? —pregunté, aunque la respuesta era evidente, ya que sus padres y su antipático primo iban a su lado.

Él se subió la visera del yelmo e hizo una rápida reverencia.

—Pues sí, lady Hollis. Al final he decidido probar suerte en el combate con espada. Y mirad —dijo Silas, dando una vuelta sobre sí mismo.

No tardé en comprender.

Crucé una mirada con sus padres, que tenían una expresión a medio camino entre la satisfacción y la preocupación.

—No vas de rojo ni de azul.

Sus tíos lo llamaban desde la distancia. Lord y lady Eastoffe les hicieron un gesto con la mano y se dirigieron hacia ellos. Yo me giré hacia mis damas:

—Delia Grace, Nora, podéis ir a vuestros sitios. Yo llegaré enseguida.

Ellas obedecieron y me dejaron sola con Silas y Etan, aunque yo habría deseado que Etan hubiera seguido a sus tíos y se hubiera llevado de allí su mal humor.

—¿No te preocupa ofender a alguien? —le pregunté a Silas en voz baja.

—Al contrario, estoy orgulloso de mi pasado y de mi presente, así que espero honrar a ambos reyes.

Cada vez que averiguaba algo nuevo sobre Silas, notaba que lo admiraba más.

—Eso es muy noble.

129

Etan, a su lado, puso los ojos en blanco.

—¿Y que hay de vos, sir Etan? —pregunté—. ¿No vais a participar? ¿No tenéis estómago para los torneos?

Él me miró con desprecio, como si no fuera más que un insecto.

—Yo no juego a la guerra, milady. Yo combato en guerras de verdad. Una lanza y una espada sin punta no me asustan.

Miré a Silas otra vez.

—Mi primo se ha presentado muchas veces voluntario al ejército isoltano —dijo, con orgullo—. Lucha para mantener la paz en la frontera.

No me gustaba pensar que tenía delante a alguien que luchaba contra mis compatriotas, pero no podía negar que había que tener valor para hacerlo.

—Bueno, pues contáis con mi admiración por vuestro coraje, y con mi consideración por los sacrificios que habréis hecho, estoy segura.

Él sonrió, burlón.

—No necesito ninguna de las dos cosas, sobre todo si vienen de vos.

Meneé la cabeza y me recogí el vestido.

—Me alegro de que hoy no hayáis desenfundado la espada, sir Etan. Si fuerais capaz de hacer lo mismo con vuestra lengua, observaríais que la gente apreciaría mucho más vuestra compañía.

Con otro gesto airado se fue de allí, dejándome sola con Silas. Por fin.

—Lo he intentado.

Él sonrió y se encogió de hombros.

—Ya. Eso me gusta. Siempre lo intentáis.

Me quedé pensando en eso. Etan me había llamado «objeto de decoración», Delia Grace no perdía ocasión para recordarme lo mala estudiante que era, y mis padres…, bueno, ellos no paraban de encontrarme defectos. Pero Silas veía cosas en mí que ni yo misma sabía que existieran. Decía que le gustaba mi modo de pensar. Y era cierto, yo tenía un montón de buenas ideas. Y decía que lo intentaba, y en eso también tenía razón. No era de las que se rinden fácilmente.

Deseé tener algún motivo para quedarme un rato más con él. Pero me vi obligada a saludar con un gesto de la cabeza y alejarme, sin dejar de mirar atrás. Cuando estaba cerca de Silas, sentía algo indescriptible, era como un cordón que nos conectaba, y que se tensaba si me alejaba demasiado. Empezaba a pensar que el destino había hecho que nuestros caminos se cruzaran. Sin embargo, teniendo en cuenta los diferentes puntos de partida de ambos, no conseguía imaginarme por qué. En un gesto impulsivo, tiré del pañuelo que llevaba en la manga y lo dejé caer al suelo antes de alejarme a toda prisa.

En cuanto llegué a la grada real, hice una reverencia ante el rey Jameson.

—Majestad.

—Mi querida lady Hollis, hoy estás radiante. ¿Cómo voy a concentrarme en los juegos?

Sonreí, y luego saludé a los reyes Quinten y Valentina.

—Majestades. Espero que hayáis dormido bien.

La reina Valentina parpadeó, como si mi amabilidad la sorprendiera.

—Gracias.

Me senté y presté atención al inicio de los juegos. Como siempre, la primera competición era la justa de lanzas a pie, la que menos le gustaba a Jameson. No podía culparle; era demasiado lenta hasta para mí, y nunca tenía claro cómo se puntuaba. Otras competiciones eran mucho más animadas.

—¡Ja, ja! —gritó el rey Quinten—. ¡Otra victoria de mis hombres!

—Tenéis unos soldados espléndidos —reconoció Jameson con tono amistoso—. Mi padre siempre lo decía. Aunque creo

131

que las cosas cambiarán cuando pasemos a las competiciones a caballo. Los coroanos son estupendos jinetes. Hasta mi querida Hollis cabalga muy rápido y con elegancia.

—Me halagáis —dije yo, haciendo un gesto de reconocimiento—. ¿Y vos, majestades? ¿Vos montáis?

—Yo solía hacerlo —respondió Valentina con una leve sonrisa, pero su marido enseguida la hizo callar con un gesto de la mano.

—No si puedo evitarlo —se apresuró a responder él.

Yo hice una mueca y miré a Jameson, que comprendió perfectamente mi exasperación; cuando sacó la lengua como respuesta, tuve que hacer un esfuerzo para no reírme.

Cuando por fin acabó el combate de lanzas, aparecieron los primeros grupos para el siguiente evento: la espada. Tras unas cuantas rondas, Silas apareció en el campo de combate.

—Mirad ahí, majestad —dije, apoyando el brazo sobre el de Jameson y señalando con el otro—. ¿Veis a ese joven que no lleva ningún color?

—Sí —dijo, mirando en dirección al extremo del campo de combate.

—Es uno de los hijos de Eastoffe. Quería honraros a los dos con su actuación, así que no ha escogido bando —expliqué—. Dice que lo hace por su pasado y por su presente.

Jameson se quedó pensando en aquello.

—Muy diplomático, supongo.

Yo fruncí el ceño ligeramente, algo decepcionada.

—A mí me parece un gesto precioso.

—Ah, Hollis —respondió Jameson, riéndose—, tienes una visión de la vida muy simple. Ojalá yo también lo viera todo así.

Empezó el combate, y enseguida vi que Silas tenía razón: se le daba mucho mejor construir espadas que luchar con ellas. Aun así, no pude evitar acercarme cada vez más al borde de la silla, con la esperanza de que de algún modo pudiera ganar.

Sus movimientos de pies eran algo torpes, pero era fuerte, y blandía la espada con mucha más convicción que su rival, que, por cierto, iba de azul.

La multitud animaba y jaleaba a cada golpe, y yo me llevé la mano a los labios, esperando que, si Silas no ganaba, al menos tampoco resultara herido. Cuando Jameson combatía en las justas, nunca me preocupaba. Quizá fuera su gran habilidad a lomos del caballo, o la convicción de que no podía perder.

Ser consciente de la posibilidad de derrota o lesión me hacía apreciar aún más lo que veía. Cuando vi un pedazo de tela dorada que le asomaba por la manga, mi preocupación por su integridad aumentó aún más.

Lo había cogido. Sentí que el corazón se me disparaba más sabiendo que había recogido mi pañuelo y que lo llevaba como si fuera suyo. Eché una mirada a Jameson, esperando que no se hubiera dado cuenta. Me dije a mí misma que, aunque lo hubiera visto, había muchas damas que llevaban bordados dorados en sus pañuelos. La emoción del secreto resultaba deliciosa.

Silas y su adversario combatían, adelante y atrás, negándose a ceder. Tras uno de los combates de espada más largos que nunca vi, todo se resolvió cuando el hombre de azul dio una serie de pasos en falso y Silas consiguió darle con la espada en la espalda. Su rival cayó al suelo y acabó la ronda.

Me puse en pie, aplaudiendo y vitoreando con todas mis fuerzas.

Jameson, a mi lado, también se puso en pie.

—Parece que ese espadachín se ha ganado vuestro apoyo —observó.

—No, milord —grité, para hacerme oír con todo aquel ruido, y con una sonrisa de oreja a oreja—. Lo que apoyo es la diplomacia.

Él soltó una carcajada y le hizo un gesto a Silas para que se acercara.

133

—Buen combate, señor. Y un buen detalle, vuestra… declaración de principios.

Silas se quitó el yelmo y saludó con una reverencia.

—Gracias, majestad. Ha sido un honor combatir en esta ocasión.

El rey Quinten parpadeó varias veces antes de comprender lo que estaba viendo; cuando lo hizo, se puso en pie, furioso.

—¿Por qué no lleváis color alguno? —preguntó—. ¿Dónde está vuestro azul?

Jameson se giró hacia Quinten.

—Ahora es coroano.

—¡No lo es!

—Dejó vuestro país y solicitó refugio aquí. Me ha jurado lealtad. No lleva ningún color para no insultaros. ¿Y vos queréis avergonzarlo?

El rey Quinten adoptó un tono grave y duro:

—Vos y yo sabemos que nunca será un coroano de verdad.

Algo más allá, vi a la reina Valentina con la mano en el vientre, que miraba a Quinten y a Jameson alternativamente, muy tensa. Hasta aquel momento parecía ajena a todo, pero resultaba evidente que le preocupaba cómo pudiera acabar aquella escena. Yo no quería verlo, y suponía que ella tampoco querría.

—Venid conmigo, majestad. No os conviene excitaros —dije, acompañándola por las escaleras y llevándola a la zona de sombra tras la grada.

Desde allí aún se oían las voces de Jameson y de Quinten, pero amortiguadas.

—Reyes, ¿eh? —bromeé, intentando aliviar la tensión.

—Yo creo que son los hombres, en general —respondió, y las dos nos reímos.

—¿Os traigo algo? ¿Agua? ¿Algo de comer?

Ella negó con la cabeza.

—No, me basta con haberme alejado de tanto grito. Su

majestad se enoja con facilidad, y yo prefiero mantenerme al margen.

—Lo lamento por el espadachín. Yo creo que tenía buena intención.

—Silas Eastoffe —dijo ella, poniendo la mirada en el suelo—. Me parece que él siempre tiene buena intención.

Qué curioso. Sabía que Silas conocía a la reina, pero nunca me había planteado que ella supiera quién era él.

—¿No es la primera vez que hace algo así?

—No exactamente. Le he oído alguna vez en conversaciones en las que intentaba que su interlocutor considerara el otro punto de vista. Parece que solo quiere que la gente piense.

Asentí.

—No le conozco mucho, pero, por lo que he visto, parece que así es.

Se oyó una estampida de pasos bajando por las escaleras y apareció Quinten, apoyándose en su bastón. Se llevó a su esposa tan rápido que no tuve tiempo ni de hacer una reverencia. Jameson bajó poco después, con los brazos en jarras.

—Bueno, se ha acabado el torneo. Quinten ha decidido que prefiere irse a descansar antes que ser insultado.

—Oh, no, majestad. Lo siento muchísimo.

—Sé que ese chico intentaba hacer algo inteligente —dijo, meneando la cabeza—, pero ha acabado provocando un buen lío.

—¡Eso es ridículo! Colores aparte, ¿no se suponía que esto debía ser un entretenimiento? ¿Una diversión?

—Sí, por supuesto, pero…

—¿Y una persona que intenta desesperadamente situarse en una posición intermedia no debería ser un ejemplo de algo a lo que todos deberíamos aspirar? ¿Por qué tiene que ser todo una competición?

—¡Hollis! —Jameson no me había levantado nunca la voz. Me callé, estupefacta—. No tienes que preocuparte por esto. No pienses tanto. Lo único que tienes que hacer es demostrarle

135

a Coroa lo buena reina que puedes llegar a ser. Y eclipsar a la mujer de Quinten.

Tragué saliva.

—Desde luego, teniendo en cuenta que parte de la tarea de ser una buena reina es conseguir mejorar nuestras relaciones con el mayor país del continente.

—Yo me encargaré de eso, Hollis —respondió él, meneando la cabeza—. Ese jovencito insensato... Esperemos que pueda arreglar esto.

Me besó la mano y se puso en marcha.

Me fui de allí sintiéndome muy poca cosa. Jameson nunca se había mostrado descontento conmigo. Nunca antes me había reprendido. Por otra parte, era la primera vez que manifestaba mi opinión. ¿Tendría..., tendría razón Etan? ¿Es que no iba a ser más que un objeto de decoración?

Era algo que no me podía creer. Si iba a formar parte de una larga dinastía de magníficas reinas, ¿no debería seguir sus pasos? ¿Los pasos que llevaban a las casas de los pobres? ¿Los pasos que llevaban al campo de batalla?

Había pasado mucho tiempo temiendo medirme con ellas. Ahora no quería ni pensar que no tuviera ocasión siquiera de intentar acercarme a lo que habían sido.

Me acerqué al lugar donde estaban concentrados los participantes, esperando encontrar una familia en particular entre toda aquella gente. Me abrí paso entre la multitud hasta que me encontré con un rostro familiar, aunque no el que habría deseado.

—¡Etan!

Se giró y yo le hice un gesto con la mano, intentando llamar su atención. Él asintió.

—¿Dónde está Silas?

Suspiró, se me acercó y me apartó de la multitud.

—¿Es que no tenéis ojos?

—No soy tan alta como vos. ¿Está bien?

—Sí, en cuanto se han calmado las cosas, el tío Dashiell se

lo ha llevado junto a los árboles, y ahora casi todo el mundo va en dirección contraria. Mirad, por aquí.

Le seguí como pude, aunque me costaba seguir sus largas zancadas. Por fin los encontramos. Silas estaba sentado en un tonel, hablando con sus padres con una expresión de perplejidad en el rostro. En cuanto me vio, se levantó y empezó a pedir disculpas inmediatamente:

—Lady Hollis, lo siento mucho. Debéis disculparme ante el rey.

—Tranquilo.

—Si el rey Jameson revoca nuestro permiso de residencia por mi culpa... —dijo, cogiéndome de las manos—. Hollis, mi familia...

Tenía las manos ásperas, pero el azul de sus ojos tenía un tono de lo más delicado.

—Lo sé —dije con un suspiro—. Por favor, dime que tenéis acabadas las piezas que mencioné cuando me enteré de la visita del rey.

Silas asintió.

—Nos quedamos hasta tarde para asegurarnos de tenerlas listas antes de su llegada, pero nadie nos ha dicho cuándo debemos presentarlas.

—Perfecto —dije—. Tengo que hacerle llegar una carta a la reina Valentina.

137

17

*P*ermanecí inmóvil mientras Delia Grace me ataba las cintas de la falda, intentando que no se moviera.

—Esto es rarísimo —dijo—. ¿Cómo sientes las mangas?

—Me pesan —reconocí.

Delia Grace echó mano al paquete y sacó una cosa más.

—Para la cabeza. Podemos usar algo tuyo, si prefieres.

Las prendas de Valentina eran bastante bonitas. Los acabados no tenían tanto detalle como los de Coroa, pero las piedras preciosas eran mayores, más imponentes.

—Si me ha enviado esto, me lo pondré.

Caminé por mis aposentos con libros a cuestas para acostumbrarme al peso de las mangas y del tocado. Cuando estaba dando mi séptima vuelta, Silas y Sullivan aparecieron, vestidos con sus mejores galas y con su obra presentada sobre sendos cojines negros.

Sullivan se ocultó tras su hermano, observando tímidamente a Nora y a Delia Grace. Aunque no veía la hora de hablar con Silas, primero me dirigí a su hermano.

—Estas señoritas son amigas mías —dije, apoyándole una mano en el brazo—. Y esta noche no hace falta que digas nada. Solo tienes que levantar el cojín para que el rey Jameson pueda coger tu regalo.

Él asintió, dedicándome la más tímida de las sonrisas.

—¿Y tú por qué sonríes? —pregunté, girándome hacia Silas.

—Por nada. Es solo que resulta sorprendente veros vestida de azul isoltano. Casi podríais pasar por una de nuestras chicas.

—¿Si creciera unos cuantos centímetros y pasara menos tiempo al sol, quizá?

—Quizá —respondió, y luego bajó la voz—. No sé si con esto arreglaremos algo, lady Hollis.

—Lo sé —respondí, pasando la mano nerviosamente por mis pesadas ropas—. Pero tenemos que intentarlo.

Se oyó que llamaban a la puerta y al momento entró Valentina seguida de su única dama de compañía. Yo había elegido para ella el vestido rojo más pálido que había podido encontrar, casi rozando el rosa y, tal como esperaba, le combinaba muy bien con su color de piel.

—¿Qué os parece, milady? —preguntó.

—Creo que os lo deberíais quedar. A vos os queda mucho mejor que a mí.

Ella sonrió, agradeciendo el cumplido. Cuando sonreía, Valentina era otra persona.

—Siento los brazos tan libres... —dijo, levantándolos por encima de la cabeza.

—¿Podéis aclararme por qué las damas de Isolte llevan tanta tela en las mangas? —pregunté, exasperada.

Se rio.

—En primer lugar, es una señal de estatus social. Quiere decir que te puedes permitir la tela de más, y que no tienes que trabajar con las manos. Las mujeres del campo no las llevan así o, al menos, no tan largas. Y dos, para mantener calientes los brazos. En Isolte hace mucho más frío.

—Ahh... —respondí. Tenía sentido, aunque no era una costumbre que pensara adoptar, pudiera permitírmelo o no.

—Me han dicho que la cena ha empezado hace un cuarto de hora, así que todos deberían estar sentados —dijo—. Yo estoy lista.

—Excelente. Delia Grace, Nora, por favor llevad a la dama

139

de la reina con vosotras y sentaos todas —ordené. Ellas obedecieron, y la pobre dama de Valentina las siguió, algo confundida—. Sullivan, por favor, tú sigue a la reina Valentina; y Silas,
quédate conmigo.

Silas asintió.

—Por supuesto, milady —dijo, y luego bajó la voz—. Quizá sea más fácil para mi hermano si él va con vos.

Cerré los ojos un momento, tragué saliva y respondí:

—Pero yo necesito que tú vayas conmigo. ¿De acuerdo?

Él se me quedó mirando un buen rato, como si quisiera
responder algo. Al final se limitó a asentir y nuestra pequeña
comitiva salió de la habitación.

Los pasillos estaban casi vacíos: todo el mundo quería asistir al banquete, aunque solo fuera por la gran comilona.

—¿Qué probabilidades hay de que vuestro rey siga enfadado? —le pregunté a Valentina.

—Altas. No es de los que olvidan.

—¿Creéis que conseguiremos algo?

Se lo quedó pensando un momento.

—Vuestro rey parece más razonable que la mayoría, así
que tenerlo de buen humor ayudará. Y creo que si nuestros
súbditos ven lo que hacemos, intentarán seguir nuestro ejemplo. Un corderito va allá donde le lleva el pastor.

—Bien dicho, majestad —observé, mirando a Valentina a
los ojos. Realmente, era muy guapa; su cabello tenía un color
muy parecido al mío, pero su piel tendía más al color de la leche
que al de la miel. Y era tan esbelta que incluso con mis zapatos
de tacón más alto no me acercaba a su altura—. Os agradezco
mucho que hayáis aceptado hacer esto. Soy consciente de que
metí la pata cuando nos conocimos, y que eso hizo que empe-
záramos mal. No pretendía ofenderos, y estoy muy agradecida
de contar con vuestra ayuda.

Ella hizo un movimiento con la mano, quitándole importancia.

—No me ofendisteis. Es que a veces es lo más fácil, ¿sabéis? Permanecer en silencio, quiero decir.

Solté una risita.

—El silencio no es uno de mis talentos.

Ella apretó los labios para contener una sonrisa; seguramente de eso ya se había dado cuenta.

—Eso cambiará cuando llevéis unos cuantos años con la corona en la cabeza.

Habría querido preguntarle qué quería decir con aquello, pero ya estábamos en la entrada del Gran Salón. Sentí un nudo en el estómago y tuve miedo de que me pasara como a Silas, y que nuestra buena intención no hiciera más que empeorar las cosas. Valentina debía de notar mis dudas, porque me tendió el brazo y entramos al salón cogidas de la mano.

Al principio, nadie nos vio, pero a medida que avanzábamos fui oyendo susurros y exclamaciones contenidas, y el salón quedó en silencio a la espera de lo que pudiera suceder cuando llegáramos a la mesa presidencial. Cuando Jameson notó el cambio en el volumen del salón, levantó la vista y los ojos se le fueron al pasillo central. Vi que se fijaba en el vestido rojo y que en su rostro iba apareciendo una gran sonrisa, hasta que se dio cuenta de que la portadora no era yo. Entonces desvió la mirada a la derecha y se quedó boquiabierto al verme.

Le dijo algo en voz baja al rey Quinten, que por fin levantó la vista de su plato, gruñón como siempre. Afortunadamente, ver a su esposa vestida de rojo Coroa y a mí de azul Isolte bastó para dejarlo estupefacto y sin palabras.

Nos acercamos a la tarima e hicimos una reverencia. Dado que Valentina tenía un rango superior, fue ella quien habló primero.

—Majestades, esta noche nos presentamos ante vosotros con una llamada a la paz entre nuestros dos grandes reinos —dijo—. Aunque vuestros pueblos puedan dar algún paso en falso, ambos sois mejores que vuestros súbditos, que tienen la mirada puesta en vosotros para seguir vuestra guía. Yo voy de rojo, porque he hecho una amiga en Coroa.

—Y yo voy de azul, porque he hecho una amiga de Isolte. —Con un gesto, indiqué a Sullivan y a Silas que se adelantaran—. Estas coronas de oro, en forma de ramas de olivo, son para vosotros, majestades. Hechas por una familia nacida en Isolte que vive en Coroa. Esperamos que sean un modelo de fraternidad duradera.

La multitud aplaudió nuestras espaldas, y yo me giré para recoger la primera corona.

—¡Qué ligera es! —exclamé.

—He hecho lo mejor que he podido, por vos —dijo Silas en voz baja.

Me lo quedé mirando un momento más de lo que pretendía, pero enseguida extendí la corona por encima de la mesa para colocársela en la cabeza al rey Quinten, mientras la reina Valentina hacía lo propio con Jameson. Este le dijo algo, sonriendo. El rey Quinten me miró a los ojos.

—Veo que habéis hecho amistad con los Eastoffe —observó.

—Intento ser una buena anfitriona en el castillo en nombre de su majestad, independientemente de la procedencia de nuestros visitantes.

Él asintió.

—Pues os sugiero que vayáis con cuidado. Últimamente, la gente de Isolte mantiene las distancias con ellos.

—No me imagino por qué harían una cosa así —respondí, justo antes de recordar que estaba allí para tender puentes, no para derribarlos con un hacha. Tragué saliva y empecé de nuevo—: Desde su llegada se han mostrado humildes y de lo más serviciales.

Su mirada era una advertencia mucho más potente que sus palabras:

—Si deseáis jugar con fuego a toda costa, seréis vos quien os quemaréis.

Me despedí con una nueva reverencia, puesto que sabía que estaba obligada, pero odiaba tener que mostrarle ningún respeto a aquel hombre. Les indiqué a Silas y a Sullivan con un gesto de la cabeza que podían retirarse, y gesticulé un «gracias» antes de girarme hacia la reina Valentina.

—Sois más sabia de lo que podía imaginarse nadie. Ya hablaremos mañana —me dijo al oído.

Nos cruzamos y fuimos a sentarnos junto a nuestros reyes.

—¿Qué os parece? —le pregunté a Jameson, mientras ocupaba mi sitio.

—Me parece que, si te cayeras de un barco con eso puesto, las mangas te arrastrarían hasta el fondo del río.

Me reí.

—He tenido que aprender a caminar con esto —reconocí.

—Bromas aparte —añadió, sonriendo—, estás preciosa, te pongas lo que te pongas. —Se recostó y le dio un sorbo a su bebida—. He oído que últimamente está de moda que las novias se vistan de blanco. Qué curioso, ¿no?

Bajé la mirada, ruborizada. Por supuesto, me halagaba que me encontrara guapa incluso vestida con el azul de Isolte, pero me preguntaba qué pensaría de lo que habíamos hecho Valentina y yo, si valoraba nuestro esfuerzo. Antes de que se lo pudiera preguntar, el rey Quinten le dio una palmadita en el hombro.

—No tiene sentido que discutamos. Hemos de volver a pensar en ese contrato.

Solté un suspiro de alivio. No tenía ni idea de en qué estaban trabajando, pero me alegraba ver que no lo habían dejado por una simple discusión en el torneo. Aunque Jameson no dijera nada, parecía que aquello había sido un éxito.

La gente reunida en la sala charlaba, comía y reía, y aunque Valentina y yo no habíamos recorrido las fronteras ni habíamos conseguido detener ninguna guerra, habíamos hecho algo por la paz. Esperaba que fuera algo digno de la aprobación de

143

las reinas del pasado. A juzgar por los rostros sonrientes y las posturas relajadas de los presentes, parecía que ellos lo consideraban de ese modo.

Mi mirada se cruzó con la de Silas, sentado en una de las mesas, que levantó la copa. Yo le devolví el gesto y bebí. No, aquel chico era pura bondad, y no había nada en él para que pudiera salir escaldada.

El centro de la sala, por donde habíamos pasado Valentina y yo, iba llenándose de gente que salía a bailar, ahora que la comida iba llegando a su fin y que la música estaba cambiando.

Vi que Silas se levantaba de su mesa y observé, inquieta, cómo se acercaba a la tarima.

—Majestad —dijo, haciendo una reverencia ante Jameson—, veo que vos y el rey Quinten estáis ocupados. Me preguntaba si me permitiríais sacar a bailar a lady Hollis.

Jameson esbozó una sonrisa maliciosa.

—Solo si ella quiere.

Respiré hondo.

—Bueno, si no puedo bailar con vos… —Le di un beso en la mejilla y bajé al encuentro de Silas. Me situé a su lado en el momento en que acababa la canción.

—Quería demostraros lo que os dije, que bailaría con vos si me invitabais —susurró.

—Pero yo no he llegado tan lejos —respondí en voz baja.

—No podía esperar a que lo hicierais. Espero que no os importe.

—En absoluto. —Sonreí—. Hace tiempo que tengo ganas de bailar, y Jameson últimamente prefiere quedarse mirando. Me alegro de tener a alguien con quien hacerlo. Ahora ningún otro caballero de la corte me lo pide.

—Ya veo. Bueno, por una canción dejemos de pensar en reyes, colores y en todo lo demás. Disfrutemos del baile, ¿de acuerdo?

—De acuerdo —suspiré.

Empezó la música y nos situamos uno enfrente del otro, en línea con las otras parejas.

—No sé cómo agradecerte esto —dije—. Esta noche tú y tu familia nos habéis salvado.

—Pero solo después de haber creado yo mismo el problema —respondió, poniendo los ojos en blanco.

—Tonterías. Yo creo que todos sabemos cuál es el problema —rebatí, apoyando mi mano en la suya.

Sentí su piel áspera, pero me agarró con la delicadeza de un caballero.

—En cualquier caso, era lo mínimo que podía hacer.

—¿El rey ya te ha compensado por ello?

Meneó la cabeza.

—Habíamos quedado que durante un baile no se hablaba de reyes.

—Muy bien —respondí, con un suspiro.

Cruzamos los brazos y giramos en círculos. No era la mejor pareja de baile que había tenido, pero era más seguro que Jameson.

—No estoy seguro de que a partir de ahora tengamos muchas ocasiones para hacerlo, pero espero que podamos volver a hablar pronto —dijo.

—Estoy de acuerdo. Ha sido agradable tener a alguien con quien hablar. Otra cosa que te debo agradecer.

Me sonrió, y la admiración no contenida de su mirada me hizo olvidar que había más gente en la sala.

—Podéis contar conmigo siempre que me necesitéis. Si alguien está en deuda, soy yo. Ofrecisteis un hogar a mi familia. Defendisteis mis actos en público. Sois una dama extraordinaria, Hollis —dijo, y añadió, algo más serio—: Seréis una reina inolvidable.

La canción terminó y yo hice una reverencia. Me giré a mirar a Jameson, para ver si me había visto bailar. No estaba siquiera mirando.

Lancé una mirada rápida a Silas y le indiqué con un gesto de la cabeza que me siguiera al exterior.

Salí del Gran Salón y esperé un momento en el pasillo. Oí que empezaba la siguiente canción y vi la sombra de Silas acercándose antes de que él llegara a mi posición.

—Nuestro baile ya ha acabado, así que tengo que decirlo de nuevo: si el rey no os ha compensado por vuestro trabajo, quiero asegurarme de que lo haga.

Silas bajó la mirada y meneó la cabeza.

—No tenéis que preocuparos por eso. Eran regalos.

—¡Insisto! Todo esto no habría sido posible sin el trabajo de tu familia, así que estoy en deuda con vosotros.

—Nos disteis un lugar donde vivir. Somos nosotros los que estamos en deuda.

Puse los brazos en jarras, lo cual me costó un sorprendente esfuerzo debido al peso de las mangas. Él lo notó y se rio.

146 —¡Para! ¡He tenido que esforzarme mucho para conseguirlo!

—Lo sé —dijo, poniéndose serio otra vez—. Y problemas de vestuario aparte, habéis hecho un trabajo magnífico. —Señaló hacia el Gran Salón—. No solo comentan lo estupendamente que os habéis comportado hoy, Hollis. Dicen que desde el principio sabían lo buena reina que llegaréis a ser.

Aquello fue para mí como un soplo de esperanza.

—¿De verdad?

Asintió.

—Lo habéis hecho estupendamente.

Me lo quedé mirando, fijando la vista en el brillo de sus ojos azules. Realmente, tenían algo de extraordinario. Y el modo en que se le movía el cabello cuando dejaba caer los hombros. Y el modo en que sonreía, como si se abriera a mí por completo, dejando de lado cualquier preocupación o cuidado.

—Me siento tan afortunada de haberte conocido… —confesé—. Desde que llegaste, me siento… diferente.

—Yo también me siento diferente —reconoció, reduciendo su tono de voz a un susurro—. Cuando estáis cerca.

De pronto caí en la cuenta de que estábamos absolutamente solos. En aquellos pasillos cualquier ruido de pasos se habría oído claramente, y no se oía nada.

—Tendría que volver —murmuré.

—Sí.

Pero ninguno de los dos se movió. Hasta que lo hicimos ambos, encontrándonos en el centro del pasillo, en un beso furtivo.

Silas me envolvió las mejillas con las manos, sujetándome con tal ternura que me hizo sentir que me fundía por dentro. Sentía la piel dura de sus dedos resiguiendo los ángulos de mi rostro, y no pude evitar hacer la comparación con las manos perfectamente suaves de Jameson. Había algo en aquellas manos, en el reconocimiento del duro trabajo de Silas, en el esfuerzo que le había hecho desarrollar esos callos, que me hacía desear aún más su contacto.

Habría podido perderme en aquel momento, pero oí unos pasos a lo lejos. Me aparté. No podía mirarlo siquiera a los ojos. ¿Qué había hecho?

—Espera cinco minutos antes de volver —le susurré, con urgencia—. Por favor, no se lo cuentes a nadie.

Yo ya estaba en marcha cuando respondió, sin más:

—Como desees.

Entré en el Gran Salón con la cabeza bien alta, intentando convencerme de que, si mostraba confianza, nadie podría sospechar que acababa de besar a alguien que desde luego no era la persona indicada para mí. Un extranjero. Alguien que, atendiendo a todo lo que me habían enseñado, debía ser considerado un plebeyo.

Tenía razón en lo que me había dicho: allá donde mirara, la gente me observaba con gesto de reconocimiento y sonrisas de agradecimiento. Por fin habían empezado a respetarme, justo en el momento en que más les había fallado.

147

Me dirigí a la mesa principal y le di un beso a Jameson en la mejilla. Él me miró y me sonrió, pero prosiguió su conversación con el rey Quinten. Yo no veía la hora de que se fuera aquel hombre y de que se llevara a su séquito. Necesitaba recuperar la normalidad.

Pero empezaba a preguntarme si algún día volvería la normalidad. Desde el momento en que había cruzado la primera mirada con Silas Eastoffe, había sentido algo. Había una especie de cuerda que tiraba de mí con fuerza. Y noté claramente el tirón de esa cuerda al verlo entrar en el salón, con la mirada en el suelo, como si no tuviera fuerzas para fingir estar contento.

Yo había dicho que Silas no me consumiría. Y aún lo creía. Si iba a estallar en llamas, la responsabilidad sería toda mía.

18

*C*ogí aire y respiré el aroma de las flores de primavera. Aunque habría podido pasarme una hora sola en el laberinto de setos de los plácidos jardines de Keresken, fue sorprendentemente agradable sentarse junto a la reina Valentina mientras Jameson y el rey Quinten practicaban el tiro al arco. Jameson estaba en una forma espléndida, y estaba segura de que Quinten lo habría estado en el pasado, aunque ahora que tenía la espalda algo curvada sin duda le costaría un poco más tensar el arco. Aun así, por la solidez de su agarre y lo decidido de su mirada, estaba claro que sabía lo que hacía.

Valentina y yo nos situamos a la sombra de unos grandes parasoles que sostenían para nosotras un grupo de criados del palacio, mientras observábamos a Jameson, que disparaba una nueva flecha. Dio muy cerca del blanco, y él se giró hacia mí, levantando las cejas, evidentemente en busca de algún cumplido.

—Bravo, milord —dije, pero al instante tuve que tragar saliva.

Me resultaba difícil hablar. Un secreto me bloqueaba la garganta, obstaculizando la salida de cualquier palabra, entorpeciendo cualquier acción.

Temía que algo en mi sonrisa o en mis ojos me delatara. En cualquier momento, Jameson podía saber que le había traicionado. Y seguía sin ser capaz de explicar cómo había sucedido.

Tampoco podía cambiarlo, así que lo único que podía esperar era llegar a olvidar que había sucedido y seguir mi camino hacia Jameson y la corona. Suspiré y me giré hacia Valentina.

—Quiero daros las gracias por lo de ayer —dije, intentando recuperar nuestra conversación de la noche anterior. Resultaba mucho más difícil cuando las cosas tomaban un tono oficial.

—En realidad, yo no hice gran cosa. Fuisteis vos quien lo orquestasteis todo. Ya veo el porqué de la devoción de vuestro rey —dijo, mirándolo con gesto de admiración. No había otro modo de mirar a Jameson.

«Entonces… ¿por qué has besado a otro?»

—Yo… aún no sé muy bien por qué me escogió a mí —respondí, prácticamente balbuciendo—. Hay quien dice que es porque le hago reír. —Ladeé la cabeza, confusa: no encontraba una respuesta a aquella pregunta—. ¿Vos cómo conocisteis al rey Quinten?

150   Ella se encogió de hombros.

—No hay mucho que decir. Yo llevo en la corte desde niña. La corte es grande, así que en realidad hasta hace unos años nuestros caminos no se habían cruzado nunca. Eso es todo.

Yo sabía de lo que hablaba.

—Eso se parece mucho a mi historia. Es increíble lo que puede ocurrir cuando dejas el campo y te vienes a vivir al palacio.

—Es cierto. El castillo había sido nuestro hogar durante años; solo salíamos de él para ir de viaje. —Una tímida sonrisa asomó en sus labios—. He estado prácticamente en todos los países del continente —dijo, con cierto orgullo—. Mis padres querían que viera mundo.

—Os envidio. Ya conocéis lo pequeño que es mi mundo.

Ella asintió.

—Quizá vuestro rey sea más aventurero y os lleve a conocer a los príncipes de cada territorio. Os iría bien; hay cosas que solo se pueden aprender viajando.

Yo me había pasado casi toda la vida convencida de que no necesitaba ver nada más que las colinas cercanas a Varinger Hall o la salida del sol sobre el río Colvard a su paso por la capital. Pero conocer a gente de otras partes del continente resultaba enriquecedor, y ahora deseaba saber más.

—Eso espero. ¿Y vos? ¿Creéis que acabaréis ese recorrido educativo? ¿Visitaréis esos últimos países que os quedan?

Su sonrisa se desvaneció.

—Al rey le preocupa sobre todo su reino.

—Oh.

No tenía muy claro qué significaba eso, pero supuse que, fuera lo que fuera, supondría que no podían alejarse mucho de su palacio. Desde luego, Coroa no suponía un gran viaje.

—Eso hace que eche de menos a mis padres —me confesó, con una voz tan baja que casi no lo oí. Cuando volví a mirarla ya no me pareció una reina, sino lo que era realmente: otra jovencita intentando abrirse paso en el mundo—. Tengo algunos recuerdos de nuestros viajes… Este collar, por ejemplo —dijo, tocándose el óvalo plateado que llevaba alrededor del fino cuello—. Mi padre me lo regaló en Montoth. Se lo compró a una gitana que encontramos por el camino. Tengo la impresión de que no lo hizo ella, no sé si me entendéis.

Asentí, preguntándome a quién habría pertenecido antes aquel collar.

—Pero era una señora agradable. Orgullosa. Mi padre le dio más de lo que pedía. Él era así.

—Entonces me gustaría mucho conocerlo algún día.

Valentina se quedó con la mirada fija en el horizonte y la mano en el collar.

—Ojalá pudierais. Me habría gustado que los hubierais conocido a los dos.

Suspiré, consciente de que acababa de arruinar lo que empezaba a ser una conversación muy interesante.

—Lo lamento mucho.

151

—Yo también —dijo ella, posando la mirada en el rey.

No comprendí la repentina carga de rabia en su tono de voz, pero tampoco tuve mucho tiempo para pensar en ello. Se acercaban las doncellas, cargando con bandejas de exquisiteces.

—He oído que os interesa la cocina de otros países. Me he tomado la libertad de pedir que hicieran unos cuantos platos especialmente para vos —dije, indicando con un gesto de la mano el ejército de criadas que se acercaba, y vi cómo se le iluminaba el rostro.

—¿De verdad? —respondió, con tono de incredulidad.

—Sí. Yo… No me habrán informado mal, ¿verdad? Por supuesto no hace falta que probéis nada…

—¡No, no! ¡Estoy encantada! —exclamó, mientras iban colocándonos bandeja tras bandeja sobre nuestra manta—. Esto lo conozco —dijo—. Soléis hacerlo para el Día de la Coronación, ¿verdad?

—Sí. He intentado reunir unas cuantas especialidades regionales, y otras cosas relacionadas con las fiestas de Coroa. Esas tartitas de ahí se comen en el solsticio, y están rellenas de un jarabe dorado.

Cogió uno de aquellos dulces y se lo metió en la boca. Yo era bastante arrojada en casi todo, pero la comida desconocida siempre me frenaba un poco. Me pareció admirable que no mostrara ningún reparo.

—Deliciosas. ¿Y esto?

Fue de plato en plato, haciendo preguntas y comiendo todo lo que pudo. Cuando sonreía despreocupadamente, parecía más joven, más alegre. En aquel momento, vi a una Valentina que no había visto en el Gran Salón ni en el campo de justas. Era toda una belleza; era innegable, aun cuando fruncía el ceño. Y había algo en su rostro que la hacía perfecta para el trono, para ser el objeto de la devoción de las masas.

Sin embargo, luego pensé en alguno de los comentarios

de los Eastoffe y me di cuenta de que no debía suscitar aquel tipo de devoción. Suponía que la gente no habría visto nunca aquella sonrisa.

—Esto es lo mejor que ha hecho nadie por mí en mucho tiempo —dijo, levantando el rostro hacia el sol—. Gracias.

—No hay de qué. Podéis venir a visitarme cada vez que tengáis antojo de probar algo nuevo.

Soltó una risita, y la música de su voz se elevó entre los árboles.

—¡Valentina! —espetó el rey Quinten, haciéndole un gesto con la mano, como si su risa hubiera interrumpido algo de la mayor importancia.

La espléndida sonrisa desapareció al instante de su rostro, y toda la luz que la irradiaba se apagó de golpe. Bajó la cabeza tímidamente y luego cogió una tartaleta para taparse la boca con ella.

—Es un tirano —murmuró entre dientes—. Estoy segura de que, si pudiera, daría caza a la propia alegría y acabaría con ella. —Al momento reaccionó y recordó dónde estaba—. Por favor, eso no se lo digáis a nadie.

Yo cogí otra tartaleta para taparme la boca, como ella.

—No os preocupéis. Si hay algo que comprendo perfectamente, es el valor de cierto nivel de intimidad. Yo he perdido una cantidad considerable últimamente, así que no puedo imaginarme hasta qué punto la habéis perdido vos. No diré nada. Además, creo que tenéis razón. Es un poco gruñón.

Ella apretó los labios para contener su sonrisa.

—Bueno, lady Hollis, ¿cuáles son nuestros planes para esta noche?

Sentí que se me aceleraba el corazón. Las cosas empezaban a arreglarse.

—Hace poco el rey Jameson me regaló un juego de dados dorados. Estoy aprendiendo a jugar.

—Pues traeré dinero. Es mucho más divertido cuando se

153

apuesta —propuso, como si aquello fuera un consejo importante que debía recordar.

—Podría invitar a nuestras damas, si os parece.

Ella negó con la cabeza.

—No. Me gustaría que estuviéramos nosotras dos solas.

—Encantada, majestad —respondí, sonriendo.

Ante tanta formalidad, puso los ojos en blanco:

—Vale, vale, fue divertido al principio, para meterme contigo, pero yo creo que en privado podemos tutearnos. Llámame
Valentina.

—De acuerdo. Pero, si algún día te aburres, siempre puedes
volver a meterte conmigo, no me importa.

Ella volvió a reírse, pero enseguida sofocó la risa. Vi que el
rey Quinten rebufaba contrariado, pero tardó un rato en girarse hacia nosotras. Echó una mirada a Valentina y luego posó
los ojos en mí, y sentí un escalofrío. Sí, ya había conseguido
establecer contacto con ella, pero para él seguía siendo poco
más que un insecto. Aparté la mirada enseguida.

Me recordé a mí misma que estaba allí para hacer compañía a Valentina, y que, si ella estaba satisfecha, yo estaba
cumpliendo con mi deber…, pero sabía que cuando fuera reina
siempre habría algún Quinten en mi vida. Vendrían dignatarios
y diplomáticos, y yo siempre estaría en medio de todo, no podría ocultarme. A algunos probablemente les cayera bien, pero
siempre habría alguno que disfrutaría haciéndome de menos.

Levanté la cabeza y pensé en Valentina. Si éramos damas
encerradas en una jaula de oro, le sacaríamos el máximo partido
a la situación.

$\mathcal{V}$alentina no tardó en cansarse, lo cual no me fue mal, ya que tenía asuntos propios que atender. El paquete pesaba poco y, tomando como referencia el cuadro que me había indicado lady Eastoffe, en el exterior de sus aposentos, supe encontrar el sitio.

En teoría estaba allí para ver a Scarlet, pero sentía mariposas revoloteándome en el estómago. Sentía demasiadas cosas a la vez como para saber qué eran realmente. ¿Estaría allí Silas? ¿Intentaría hablar conmigo? ¿Quería que lo hiciera?

El beso había sido una sorpresa. No, no una sorpresa; un error. Era evidente que me resultaba fácil hablar con Silas, que nos entendíamos. Había bondad en todo lo que hacía, y el respeto con el que se trataban todos los miembros de la familia hacía que me dieran ganas de estar cerca no solo de él, sino de todos ellos. Además, Silas tenía un atractivo especial, con aquellos ojos azules y aquella sonrisa angelical… Sí, había algo encantador en Silas Eastoffe.

Pero todo aquello no importaba: no era Jameson Barclay. El encanto no me daría una corona ni traería esperanza al reino. El encanto era algo bonito, no necesario.

Me planté frente a la puerta e hice acopio de valor, preparándome para lo que pudiera encontrarme al otro lado de la puerta, y llamé.

—¡Lady Hollis! ¡Qué agradable sorpresa! —exclamó Scarlet al abrir la puerta.

—Justo la persona que estaba buscando —dije, ignorando la presión que sentía en el corazón—. Espero no interrumpir.

—En absoluto. Por favor, entrad —dijo, invitándome a hacerlo con un movimiento de la mano.

Yo entré y observé el interior.

Había una pequeña chimenea y una mesa alrededor de la cual cabrían cuatro sillas, o como máximo seis. No había demasiados elementos decorativos, pero sí unas flores sobre la cajonera que había bajo la ventana. Dos puertas daban, probablemente, a los dormitorios. Seguramente, la pobre Scarlet compartía habitación con sus hermanos; no tendría un espacio propio.

Lo único que animaba el apartamento era aquella ventana. Era grande, tanto como todas las demás de esa fachada del palacio, de modo que todos los aposentos del palacio, independientemente de su tamaño, contaban con un gran ventanal para hacer entrar la luz. Me quedé mirando a la ventana y pensé en la vista, tan diferente a la que tenía yo desde mi dormitorio.

156

—¿Veis ese edificio de allí? —preguntó, señalando a una pequeña estructura de piedra con un tejado de paja y una gran chimenea humeante—. Ahí es donde trabajan Silas y Sullivan.

—¿De verdad? —pregunté, acercándome a la ventana para ver mejor.

—Sí. Y, si Sullivan necesita mis finos dedos para dar el toque final a una joya o Silas necesita que bruña una espada, cuelgan un pañuelo azul en la ventana. Yo siempre estoy atenta por si aparece.

—Tienen una habilidad única —comenté, admirada—. Yo sé coser, pero es lo único que sé hacer.

—¡Eso no es verdad! —protestó ella—. Bailáis muy bien, y tenéis una habilidad para la conversación que nadie en Isolte podría igualar —dijo. Yo no quise objetar que aquello no era un gran cumplido—. Pero también admiro a mis hermanos. En Isolte es raro que alguien se dedique a algo puramente artístico. E incluso entre el trabajo de uno y de otro hay grandes diferencias.

—¿Y eso? —pregunté, con la mirada puesta en la ventana sin cristal de aquella construcción a lo lejos, intentando distinguir si era Silas o su hermano el que pasaba por delante.

—El trabajo de Sullivan… necesita del fuego, pero es mucho más delicado. La cantidad de metal que usa cada vez es mucho menor, así que en realidad es mucho más seguro. Podría hacerlo en un espacio cerrado, si quisiera.

—Da la impresión de que le gusta estar lo más cerca posible de Silas.

Asintió.

—Siempre ha sido así. No creo que ninguno de nosotros le entendamos como Silas. La gente cree que es distante, pero no lo es. Simplemente, no sabe qué decir.

Esbocé una sonrisa triste.

—Conozco muy bien esa sensación. ¿Y qué es lo que hace Silas ahí fuera?

—Eso es mucho más peligroso. Echa grandes pedazos de metal al fuego, los saca y los golpea con el martillo hasta darles la forma que quiere. Ya se ha quemado unas cuantas veces, y al menos un par de ellas temimos que se hubiera lastimado gravemente el brazo. Pero, por suerte, sabemos cómo combatir la infección, así que no fue a más.

—Gracias a Dios.

Era bien sabido que los sanadores de Isolte habían hecho progresos en medicina mucho mayores que nosotros en Coroa. Ellos podían copiar nuestras danzas, nuestra música y nuestro arte; ¿por qué no podíamos usar nosotros sus conocimientos sobre medicina, sobre hierbas y sobre las estrellas? Tenía la sensación de que, si lo pidiéramos, podríamos enviar alumnos a estudiar allí. Pero suponía que el orgullo de Jameson y de su padre les habría impedido planteárselo siquiera.

—Parece que se le da bien lo que hace.

—Es uno de los mejores —presumió Scarlet.

Yo sonreí.

—Bueno, su hermana es una excelente profesora y amiga. Esto es para ti. En agradecimiento por acceder a ayudarme en el Día de la Coronación.

Ella cogió el paquete y se acercó a la mesa.

—¿Para mí?

—Sí. Y quiero que sepas que estoy intentando organizar al menos parte de mi séquito. Me gustaría que formaras parte, pero voy a necesitar algo de tiempo para convencer a Delia Grace de tus numerosas virtudes. Espero que no te importe esperar hasta que consiga… abrirle la mente un poco.

Ella me miró girando la cabeza por encima del hombro.

—No quiero parecer maleducada, pero no me imagino a Delia Grace abriendo mucho la mente.

Contuve una risita. Pese al poco tiempo que había pasado con ella, Scarlet ya entendía a Delia Grace mejor que la mayoría. Pensé en cómo miraba a todas partes la primera vez que había entrado en el Gran Salón; me pregunté cuánto sabría realmente aquella muchacha sobre la vida en el castillo.

—Además, tendría que rechazar la oferta de todos modos —prosiguió—. Esperamos mudarnos al campo pronto, a algún lugar tranquilo y con mucho terreno.

No estaba segura de cómo tomarme aquella noticia. Sin duda me provocó una punzada de tristeza, pero también cierto alivio. Llegaría un punto en que no soportaría cruzarme con Silas por aquellos pasillos, verlo bajo las luces de colores de los vitrales del castillo. Lo cierto es que en mi vida no quedaba espacio para más sorpresas o más errores. Y cuando se fuera del palacio para siempre me liberaría para siempre de ese riesgo.

Volví a concentrarme en el presente e intenté seguir con la conversación.

—En Coroa hay buenos terrenos. Estoy segura de que encontraréis un buen lugar.

Ella abrió el regalo y contuvo una exclamación de alegría.

—¡Hollis, me encanta! —dijo, llevándose el vestido al pecho.

—He dejado algo de material por si hay que alargarlo. Eres muy alta.

Ella se rio.

—Ya. ¡Y mira qué mangas!

—Pensé que te gustaría ir como todas las demás cuando hagamos ese baile, y lo he hecho para agradecerte tu ayuda. Aunque desde luego mi compañero de baile preferido ha sido Saul, claro.

—Hacía años que no lo veía tan sonriente. Verlo así ha sido un regalo para todos nosotros.

Había algo en el tono melancólico de su voz que casi me daba ganas de llorar. Me pregunté si alguna vez llegaría a entender por lo que habían pasado.

—Bueno —dije, sin saber muy bien qué añadir—. Más vale que me ponga en marcha. Alguien tiene una reunión privada hoy con la reina Valentina, gracias al consejo de una gran nueva amiga —dije, mirándola con intención.

159

—¿La comida?

—La he atiborrado a delicias coroanas. Le ha encantado. Gracias.

—Es un placer, Hollis. De verdad.

Aún tenía agarrado su vestido, y se lo pegaba al cuerpo para ver cómo le quedaría.

—Buenos días, lady Scarlet.

Algo cambió en su mirada. Debía de haber abandonado toda esperanza de que la llamaran de nuevo «lady». Cerré la puerta tras de mí y emprendí el camino de vuelta a los aposentos de la reina, pensando en cómo me había reído de ella por lo bajo el primer día, en el Gran Salón. Me sentí una tonta por no haber entendido en aquel momento lo que ahora me resultaba evidente: no éramos tan diferentes. Ni ella, ni Valentina, ni Nora. A fin de cuentas, creamos enemistades con la cabeza, pero hacemos amigos con el corazón.

$\mathcal{M}$e senté frente al tocador, jugueteando con mi pelo. Por indicación de Valentina, había dado permiso a mis damas para que se fueran, así que estaba sola en mis nuevos aposentos por primera vez. Cerré los ojos un momento para sentir aquella soledad. El palacio nunca estaba del todo en silencio, y supuse que esa era una de las cosas que más me gustaban de aquel lugar. El fuego crepitaba y chisporroteaba, y oía el repiqueteo distante de unos pasos en lo alto. Al otro lado de la ventana, la ciudad aún bullía de actividad. Oí caballos que pasaban por las calles, hombres que daban órdenes y gente riéndose y disfrutando del aire fresco del anochecer. Prestando atención podía incluso distinguir el ruido de los remos contra el agua del río. A diferencia del ruido del Gran Salón, aquellos sonidos eran como una canción de bienvenida.

Toda la vida había disfrutado tanto con los bailes, los torneos y la compañía que nunca me había dado cuenta de lo encantador que era un momento de pausa. Lo había descubierto demasiado tarde.

Abrí los ojos al oír que llamaban a la puerta; tardé un segundo en reaccionar y darme cuenta de que tenía que ir a abrir personalmente. Valentina sonreía, con un pequeño bolsito de piel en la mano.

—Espero que estés preparada para perder tu fortuna, lady Hollis. En mis buenos tiempos podía desplumar a cualquier caballero de la corte —dijo, y pasó a mi lado sin esperar que la invitara a entrar.

Cuando mi madre lo hacía, me irritaba, pero me pareció algo perfectamente natural en Valentina, y tuve que admitir que en ella resultaba hasta elegante.

—¿Ya no? —pregunté, sentándome a la mesa del vestíbulo.

—No —respondió, meneando la cabeza—. Ahora los hombres de la corte mantienen las distancias. Y las damas también. —Dejó el bolsito en la mesa y examinó la sala, echando un vistazo al dormitorio antes de sentarse—. Tienes unos aposentos muy bonitos.

—Bueno, deberían serlo. Son los aposentos de la reina.

Ella miró otra vez a su alrededor, con los ojos bien abiertos.

—¿Ya?

Asentí.

—Ya que debía recibir a una reina, su majestad decidió que debía ir vestida como una reina, lucir joyas de reina y dormir en los aposentos de una reina —comenté, sonriendo—. Supongo que es cuestión de tiempo que se me declare oficialmente.

Una vez más, pareció sorprendida.

—¿Aún no te ha puesto un anillo en el dedo?

—Aún no. Quería ser prudente. Pero parece que ahora todo el mundo sabe que lo hará, de modo que no creo que tarde.

Valentina parecía encontrar divertida aquella situación.

—Tu relación con el rey es de lo más curiosa —dijo, echando mano de los dados dorados—. Parece que al rey le gusta que seas… un espíritu libre, por decirlo así.

Me encogí de hombros.

—Ojalá todo el mundo lo pensara, pero me alegro de gustarle a Jameson. ¿Qué es lo que le atrajo de ti al rey Quinten? Antes no me has dicho gran cosa al respecto.

Valentina adoptó un gesto distante.

—Lo cierto es que no hablo mucho de ello.

—Oh —exclamé, confusa—. Lo siento, si…

—No, no. Mucha gente no lo entiende; no estaría mal que alguien lo entendiera por una vez —dijo, y suspiró, jugueteando con los dados, pero sin levantar la mirada—. Tras la muerte de la reina Vera, en la corte casi todos supusieron que Quinten no se volvería a casar. Tenía un heredero varón, y por lo que parecía no tenía ningún interés en volver a casarse. Yo creo… Yo creo que es posible que la quisiera de verdad. A la reina Vera, quiero decir. Cuando era niña, le vi más de una vez sonriéndole.

—Yo tenía pensado casarme con lord Haytham. Yo le gustaba mucho, y mis padres aprobaban la relación. Además, Quinten solo pensaba en encontrarle mujer a su hijo. Pero, según parece, las noticias de la frágil salud de Hadrian se extendieron más de lo que cabía imaginarse. Las pocas chicas por las que se interesó el rey de pronto estaban comprometidas. Una de ellas, Sisika Aram, era una querida amiga mía, y sé positivamente que su compromiso se firmó el mismo día en que su familia recibió la convocatoria de Quinten para que se presentaran en palacio.

—¿Por qué? —pregunté—. Como poco, era la oportunidad para entrar a formar parte de la realeza.

—En aquel momento, yo también me lo preguntaba. Ahora creo que fueron muy listas. —Apartó la mirada, y su tono amargo me hizo pensar que su romance tenía poco que ver con el amor—. Al final, Quinten puso la mirada en otros países, algo que no le hacía mucha gracia; estaba seguro de poder encontrar una buena familia en Isolte con la que emparentar a su hijo. Y por fin encontró a alguien para el príncipe; la boda está programada para el invierno.

—En Isolte se dice que la nieve da buena suerte, ¿no?

Ella asintió.

—Esperamos contar con un grueso manto blanco que los bendiga.

Aquello me gustó. En Coroa, la nieve no significaba nada, ni tampoco la lluvia, ni la brisa. Ojalá nevara en invierno, por el bien de Hadrian.

—Un momento. Eso no explica lo tuyo con el rey Quinten.

—Ah —dijo ella, con una sonrisa nada alegre—. Yo sabía menos de la familia real que mis amigas. Como te he dicho, viajaba con frecuencia, y me relacionaba casi exclusivamente con mi grupo de amistades. Pero la mayoría de mis amigas se casaron, y las fui perdiendo a medida que iban dedicándose a sus casas, a sus familias..., las cosas que hacen las recién casadas.

—Ya.

—Así pues, cuando se hizo evidente que el rey empezaba a buscar una nueva esposa, yo era de las pocas mujeres de la corte que estaba disponible. Me gustaba la idea de la corona, la imagen de un hombre vestido con todo lujo; cuando mis padres recibieron una oferta increíblemente generosa por mi mano, me sentí halagada. Lo que no supe hasta más tarde era que Hadrian había tenido un terrible acceso de fiebre unas semanas antes de mi compromiso. Estuvo inconsciente tres días. Quinten se había dado cuenta de que necesitaba otro heredero, y me eligió a mí, no por mi ingenio, por mi encanto o por mi abolengo. Soy una mujer joven y sana, y debería ser capaz de darle un hijo. —Suspiró—. Debería.

Me quedé en silencio, sobrecogida. Valentina, que evidentemente tenía tantas cualidades de las que enamorarse, probablemente no recibía amor ninguno.

—No pongas esa cara —dijo, tirando los dados sin motivo, solo por verlos rodar—. La mayoría de los matrimonios reales funcionan así. Si te gusta tu marido, mejor. Pero lo único necesario es mantener la línea dinástica. Y la cama del rey es más cómoda que cualquier otra.

Tragué saliva.

—¿Puedo hacerte una pregunta de lo más descortés?

Valentina esbozó una sonrisa.

—Me gustas, Hollis. Sí, adelante.

—¿Qué fue de lord Haytham?

—Se fue de la corte. Ahora vive en el campo. No le he visto desde hace tres años. Debo suponer que estará casado, pero no lo sé. —Bajó la mirada—. No me importaría demasiado que lo estuviera. Pero sería agradable saberlo.

Por un instante la mente se me fue a Silas. Su familia encontraría una finca. Se darían a conocer por el impecable trabajo que hacían. Él atraería la atención de alguna chica, y superaría sus reparos iniciales con aquellos irresistibles ojos azules. Se casaría con ella.

O quizá no.

¿Cómo iba a saberlo?

—¿Y yo puedo hacerte una pregunta descortés? —dijo Valentina.

Reaccioné de golpe, parpadeando. La miré a la cara.

—Desde luego te has ganado el derecho a hacerla.

—Debes decirme la verdad. Tu rey... ¿Alguna vez se ha portado mal contigo?

—¿Mal? ¿En qué sentido?

Ella hizo un gesto con la mano que no aclaraba nada.

—Simplemente... mal.

Rebusqué entre mis recuerdos. Quizás alguna vez había sido desconsiderado, pero nunca se había portado mal conmigo.

—No.

Ella se llevó una mano al vientre, en posición defensiva.

—¿Valentina?

—No es nada —respondió, meneando la cabeza.

Alargué la mano por encima de la mesa y le agarré la otra.

—Está claro que sí que lo es. Si alguien puede entender lo que supone la presión de pasar de ser una más de la corte a ser reina, sin duda esa soy yo. Conmigo puedes hablar.

Ella apretó los labios y se puso a temblar. De pronto, estalló en un llanto mal contenido que le aceleró la respiración.

—Todo el mundo tiene los ojos puestos en mí. Esperan que le dé otro heredero, y sé que hacen comentarios. Pero ¡no es culpa mía! —insistió—. ¡Yo he hecho todo lo necesario!

—¿De qué estás hablando? —pregunté, mirando aquella mano delicada que apoyaba en el vientre—. ¿Te has quedado embarazada?

—No estoy segura. Hace dos meses que no tengo el periodo, pero los síntomas... Ya me he quedado embarazada dos veces, y ambas lo he perdido. Esto parece diferente. Siento... Siento...

—Shhh —dije, acercándome e intentando tranquilizarla—. Estoy segura de que ambos estaréis bien.

—No lo entiendes —replicó, echándose atrás y enjugándose las lágrimas del rostro a toda prisa. Pensé que debía de estar sufriendo algún tipo de ataque, porque el dolor enseguida se transformó en rabia, y no dejaba de temblar—. Si cuentas una palabra de esto, acabaré con tu vida, ¿me oyes? Si tengo que escoger entre tu vida y la mía...

—Valentina, ya te he dicho lo mucho que valoro la intimidad. Todo lo que me digas quedará entre nosotras.

Por fin se liberó de aquella tensión y se dejó caer pesadamente contra el respaldo. Se agarraba el estómago con las manos en un gesto no tanto de protección como de oración. No había visto nunca una mirada tan angustiada.

—Se creen que me siento superior —explicó—. Todas las mujeres de la corte. Creen que no les hablo por mi nuevo rango, porque me considero demasiado importante como para mezclarme con ellas. Pero no es así. Es Quinten. Él prefiere que no me mezcle con nadie.

Pensé en lo que había dicho Scarlet sobre los seis meses que había estado aislada. Me pregunté si alguien sabría que no había sido ella quien se había impuesto esa soledad a sí misma.

—Lo siento. ¿Por eso solo tienes una dama?

Asintió.

—Ni siquiera hablamos el mismo idioma. Ella me trae lo que sabe que necesito, y cada vez vamos entendiéndonos más, pero no es lo que se dice una confidente. No tengo a nadie con quien hablar, ninguna aliada, y tengo miedo.

—¿Miedo? —¡Por Dios, era una reina!—. ¿Miedo de qué?

El terror se reflejaba en sus ojos. Se puso a agitar la cabeza muy rápidamente.

—Ya he hablado demasiado. Yo…, esto no puedes contárselo a nadie.

—Valentina, si estás en peligro, puedes pedir asilo y refugiarte en uno de nuestros templos. Nadie podrá sacarte de allí.

—Quizás eso funcione aquí —dijo, levantándose torpemente—. Pero no en Isolte. Y a ellos no les importará.

—¿A quiénes?

—Siempre acaban presentándose. Si das problemas, siempre siempre llegan.

—¿Quiénes?

—Se llevaron a mis padres. Y, si no le doy un heredero al rey, probablemente sea solo cuestión de tiempo…

La agarré por los hombros.

—Valentina, ¿de qué estás hablando?

Algo volvió a cambiar en su mirada: ahora parecía tranquila, decidida. Nunca había visto a nadie que pudiera cambiar tanto de estado emocional, y en tantas direcciones diferentes, con tal rapidez.

—Da gracias por esta vida tan fácil y tan bonita, Hollis. Es un lujo que no todas tenemos al alcance.

Un momento… ¿Qué intentaba decirme? ¿Y quiénes eran esas personas de las que hablaba? Antes de que encontrara el modo de plantearle la siguiente pregunta, ya estaba de pie, alisándose el vestido, antes de salir de la habitación.

166

Me quedé allí sentada, aturdida. ¿Qué era lo que acababa de pasar?

Intenté calmarme y repasar la conversación. Valentina podía estar embarazada o no, y ya había perdido dos bebés desde su matrimonio con el rey Quinten. Estaba sola en Isolte. Había perdido a sus padres de forma misteriosa. Y temía por su propia seguridad.

No podía ir a pedirle más respuestas. Además, aunque me atreviera, no estaba segura de que fuera capaz de dármelas. Sabía a quién podía preguntar, pero, después de lo que había pasado la noche anterior, no sabía si podría siquiera mirarle a los ojos.

Era superior a mí. Tenía que saber más. Salí de la habitación y me dirigí a la parte trasera del castillo. Los pasillos estaban casi vacíos, pero, aunque no lo hubieran estado, los habría atravesado a la carrera. Sin embargo, al llegar a la puerta de los Eastoffe, dudé. Por el bien de mucha gente, lo más sensato habría sido alejarse de allí.

Pero si lo hacía, no podría ayudar a Valentina de ningún modo.

Se oía hablar en voz baja al otro lado de la puerta, pero las voces se interrumpieron de pronto cuando llamé. Fue lord Eastoffe quien abrió.

—Vaya, lady Hollis. ¿A qué debemos el placer de vuestra compañía? —preguntó, contento.

Tras él vi a su mujer sonriendo, igual que a sus invitados, salvo Etan, que puso los ojos en blanco y se apartó de la mesa. Y no fue el único en reaccionar de otro modo. Me sorprendió ver que incluso Scarlet parecía escéptica, y Sullivan bajó la mirada. Silas no parecía muy seguro de cómo actuar a mi aparición inesperada.

Podía haber hablado con cualquiera de ellos, seguramente. Scarlet era chica; quizás ella sabría más. Pero solo había una persona en aquella sala a la que pudiera confiarle un secreto así.

167

—Me he topado con una duda muy específica sobre Isolte, y me preguntaba si podría robarles a Silas unos minutos. Prometo no entretenerlo demasiado.

Lord Eastoffe miró hacia atrás.

—Por supuesto. ¿Hijo?

Silas se puso en pie y me siguió al pasillo con gesto serio.

—Creo que hay una puerta ahí mismo, ¿no? —dije, buscando algún sitio al que ir. Me costaba mucho mirarle a los ojos.

—Sí. Por ahí es por donde se sale a los edificios externos.

Le seguí, dando gracias de que la luna aún no estuviera llena del todo. Caminamos por el sendero que salía del castillo. Pero no tardó mucho en darse la vuelta.

—Lo siento —dijo.

—¿Qué?

—Lo de anoche. No sé qué me pasó. Lamento mucho haberos ofendido.

—Oh. —Me sonrojé al pensar en aquel beso furtivo—. No me ofendiste. Y puedes hablarme de tú. Aquí estamos solos.

Él levantó una ceja.

—Pues salisteis…, saliste corriendo.

Me reí.

—Desde luego, podía haber respondido mejor.

—Podías haberte quedado —propuso, esbozando una tímida sonrisa.

Me quedé sin aliento de pronto.

—Creo que ambos sabemos que no podía. Apenas te conozco, y aunque te conociera, estoy prometida.

—Pensaba que decías que el rey aún no se te había declarado.

—No, no lo ha hecho. —Suspiré—. Ahora mismo no puede, pero…

—Entonces, ¿qué promesa estarías rompiendo?

Me quedé allí, moviendo nerviosamente las manos, intentando encontrar una respuesta sin fisuras. No la tenía.

—He trabajado muy duro para convencer a la gente de que soy merecedora de la posición en la que me encuentro. Ahora siento que estoy a punto de conseguirlo, y no quiero fallar. Me da miedo lo que pueda suceder si no lo consigo —reconocí—. Antes no me asustaba ante lo que pudiera ocurrir. Ahora me dan miedo las consecuencias de cada cosa que hago. Hasta la decisión de haber venido aquí hoy.

Silas dio un paso adelante. Por un momento, me quedé sin aliento. Tardé un segundo en recuperar la respiración.

—¿Qué es lo que pasa?

—Es Valentina —confesé, intentando concentrarme en el motivo real de mi visita—. Ha venido a verme. Al principio, parecía estar bien, pero nos hemos puesto a hablar de su familia y del rey, y de pronto se ha venido abajo y me ha empezado a contar cosas sin sentido. —Respiré hondo. No podía traicionar la confianza de Valentina, así que tenía que ir con cuidado con lo que decía—. Me preguntaba si tú sabrías algo de sus padres. No dejaba de decir «siempre llegan». Y, quienquiera que sea esa gente de la que habla, se llevaron a sus padres. ¿Tú tienes idea de a qué se refiere?

Al oír aquello bajó la mirada.

—Me temo que sí. Los padres de Valentina… —hizo una pausa, buscando el verbo ideal— «se oponían» a ciertas cosas que ocurrían en Isolte. Quizá lo manifestaron demasiado abiertamente, y llamaron la atención de los Caballeros Oscuros.

Aquellas palabras me pusieron la piel de gallina.

—¿Quiénes son esos Caballeros Oscuros?

—No lo sabemos. Algunos dicen que son nobles; otros dicen que son cíngaros. Algunos están convencidos de que son miembros de la Guardia Real, pero nadie lo sabe con seguridad. Protegen muy bien su identidad, lo cual es necesario, porque, cuando llegan, provocan una destrucción absoluta. Han originado reacciones de una rabia extrema en mi tierra. Yo conocí a un hombre que lo perdió todo en un incendio que, supuestamente, ellos iniciaron, y que decidió vengarse de quien consideraba un caballero oscuro. Mató a toda una familia.

Silas se detuvo y meneó la cabeza lentamente.

—Se equivocaba. En general, se sabía que lord Klume era un buen hombre, pero, por su rango y su cercanía al rey, muchos creían lo contrario. Para mantener la paz en el reino, el rey Quinten ordenó la ejecución del asesino de lord Klume, de modo que nadie se viera tentado de tomarse la justicia por su mano nunca más. Pero muchos siguen viviendo con miedo, temiendo que, si dicen o hacen algo que no deben, los caballeros vengan a por ellos. Y dado que nadie tiene claro quiénes son, es difícil saber en quién puedes confiar.

—Así pues, ¿los padres de Valentina debieron de confiar en quien no debían?

—Posiblemente —dijo él, encogiéndose de hombros—. En cualquier caso, la desaparición de los padres de la reina hizo que nadie más se atreviera a levantar la voz.

—¿Desaparición? ¿Siguen desaparecidos?

—No. —Silas miró al infinito, como si aún pudiera ver la escena—. Dejaron sus cuerpos frente a la puerta del castillo. Todo el mundo los vio. Yo los vi. Fue de lo más… deliberado. Y Valentina…, cuando fue a ver los cuerpos, emitió un sonido que jamás pensé que pudiera salir de un ser humano. No puedo ni imaginarme su dolor.

—No me extraña que decidierais iros —respondí, meneando la cabeza.

—Mis padres querían darnos una oportunidad. Toda la vida, la paz ha sido para nosotros como un sueño inalcanzable.

Me halagó ver la esperanza que tenía puesta en Coroa, y me gustaba la idea de que mi país le diera la oportunidad de, por fin, ser feliz. Pero no podía dejar de pensar en Valentina; ella no tenía la opción de quedarse. Me llevé la mano al corazón y pensé en sus palabras.

—¿Tú crees que la reina corre peligro?

Silas respondió enseguida:

—No. El rey la necesita: Es su único recurso para tener otro heredero. Ya has visto al príncipe Hadrian. Cada día que sigue con vida parece un milagro. Sí, está previsto que se case este invierno, pero...

Me quedé pensando en aquello.

—No lo sé. Valentina parecía tan... Ni siquiera sé cómo describirlo. Desesperada, asustada, angustiada, cansada. Todo ello a la vez, y más.

Silas alargó la mano y me tocó el brazo.

—Debe de sentirse muy sola. Las mujeres de la corte no hablan con ella, ningún hombre con sentido común se atrevería siquiera a mirarla, y ahora sus padres no están. Estoy seguro de que le pasan muchísimas cosas por la cabeza. No le tengo ninguna consideración como reina, pero me alegro de que al menos haya podido hablar contigo.

Yo solo podía pensar en la calidez de su contacto, en la ternura de su voz. Me resultaba cada vez más difícil recordar que había venido por Valentina.

—Yo siempre estoy dispuesta a escuchar a cualquiera que necesite una amiga.

—Lo sé —dijo, con voz suave—. Es algo que te hace única. Tengo la sensación de que hasta las personas que no te inspiran demasiada confianza podrían confiar en ti.

Asentí.

—Y precisamente por eso ahora debo irme. He hablado más de lo que habría querido Valentina. Espero que me hagas el favor de guardar el secreto.

—Yo haría cualquier cosa que me pidieras.

Me mordí la lengua, buscando las palabras correctas:

—Y Valentina no es la única que cuenta conmigo... Me temo que les defraudaré a todos si me quedo más tiempo.

—Aun así, me encantaría que pudieras hacerlo —dijo, sin apartar la mano de mi brazo.

Sentía las lágrimas intentando abrirse paso por las comisuras de mis ojos, y sentía una presión en la garganta.

—Yo no entiendo muy bien qué es esto que siento, por qué me cuesta tanto alejarme de ti…, pero tengo que hacerlo. Demasiadas cosas dependen de mi matrimonio con Jameson; no es solo por mí, también por ti. Jameson podría decidir devolveros a Isolte si le ofendes, y si las cosas allí están tan mal como dices, no quiero poner vuestras vidas en peligro. Scarlet significa mucho para mí.

—¿Solo Scarlet? —preguntó, con un soplo de voz.

Tardé un momento en responder.

—No. Todos. Todos significáis mucho para mí.

A la tenue luz de las estrellas, vi que tenía los ojos húmedos.

—Y cualquier cosa que pudiera hacerte daño me dolería a mí.

Asentí, y no pude contener más las lágrimas.

172 —Estoy convencida de que la vida nos dará una felicidad que aún no podemos ver —dije, y señalé al cielo—. Ahora el cielo está cubierto de estrellas, pequeños puntos de luz. Pero muy pronto llegará el sol. Solo tenemos que esperar.

—Pero es que tú eres mi sol, Hollis.

Aquello era diferente a lo que Jameson me había dicho tantas veces. Él había dicho que yo era «el sol», luminoso pero distante, arrojando luz sobre todo lo que hay en la Tierra. Pero ser el sol «solo» de Silas me hacía sentir que tenía un motivo para salir cada día y elevarme sobre el horizonte.

—Prometo mantener las distancias. No te buscaré más. Y estoy seguro de que no necesitarás joyas para visitas reales de emergencia.

Asentí.

—Bien. Así será más fácil.

Tragó saliva.

—Antes de que nos separemos y de que no pueda hablar nunca más contigo… ¿Podría darte un último beso?

Ni siquiera planteé objeciones. Me lancé hacia él.

Fue tan fácil como seguir el ritmo de un baile o respirar hondo. Besar a Silas era algo para lo que estaba hecha, algo natural, para lo que no tenía que pensar. Sus manos subieron hasta sumergirse en mi cabello y me agarró con fuerza, y sus labios se movieron con un ansia febril, sabiendo que no habíamos estado nunca tan solos. Le agarré de la camisa, tirando de él, buscando en su olor aquel aroma lejano a brasas que solía llevar pegado a la piel.

Se apartó, demasiado pronto para lo que habría deseado, y me miró a los ojos.

—Ahora debo volver con mi familia.

Asentí.

—Adiós, Silas Eastoffe.

—Adiós, Hollis Brite.

Dio un paso atrás, hizo una gran reverencia y yo, recurriendo a la poca fuerza de voluntad que aún me quedaba, me di la vuelta y me alejé.

21

—*H*ollis —susurró Delia Grace, arrancándome del sueño.

—¿Mmm?

—Tienes un mensaje —dijo. Levanté la vista y me la encontré mirándome con gesto de preocupación—. Por Dios, tienes los ojos rojos. ¿Has estado llorando?

En un instante me volvieron a la mente las imágenes de la noche anterior.

Habían pasado horas antes de que el agotamiento se hubiera impuesto, silenciando mis pensamientos, y más aún había tardado en calmar mi corazón. No tenía ni idea de cuánto había dormido, pero estaba segura de que no había sido mucho.

—No —respondí con convicción, intentando sonreír—. Anoche se me debieron de irritar con algo.

Delia Grace se sentó al borde de la cama y me levantó la barbilla para verlos mejor. No me gustaba que me mirara los ojos con tanta atención; una vez más, tenía la sensación de que me leía el pensamiento.

—Voy a empapar una toalla en agua fría, y vas a aplicártela en los ojos con suavidad. No podemos dejar que vayas a ver al rey y a la reina así.

—¿Qué?

—Lo siento —dijo, meneando la cabeza y poniéndose en marcha para buscar la toalla—. Ese era el mensaje: el rey Jameson exige tu presencia para una reunión con el rey Quinten y la reina Valentina esta mañana.

—¿Exige? —pregunté, tragando saliva.

Al momento pensé que alguien sabría algo, pero había tenido mucho cuidado con Silas, y ahora todo había acabado. No, debía de ser otra cosa.

—Creo que es mejor que hoy me ponga el vestido negro, Delia Grace. El de los apliques rojos en las mangas.

—Muy bien —dijo, asintiendo—. Te dará una imagen más seria. Y creo que te haremos un peinado acorde con la ocasión. Quédate tendida y ponte esto —dijo, dándome la toalla mojada—. Enseguida lo prepararé todo.

—¿Qué haría yo sin ti? —dije, sacudiendo la cabeza.

—Ya lo hemos hablado, Hollis. Te ahogarías.

Me puse la toallita mojada sobre los ojos y conseguí rebajar la inflamación casi por completo. Cuando me arreglara, nadie lo notaría. No tenía gran cosa que hacer mientras me cepillaban y me colocaban el vestido. Cuando llegó el momento de salir, Nora y Delia Grace se situaron detrás de mí; eran mi pequeño ejército personal. Tenía que admitir que me sentía mejor sabiendo que contaba con ellas.

Por los pasillos y en el Gran Salón vi a mucha gente; me acerqué a los aposentos del rey y me dirigí a los guardias apostados junto a la puerta.

—Su majestad me ha convocado.

—Sí, milady —respondió un guardia—. Os está esperando.

Me abrió la puerta, pero detuvo a Delia Grace y a Nora antes de que pudieran pasar.

—Es privado, señoritas —les dijo, y yo me quedé mirando cómo se cerraba la gran puerta de madera, sin poder hacer nada para evitarlo.

Me recompuse, respiré hondo y entré. Me encontré a Jameson y al rey Quinten sentados a una mesa con unos documentos delante. Había otras personas junto a la pared, grandes sacerdotes y miembros del Consejo Real, todos ojeando libros de jurisprudencia y otras notas. La incorporación más sorprendente al grupo era la presencia de mis padres, que no me habían hablado desde la clase del otro día.

Observé por un momento su gesto petulante, pero enseguida Jameson se puso en pie y vino a recibirme.

—¡Mi corazón! —dijo, casi canturreando, y tendiéndome los brazos—. ¿Cómo estás esta mañana?

—Estoy bien —respondí, esperando que no me notara el temblor de las manos—. Tengo la sensación de que últimamente no hemos tenido ocasión de vernos mucho, así que me siento feliz de estar en vuestra presencia.

Antes me resultaba de lo más fácil halagar a Jameson, encontrar las palabras que sabía que le animarían. Ahora me costaba un gran esfuerzo. Él sonrió y me acarició la mejilla.

—Tienes razón; he estado muy ocupado, y prometo compensártelo en cuanto se marchen nuestros invitados. Ven, siéntate a mi lado.

Le seguí y ocupé el lugar que me ofrecía. No obstante, me resultaba difícil sentirme cómoda, con el rey Quinten echándome constantes miradas de desaprobación.

—Al menos la vuestra llega puntual —murmuró.

Apenas un segundo más tarde entró en la sala la última asistente a la reunión, Valentina, con la mano apoyada en el vientre.

—Mis sentidas disculpas —dijo, sin alterarse—. Estaba... indispuesta.

El rey Quinten pareció darse por satisfecho con la explicación y se giró hacia Jameson.

—¿Y cuándo decís que será vuestra boda?

—No lo he dicho —respondió Jameson, sonriente—. Aún tengo que perfilar algunos detalles —añadió, levantando la mano para tocar la mía, apoyada en el respaldo de su silla—. Pero os llegarán noticias de mis planes muy pronto.

Quinten asintió.

—¿Y estáis seguro de haber escogido bien?

Intenté no mostrar ninguna reacción. No me gustaba que hablaran de mí como si fuera una mercancía, y como si no estuviera presente.

Jameson irguió la cabeza.

—¿Es que estáis perdiendo la vista? Solo tenéis que verla.

Quinten no pareció impresionado. Se giró hacia mis padres:

—¿No os dijeron que era hija única? ¿Y si es estéril? ¿O si os da solo un hijo?

Vi que la piel de la nuca de Jameson adoptaba un tono rojizo, señal de que empezaba a estar molesto. Apoyé la mano en su hombro y me dirigí al rey yo misma.

—Majestad, usted debería saber mejor que nadie que tener un solo hijo no es en absoluto un problema. Simplemente supone... concentrarse en ese único heredero.

Jameson esbozó una sonrisa divertida. Ninguno de nosotros podía decir que Hadrian fuera un éxito estrepitoso, pero ¿quién se creía que era aquel hombre, preguntando por hijos que aún no habíamos ni soñado, precisamente él, que estaba más bien al final del camino?

Quinten me miró con ojos como témpanos, evidentemente molesto.

—No se os ha invitado a hablar.

—Yo valoro todas las opiniones de lady Hollis —rebatió Jameson, aunque eso contradecía lo que me había dicho el otro día—. Su alegría de vivir y su mente curiosa son dos de sus mayores atributos.

Quinten puso los ojos en blanco. Valentina me había dicho que diera gracias por lo que tenía, e intenté valorar el hecho de que al menos Jameson había tenido la amabilidad de mentir sobre lo importante que era para él.

—Su respuesta, por sí sola, es prueba suficiente de su salud, no solo mental y emocional, sino también física —añadió

177

Jameson, con tanta pasión que me recordó lo que me había enamorado de él. Esperaba que bastara para conseguir una vez más el mismo efecto—. Estoy seguro de que Hollis me dará un buen heredero para Coroa, y media docena de hijos más.

Aparté la mirada, al tiempo que me sujetaba un mechón de pelo tras la oreja. Lo que un momento antes había resultado insultante ahora se estaba convirtiendo en algo dolorosamente personal. Y entre todas las cosas de las que se podía hablar, ¿por qué estábamos hablando de mi capacidad para traer hijos al mundo?

Quinten seguía mirándome, examinándome, como si fuera una mercancía a la venta.

—¿Y vuestra decisión es irrevocable? —preguntó, como si esperara que Jameson tuviera otra amante escondida en algún rincón del ala norte.

Jameson me miró con adoración en los ojos. Una punzada de culpabilidad me atravesó el corazón, porque una parte de mí habría deseado que él también tuviera una amante.

—Mi amor por Hollis es decidido e irrevocable. Y, si queréis que firme esto, debéis saber que la firma de ella estará junto a la mía.

La vergüenza me invadió como si fuera una ola, rompiendo una y otra vez. Me había pedido que me instalara en los aposentos de la reina, me había dejado llevar joyas reservadas para la realeza, y ahora estaba dispuesto a dejarme estampar mi nombre en un asunto de estado.

Un gran sacerdote alzó la mano y Jameson le dio la palabra con un gesto de la cabeza.

—Majestad, aunque habéis dejado claras vuestras intenciones con respecto a lady Hollis, por ley no podéis poner su nombre en el documento hasta que os caséis.

Jameson rebufó.

—Eso es una tontería. Hollis podría ser ya mi esposa.

El estómago me dio un vuelco y agradecí no haber desayunado todavía.

«Ya sabías que iba a casarse contigo», me dije. Pero, aun así…, era la primera vez que lo decía de aquel modo. Como si no hubiera vuelta atrás.

Esperé a que la voz del interior de mi mente me dijera que me equivocaba, que aún había un modo de complacer a mis padres, de dignificar a Delia Grace, de proteger a los Eastoffe y de seguir siendo una fiel súbdita de Jameson sin necesidad de aceptar el anillo y la corona. Pero la voz no dijo nada.

—Vuestros ancestros crearon las leyes con acierto —insistió el sacerdote—, pero, si aun así desearais cambiarlas, la ley nos obliga a esperar a la próxima reunión de los lores y los grandes sacerdotes, y eso no será hasta principios de otoño. De momento, debemos obedecer la ley. Porque si infringimos una…

—Las infringimos todas —dijo Jameson, molesto. Era el proverbio que había aprendido de niño, el motivo por el que estudiamos todas las leyes aprobadas, para no infringir ninguna, porque eso sería tan grave como infringirlas todas—. Si la ley dice que debemos esperar, tendremos que esperar.

—Estoy de acuerdo —intervino el rey Quinten, adoptando por primera vez un tono respetuoso. Isolte también era una tierra de muchas leyes, aunque yo no las conocía. Al menos en eso, todos estábamos de acuerdo: la ley era la ley—. Ahora firmaremos nosotros, y zanjaremos el trato. Cuando Hadrian se case, él y su esposa pueden firmarlo, como vos y vuestra esposa, en un anexo que se puede incorporar el año que viene por estas mismas fechas, por ejemplo.

Jameson asintió convencido.

—De acuerdo. Y en vista de que esto os afecta a vos más directamente, podéis llevároslo cuando os vayáis. Nosotros iremos a veros el año que viene para firmar.

No pude evitar hacer una mueca. ¿De qué acuerdo estaban hablando que implicara al príncipe Hadrian?

179

—Este es el pacto, pues —declaró Jameson, con decisión, mirando directamente al rey Quinten—: nuestra hija mayor será para el hijo mayor del príncipe Hadrian, pero solo si tenemos también un hijo varón que herede el reino. Sin embargo, como en Coroa las mujeres no pueden ser herederas del trono, si solo tenemos hijas, será la segunda la que se case con él. ¿Os parece aceptable?

Sentí que me flaqueaban las rodillas. ¿Estaba negociando con nuestros hijos? ¿Iba a darle una de nuestras hijas para que acabara en Isolte? Me agarré con fuerza al respaldo de la silla, intentando mantener la verticalidad.

El rey Quinten torció la boca, como si estuviera sopesando la posibilidad de obtener un trato mejor, como si llevarse a mi hija no le bastara. Por fin se decidió, alargó la mano y se dispuso a agarrar la pluma.

Valentina y yo presenciamos la escena en silencio, y me di cuenta de que, aunque mi nombre no figuraba en el papel, me vinculaba a Quinten, a Valentina y a Hadrian, emparentándome con ellos.

Se llevaría a nuestra hija. Y con ella, también una parte de mí.

Todos los presentes aplaudieron. En el momento en que Jameson y Quentin se dieron la mano, me acerqué a Valentina y le di un abrazo.

—¿Lo sabías? —susurré.

—No. Te habría advertido. Espero que confíes en mí lo suficiente como para creerme.

—Confío en ti. Eres la única que sabe lo que es estar en mi posición.

Me cogió de la mano y me llevó hacia la pared.

—En cuanto a lo de anoche… —dijo, en voz baja—. Estaba muy alterada. A veces, las embarazadas tienen cambios de humor, y yo…

—No tienes que darme explicaciones.

—Tengo que hacerlo —insistió—. Estaba confundida, y no debes tomarte en serio nada de lo que dije. Además… —dijo, acariciándose el vientre—, esta mañana tenía náuseas. Por eso he llegado tarde. Eso es muy buena señal.

—Enhorabuena —dije, cogiéndola de las manos—. Pero ¿estás segura de que no corres peligro?

Ella asintió, agarrándome a su vez.

—Ahora sí.

—Prométeme que me escribirás. Voy a necesitar muchos consejos. Por ejemplo, para sobrevivir sabiendo que van a usar a mis hijos como moneda de cambio —dije. Sentía un cosquilleo desagradable en la garganta, y tuve que hacer un esfuerzo para dominarlo.

—Pues imagínate la presión que siento yo. Pero te escribiré siempre que pueda…, aunque a veces tendrás que adivinar mis pensamientos. No creo que mi correspondencia sea privada del todo.

—Lo entiendo.

—Cuídate, Hollis. Sigue haciendo sonreír a tu rey y todo irá bien. —Se acercó y me besó en la mejilla—. Tengo que volver para supervisar la preparación del equipaje. Y debo descansar —añadió, sonriendo.

Hice una reverencia.

—Majestad.

—Escríbeme tú primero —insistió, en voz baja—. Así tendré una excusa para responderte.

Dicho esto, se fue con el rey Quinten, que me lanzó una última mirada condenatoria antes de salir por la puerta.

Jameson se acercó frotándose las manos, como si acabara de dar el golpe de gracia en un torneo, y yo le respondí con lo que esperaba que pareciera una sonrisa sincera.

—Mi padre nunca habría conseguido algo así —dijo, riéndose—. Y me alegro de que levantaras la voz. Me has ahorrado el trabajo de tener que replicarle al viejo.

181

—No habría sido rival —señalé.

Jameson volvió a reírse. Antes cada risa de Jameson me parecía un premio; ahora le oía reír con tanta frecuencia que me parecía un simple ruido.

—Lo que me sorprende es que intentara buscar un acuerdo para los hijos del príncipe Hadrian y no para el niño que sospecho que lleva Valentina en el vientre.

—Como se suele decir, nadie entiende los motivos de ese viejo. Lo más extraño de todo es que se haya dirigido a nosotros —observó Jameson, cogiéndome del brazo para llevarme al Gran Salón.

—¿Qué queréis decir?

—La mayoría de los isoltanos prefieren casarse con los suyos, y la dinastía real siempre ha sido perfectamente pura. Si quiere que una princesa de otro reino se case con su nieto, debe de tener un motivo de peso.

—Interesante. Valentina me dijo que Hadrian también se va a casar con una mujer de sangre real —comenté, demasiado aturdida con mis propios sentimientos como para tomar posición. Le sonreí, intentando ocultar mi dolor con bromas—. En cualquier caso, la próxima vez que penséis entregar a nuestros hijos a otro reino, ¿podéis advertírmelo antes?

Él se rio, divertido.

—Oh, Hollis…, no son «nuestros» hijos. Son «míos».

—¿Qué? —respondí, haciendo un esfuerzo por mantener la sonrisa.

—Todos los hijos que tengamos serán flechas en mi carcaj, y yo puedo apuntar con ellos adonde quiera, por el interés de Coroa.

Me besó en la mejilla. En ese momento, se abrió la puerta. Al momento me encontré rodeada de mis damas. Delia Grace interpretó mi mirada horrorizada en el momento en que nos disponíamos a marcharnos, pero fue Nora la que me cogió la mano mientras caminábamos. Intenté no pensar en mis sentimientos para mantener las apariencias, saludando con la cabeza a todo el que se nos cruzaba. Y conseguí aguantar hasta que vi a los Eastoffe.

Los Northcott estaban con ellos, quizá despidiéndose. Por lo menos, Etan iba a abandonar el país, lo cual era todo un alivio. Pero entonces vi los ojos azules de Silas y la mente se me disparó, imaginando niños con aquellos ojos perfectos y mi piel aceitunada. Aquellos niños… habrían sido míos…

Salí corriendo de allí, antes de que alguien pudiera ver la desolación de mi llanto.

22

*T*ras la marcha de la comitiva de Isolte me resultaba prácticamente imposible no mirar a los ojos a todos los niños con que me cruzaba, preguntándome por sus familias, por su futuro.

Curiosamente, eran los niños los que siempre se mantenían algo más cerca de sus padres, mostrándose desconfiados o distantes ante los extraños, como si estuvieran en guardia. La mayoría de las niñas hacían lo que habíamos hecho Delia Grace y yo: buscarse una amiga cercana y disfrutar juntas de las emociones de la vida, expectantes ante las aventuras que les depararía la vida en la corte.

Así era como me sentía siempre cuando bailábamos juntas en los salones o cuando íbamos de excursión por el palacio los días de vacaciones: todo era una maravillosa aventura. Y me compadecía de las niñas de campo, las que trabajaban la tierra de sus familias, que nunca llegarían a conocer el tacto del satén ni se sentirían elevadas por los aires en pleno baile. Una vez superada la impresión del traslado a los aposentos de la reina me sentía intocable, como si por fin hubiera conseguido desmentir a todos los que dudaban de mí, demostrar mi valía ante el mundo, si es que era algo que se pudiera medir en función del cariño de un rey.

Lo tenía todo.

Y, aun así, sabía que cuando Jameson me pusiera un anillo en el dedo y la corona en la cabeza sentiría que lo había perdido todo.

—¿Milady? —preguntó una voz con tono preocupado.

Levanté la mirada y me encontré con lord Eastoffe y con toda su familia, que se acercaban por el pasillo en dirección al Gran Salón. Me di cuenta de que me había quedado traspuesta observando a una familia, mientras el padre señalaba hacia un bonito arco del techo del castillo. Sacudí la cabeza y me hice a un lado, ruborizada.

—¿Os encontráis mal? —me preguntó.

—No —mentí, intentando evitar fijar la mirada en Silas—. Supongo que tras las emociones de los últimos días estoy algo baja de fuerzas.

Lord Eastoffe sonrió.

—En mis años de juventud experimenté esa sensación más de una vez —comentó, cruzando una mirada con su mujer.

Lady Eastoffe me observó con afecto. Aquella mujer tenía algo que me daba ganas de lanzarme a sus brazos. Había huido de su país por el bien de sus hijos. Si le contara que los míos iban a ser usados como moneda de cambio en asuntos de Estado, comprendería mi dolor.

—No os preocupéis, lady Hollis —dijo—. Dentro de poco será el Día de la Coronación, ¿no es así? Scarlet no ve el momento de venir a practicar ese baile. Así que se nos presentan muchas fiestas por delante.

Forcé una sonrisa y asentí.

—Gracias, milady. Sí, aún tenemos muchas cosas que preparar para el Día de la Coronación. Te mandaré llamar muy pronto, Scarlet. Creo que bailar un poco nos hará muy bien a todas.

Viendo la atenta mirada de Scarlet, que me observaba, la sonrisa preocupada de lady Eastoffe y los ojos de Silas, fijos en el suelo, supuse que al menos la mitad de la familia se daba cuenta de que estaba sumida en una gran tristeza de la que ninguno de nosotros podía hablar.

—Quedo a la espera —dijo Scarlet, insinuando una reverencia.

Yo respondí con un gesto de la cabeza y seguí adelante.

Intenté resistir la tentación, pero no pude. A mitad del pasillo, me giré.

Silas me estaba mirando.

Esbozó una sonrisa, y yo hice lo mismo. Y luego ambos seguimos nuestro camino.

Querida Valentina:

Solo hace unos días que te has ido y ya echo de menos tu compañía. Aún estoy algo impresionada por ese contrato. Me ha hecho darme cuenta de lo cierto que era todo lo que decías. El amor me habrá unido a Jameson, pero esta vida no será tan fácil como esperaba en un principio. Teniendo en cuenta cómo llegaste tú a la corona, imagino que no tuviste a nadie que te enseñara a ser reina. Pero, en cualquier caso, ¿podrías compartir conmigo parte de tu sabiduría? Desde que te has ido, siento que me estoy hundiendo.

—¿Qué estás escribiendo? —dijo Delia Grace, acercándose tanto a mi escritorio que me hizo sentir algo incómoda.

—Nada —respondí, arrugando el papel.

No podía enviarle aquello a Valentina. Sabía que me entendería, pero necesitaba encontrar la manera de decir aquello sin dar una imagen tan patética, por si alguien intervenía la carta.

—¿Te encuentras bien? Estás pálida como una isoltana —dijo, y sonrió ante su propia broma.

—Me siento algo cansada. Parece que todos esos días de visitas me están pasando factura.

—A los demás les puedes mentir todo lo que quieras, Hollis, pero conmigo es una pérdida de tiempo.

Levanté la mirada y me la encontré allí de pie, con una ceja levantada y una mano en la cadera.

—Vale… Es solo que… pensé que podía convertir el hecho de ser reina en algo bonito y divertido. Pero parece que no va a ser tan fácil. Ya no me hace tanta ilusión.

Ella se agachó hasta tener la cabeza a la altura de la mía.

—Pues vas a tener que encontrar el modo de superar eso. Lo tienes mucho mejor que tantas otras chicas. No han dispuesto tu matrimonio con un desconocido, tus padres no te van a mandar a otro país… ¡No tienes doce años, caray!

Suspiré. Sabía que otras lo tenían peor que yo en lo referente al matrimonio, pero eso no hacía que me doliera menos.

Jugueteé con los dados dorados, aún sobre la mesa.

—¿Te ha dado pena Valentina? —pregunté.

Ella soltó una risa.

—¿A ti no? ¿Con ese viejo carcamal como marido?

—Pero ¿tú crees que eso es lo peor? ¿No has visto que, con todo lo que tenía, se sentía totalmente sola? ¿Triste? Jameson me quiere y me tratará mejor de lo que Quinten la trata a ella, pero hay muchas otras cosas que no me he planteado. Solo pensaba… ¿Y si cuando se haga mayor y el amor se haya enfriado lo único que me queda es la sensación de ser otra posesión del Estado? ¿Una joya de la corona encerrada en una habitación sin ventanas, que solo se saca al exterior cuando hay que levantar el ánimo a la gente y que no sirve para nada más?

Tras una larga pausa me giré y la miré para ver qué pensaba de mi idea; lo único que encontré fue una mirada acusadora.

—No hagas esto —dijo—. Si fallas, me arrastras contigo. No lo soportaré, Hollis.

—¿Me pedirías que fuera infeliz solo para que pudieras casarte con algún lord de buena reputación que ni siquiera te importa y para que la gente deje por fin de hablar de ti?

—¡Sí! ¡Es agotador! —exclamó, al borde de las lágrimas—. Me he pasado la vida oyendo cuchichear a la gente a mis espaldas. Y eso porque no tenían el valor de insultarme a la cara. Ahora soy la primera dama de la reina, cosa que me da la ocasión de hacerme respetar. ¿No lo aprovecharías tú también, si fuera lo máximo a lo que pudieras aspirar?

—Pero ¿y si podemos aspirar a algo mejor?

—¿Mejor que un rey? ¡Hollis, no puedes aspirar a algo mejor que eso! Y yo, desde luego, no puedo hacer nada si tú te echas atrás. —Se quedó callada un momento—. ¿Qué es lo que te ha pasado? ¿Qué te ha hecho pensar...? ¿Hay otra persona?

—No —respondí enseguida—. Es la idea de perder..., de perderme. No es que no vea los privilegios de ser reina. Pero ser reina no te permite ser tú misma. Primero fueron los lores y sus numerosas quejas. Luego tener que afrontar la visita de la realeza. Y ahora... Jameson ha prometido nuestra primera hija a otro. —Tragué saliva; casi ni podía hablar de aquello—. Podría dar todos mis hijos a otros. A cualquiera. A gente a quienes no les importarían en absoluto.

Delia Grace respiró hondo y dejó que me calmara.

—Cada uno de los desafíos que se me plantean, por sí solo, no parece excesivo, pero, al ir amontonándolos, uno sobre el otro... No sé si podré soportarlo.

Ella meneó la cabeza y se puso a murmurar.

—Debía de haber sido yo.

—¿Qué?

Levantó la cabeza y me miró con unos ojos oscuros pero gélidos.

—¡He dicho que debía de haber sido yo!

Se giró y se alejó, adentrándose en los aposentos como si fueran los suyos. Yo me levanté de un salto y la seguí.

—¿De qué estás hablando?

Se giró y se me echó encima; nunca la había visto tan enfadada.

—Si hubieras prestado atención a algo que no fueras tú misma, te habrías dado cuenta de que miraba a Jameson con un interés muy especial. Yo veía que se aburría con Hanna. Sabía que muy pronto estaría listo para alguien nuevo. ¿Recuerdas todas aquellas lecciones rudimentarias que tuviste que aprender para la visita de Quinten? Yo ya las había aprendido todas. Hay muchos libros en el castillo sobre la historia de Coroa y acerca de la relación con Isolte, con Mooreland y con Catal. Lo que pasa es que tú siempre has sido demasiado perezosa como para consultarlos. —Sacudió la cabeza y levantó la mirada al cielo antes de seguir—. ¿Tú sabías que sé hablar cuatro idiomas?

—¿Cuatro? No. ¿Cuándo has...?

—En los últimos años, mientras tú pasabas el tiempo inventando bailes y quejándote de tus padres. Lo único que tenías que hacer era intentarlo, y no lo has hecho. Pero ¡yo sí! Me he estado perfeccionando. ¡Tú ni siquiera tienes el aspecto que debería tener una buena coroana! —gritó.

—¿Cómo dices?

—Todo el mundo habla de ello, de tu cabello de color trigo. Llevas a Isolte en la sangre. La de Bannirian. En parte, ese el motivo de las quejas de los lores. Si el rey se va a casar con una coroana, la chica debería dar la imagen de una coroana. Y si se casa con una extranjera, la novia debería ser alguien que tuviera algo que ofrecer a la corona.

Sentía los ojos irritados de la tensión.

—Bueno, pues no puedes hacer nada para cambiar todo eso —le espeté—. Fue el destino el que me hizo caer en sus brazos.

—¡Ja! —replicó, negando con la cabeza—. No, fue que calculé mal el momento. Yo te solté aquella noche, Hollis.

—No..., las dos...

—Intentaba que cayeras de espaldas para poder correr en tu ayuda. Vi que el rey venía por detrás y pretendía orquestar un encuentro memorable, en el que se fijara en mí, entre los montones de chicas que lo rodeaban constantemente. Pensé que, si conseguía quedar bien en público, al menos «me vería». Pero

189

no calculé bien el momento, yo también caí, y él te cogió —dijo, con una amargura que se me clavaba en la carne como flechas—. Cometí un error y desaparecí de su mente por completo.

Se llevó una mano a la boca, una vez más como si estuviera a punto de llorar, pero consiguió contener las lágrimas. Yo estaba demasiado impresionada como para responder. Ya sabía que tenía planes para una vida mejor, pero no me imaginaba hasta dónde llegaban. No imaginaba que pasaban por delante de mí. Pero entonces la miré a los ojos y vi aquella mirada blanda, triste, desesperada, y en lugar de rabia sentí pena por ella.

—¿Por qué no dijiste nada? Eres lo suficientemente lista como para pensar algo. Habríamos podido conseguir que se girara.

Se encogió de hombros.

—Pensé que tendría mi oportunidad cuando se aburriera de ti, como parecía que había hecho con todas las anteriores. Pero luego vi cómo te miraba… Me di cuenta de que estaba pasando algo. ¿Y qué podía decir yo? Has sido mi mejor amiga… Cuando todo el mundo murmuraba que era una bastarda, tú no les hacías caso; te quedaste a mi lado. Era lo mínimo que podía hacer por ti. Me dije que ayudarte a ti sería como ganar. Por eso me aseguré el puesto de dama de compañía todo lo rápido que pude; era mi única ocasión de ascender contigo. Pero tú ni siquiera quieres esto. Y verte encumbrada mientras yo me he convertido en tu criada es más duro de lo que pensaba.

—Nunca he pretendido que nadie me encumbrara —respondí con sinceridad, entendiendo por fin por qué había estado tan susceptible aquellas últimas semanas. Me acerqué a ella y le cogí la mano—. Y tú no eres mi criada. Eres mi amiga de más tiempo, mi mejor amiga. La que sabe de mí más que nadie y a la que confío todos mis secretos.

—No todos —respondió, negando con la cabeza. Una vez más me escrutaba con la mirada, ahondando en mis ojos, intentando ver lo que tanto miedo me daba mostrar—. Sé que me estás ocultando algo, y no puedo imaginarme qué es lo que ha hecho que de pronto quieras abandonar el objetivo que querría alcanzar cualquier coroana con posibilidades.

—Si estuvieras en mi lugar, lo entenderías. Es aterrador ver que la libertad no es lo que pensabas. Que el amor no es lo que pensabas.

Cuando respondió, no supe interpretar su tono de voz. Era algo entre la comprensión y la rabia, pero no era exactamente ni una cosa ni la otra.

—¿Y no te vale la pena? ¿Preferirías ser el escándalo de la corte? Si ahora lo dejas, para mí será la ruina, pero lo peor de todo es que destrozarás a Jameson.

Me quedé con la mirada perdida, sopesando todo aquello, consciente de que no había ninguna solución ganadora. O yo conseguía lo que quería, o lo conseguían todos los demás…

—¿De verdad te estás planteando…? —dijo Delia Grace, meneando la cabeza y girándose para marcharse.

—Espera —le ordené.

Había que reconocer que aún tenía la capacidad de hacer que me hiciera caso. Delia Grace se giró refunfuñando.

—Por supuesto que voy a casarme con Jameson. Hace mucho tiempo que no hay otra opción para mí. Y, si Jameson se ha decidido por mí, seguro que tú ya tienes pensada una alternativa para ti. Lo tienes todo planeado. Así que dame un nombre.

Ella torció el gesto.

—¿Qué quieres decir?

—¿A quién quieres por marido?

No tuvo que pensárselo:

—Alistair Farrow. Buena finca, un nombre respetado, pero no tan elevado como para que pueda rechazarme si lo preparas bien.

—¿Le quieres?

—No seas tonta, Hollis. El amor es el último plato de un festín al que aún espero que me inviten.

191

Asentí.

—Hecho, pues —respondí, pasándome la mano por el vestido para alisar unas arrugas inexistentes. Luego me giré y volví a mis papeles. Aún no tenía muy claro qué le iba a decir a Valentina.

—Un momento, Hollis —dijo ella. Me giré y la vi allí de pie, perpleja—. ¿Qué hay de Jameson? ¿Lo quieres?

—En cierto modo —reconocí—. Me encanta verle feliz cuando estoy cerca. Y, aunque mis padres estén decepcionados conmigo, también les quiero a ellos. Y, aunque tú estés furiosa conmigo, también te quiero. Pese a todo lo sucedido, te quiero.

Se hizo el silencio y una década de recuerdos pasaron flotando entre las dos. Los últimos diez años, Delia Grace me había apoyado y cuidado en todo momento, más que nadie. Ocupaba un lugar muy especial en mi corazón.

192

—Es hora de liberarse de todo lo demás. Y cuando Jameson se me declare, me casaré con él. Por amor.

23

—El Día de la Coronación —anunció Nora, entrando en la habitación aquella misma tarde—. Se va a declarar el Día de la Coronación, tras la ceremonia.

—¿Estás segura? —dije yo.

Ella asintió, cruzando la sala en dirección a Delia Grace.

—La esposa de lord Warrington me ha dicho que su marido se lo ha contado en privado. La verdad es que ella te apoya mucho, pero lord Warrington cree que Jameson debería acordar un matrimonio que le diera algún beneficio internacional.

—Bueno, ahora está en minoría. Desde aquella escena con Valentina y las coronas, todo el mundo ha empezado a apoyar a Hollis. —Las palabras de Delia Grace aún arrastraban un rastro de tristeza, aunque ya no había amargura en ellas. Ahora que lo sabía todo, me resultaba mucho más fácil estar con ella—. Cuanto antes se declare el rey, mejor. Cuando seas reina, nadie en su sano juicio se opondrá a ti —añadió, esbozando una leve sonrisa al final.

Nora se acercó y me agarró de las manos.

—Felicidades —dijo, ladeando la cabeza.

—Muchas gracias, pero quizá deberíamos esperar a que me ponga el anillo.

Ella se rio y luego suspiró, retirando las manos.

—Para eso faltan dos días. Tenemos que preparar el baile y

darle los últimos toques a tu vestido… Me pregunto si el rey te enviará alguna otra joya.

Me giré hacia el espejo mientras ella repasaba su lista de cosas pendientes. Me senté y Delia Grace se puso a cepillarme el cabello; ambas éramos incapaces de mostrar demasiada emoción.

—¡Uno, dos, tres, giro! —dijo Delia Grace, girando a su vez para quedar de espaldas a Nora.

Con todo lo que habíamos tenido que hacer para la reciente visita del rey Quinten, no habíamos tenido tiempo de prepararnos para el Día de la Coronación como nos habría gustado. Al final, el baile resultó ser una combinación de partes de otros que ya habíamos hecho antes, pero con una estructura diferente; ni siquiera Delia Grace, con todos sus recursos, podía parar el tiempo. Aun así, sería bonito, y todas las chicas se movían muy bien. Scarlet estaba conmigo, girando al son de las agudas notas del violín.

—¿Te diviertes? —pregunté, aunque su gran sonrisa la delataba.

—Sí. Echo de menos muchas cosas de casa —dijo—. La comida, el olor del aire. Pero me encanta que aquí bailéis tanto. En Isolte solo bailábamos en las ocasiones señaladas, en los torneos y cosas así.

—Bueno, ahora eres coroana —respondí, juntando mi muñeca a la suya y caminando en círculo—. Tendremos que ponerte al día con el baile. Aunque quizá Delia Grace sería mejor profesora. Siempre ha sido la mejor bailarina.

Delia Grace sonrió brevemente antes de pasar a la siguiente cadena de pasos.

—No lo suficientemente buena —murmuró.

Scarlet me miró perpleja, pero yo le quité importancia meneando la cabeza. No podía explicarle todo aquello, sobre todo teniendo en cuenta el papel que desempeñaba su hermano en el asunto.

Seguimos con la coreografía, paso a paso, asegurándonos de que todas nos aprendíamos de memoria hasta el último paso; todos los ojos estarían puestos en nosotras, así que no podíamos cometer ningún error.

Por suerte, Scarlet tenía un talento innato para aquello. Nosotras teníamos que repetir algunos pasos muchas veces para fijarlos en la memoria, pero cuando ella los ejecutaba lo hacía con una elegancia de lo más natural.

—Qué bonito, Scarlet. Como me habías dicho que no habías bailado mucho, pensaba que te costaría. Tienes mucha gracia moviendo las manos, sobre todo.

—Gracias —dijo, sin dejar de moverse—. Yo creo que debe de ser por estar acostumbrada a usar la espada.

—Tu hermano me mencionó que eras buena con la espada —comenté, siguiendo los pasos.

Había hecho muchos esfuerzos para erradicar a Silas Eastoffe de mi pensamiento, pero no podía olvidar los momentos pasados juntos, todas las cosas que me había dicho. Si hacía un esfuerzo, podía recordar nuestras conversaciones hasta el último detalle.

—Si practicas con un pesado hierro en las manos llevando puesto un vestido, acabas aprendiendo a mover los pies con ligereza.

Me reí.

—Supongo que sí. Ahora que lo pienso, Silas bailó conmigo hace poco, y lo hizo estupendamente. —«Deja de hablar de él, Hollis. Eso no te ayuda»—. Quizás una cosa de familia.

—Quizá —dijo ella, rodeándome—. Mi familia es muy importante para mí. Ahora solo nos tenemos los unos a los otros —añadió, y había algo de acusatorio en su tono.

—Eso no es cierto. Os las estáis arreglando muy bien.

Ella meneó la cabeza mientras repetíamos los movimientos una vez más.

195

—Debes tener en cuenta que aquí no todo el mundo nos acoge de buen grado. Nuestro antiguo rey nos considera unos traidores. Y ahora tenemos que trabajar, lo cual no está mal, pero es algo nuevo para nosotros… Nadie que no sea de la familia entiende realmente por lo que estamos pasando. No querría que nadie le hiciera daño a mi familia…, ni aunque fuera por amor.

Levantó la mirada y vi el ruego en aquellos ojos rodeados de pestañas rubias.

Tragué saliva. Me pregunté si se lo habría dicho él o si simplemente se había dado cuenta. Scarlet y Delia Grace parecían tener cierto talento para eso, para saber las cosas. Le respondí en voz baja, esperando que el violín enmascarara mis palabras:

—Por favor, créeme cuando te digo que nunca haría daño a tu familia intencionadamente.

Ella meneó la cabeza.

196 —La intención no cuenta si sucede de todos modos.

Aspiré con fuerza, mirando a mi alrededor para asegurarme de que nadie pudiera oírnos.

—No tienes nada de qué preocuparte. Además, he oído que Jameson tiene pensado declararse el Día de la Coronación.

Ella suspiró aliviada.

—Bueno, eso está bien. Y, en cualquier caso, nosotros nos iremos poco después.

Dejé caer las manos.

—¿Qué?

Delia Grace y Nora siguieron con sus movimientos, pero tenían la mirada puesta en nosotras. Scarlet se giró, vio su expresión intrigada y se giró de nuevo hacia mí.

—Yo ya os…, ya te lo había dicho —dijo, en voz baja—. Ese había sido siempre el plan. Queremos llevar una vida tranquila, una vida que sea la nuestra. Por fin. —Las últimas dos palabras las dijo casi suspirando, como si estuviera agotada—. Desde que llegamos, hemos estado buscando una propiedad…, y hemos encontrado una casa con buenas tierras en el campo. Hemos recibido encargos de trabajo, y parece que podremos ser autosuficientes, tanto si le sacamos algo al terreno como si no. Nos mudamos.

Apreté las manos e hice un esfuerzo por sonreír.

—Valentina ya me advirtió de… lo agotadora que puede ser la vida en la corte de Isolte. No es de extrañar que os apetezca buscar la paz del campo. Al menos tendré la suerte de que te exhibas con nosotras una vez antes de que os vayáis… Venga, acabemos el ensayo.

Estaba exhausta; no podía incorporar nada al baile más allá de los movimientos básicos. Cuando acabamos, me fui a mis aposentos sin decir nada. Me refugié en las habitaciones interiores. Era la primera vez que hacía algo así, y todas entendieron que no deseaba que me siguieran.

Me senté junto a una ventana y miré hacia el río, más allá de la gran ciudad, hacia la llanura que se extendía hasta donde alcanzaba la vista. En algún lugar, más allá, los Eastoffe crearían su hogar. Me dije que eso era bueno. Si Silas se iba, desaparecería la tentación de hablar con él, de estropear lo mejor que me había pasado en la vida. Sería mucho más fácil ver a Jameson con nuevos ojos, recordar cómo le gustaba colmarme de detalles y regalos. Era como si alguien me quitara el zapato y sacara la piedrecita de dentro; a partir de ese momento, caminaría con paso más firme.

Así que no tenía sentido que permaneciera allí sentada, disfrutando de las mejores vistas que podían tenerse desde el palacio, llorando hasta quedarme sin lágrimas.

197

24

Cuando me desperté, el Día de la Coronación, no me sentí como solía sentirme por las mañanas. La sensación era anodina. Un tiempo anodino, un sol anodino, una Hollis anodina.

—Hollis —dijo Delia Grace en voz baja, abriendo las cortinas del dosel de mi cama—. Tienes un paquete.

—¿Qué?

—Yo imagino que será para esta noche. No ibas a ponerte un tocado cualquiera, ¿no? —dijo, con un toque de ansiedad en la voz.

Con una sonrisa triste pero decidida, me tendió la mano para ayudarme a levantarme de la cama.

—¿Ya has abierto la caja?

Negó con la cabeza.

—Acaba de llegar, y nunca abriríamos algo que fuera para vos, milady.

—Muy bien —respondí, esbozando una débil sonrisa. Ella me tendió una bata, y me la puse—. Vamos a ver.

Fui hasta donde estaba la caja y la abrí. La visión de las tres coronas perfectas sobre el terciopelo negro bastó para dejarme sin respiración. Pasé los dedos por encima, observándolas. La primera era de oro casi en su totalidad, parecida a la corona de Estus, mientras que las otras dos tenían muchas más piedras preciosas. La segunda estaba cubierta sobre todo de rubíes de un rojo coroano, y la última era más puntiaguda y estaba cubierta de diamantes.

—La tercera es la que más me gusta —opinó Nora—. Pero estarás espléndida con cualquiera de ellas.

—¿Tú qué crees, Hollis? —preguntó Delia Grace—. La primera se parece a…

—La corona de Estus —apostillé—. Yo también lo he pensado.

—Te encajaría bien. Sería un buen mensaje.

Desde luego que lo sería. Pero me quedé pensando, sonriendo para mis adentros, recordando una conversación que había tenido con Silas. Nuestra ropa, las cosas que elegíamos llevar tenían un lenguaje propio que los demás podían decidir escuchar o pasar por alto.

—No llevaré ninguna de estas. Pero no las devolváis —ordené—. Quiero que mi decisión sea una sorpresa.

199

—Hay una parte celosa en mi interior a la que le cuesta admitir esto —dijo Delia Grace—, pero creo que estás imponente.

—¿Te gusta?

—Te queda muy bien. Mejor que cualquiera de esas coronas tan opulentas, desde luego.

Se colocó a mi lado para mirar al espejo, y no pude evitar pensar que tenía razón; ahora sí era yo.

Una vez Silas había bromeado diciendo que me quedaría bien una corona de flores, y ahora llevaba en la cabeza las flores más grandes y olorosas que había podido encontrar. Incluso había conseguido introducir algunas agujas con piedras preciosas para sujetármela a la cabeza; por su parte, las gemas captaban la luz, haciendo que fuera aún más especial.

No había pensado que pudiera gustarme tanto llevar una corona, y esta solo iba a poder lucirla una vez.

A mi lado vi que Delia Grace bajaba los hombros. Ella también llevaba flores en el cabello, pero no tan llamativas como las mías. Una vez más, tenía que aceptar estar un grado por debajo de mí. Aquello debía de pesarle, y más aún en ese momento en que tenía que aceptar que sus esperanzas de acceso a la corona habían desaparecido del todo.

—Quiero que sepas que, si tu plan hubiera funcionado, si hubieras sido tú, yo habría hecho todo lo posible por apoyarte —dije—. Aunque no creo que nadie hubiera podido hacer lo que tú has hecho en estas últimas semanas. De verdad, Delia Grace, nunca podré agradecértelo lo suficiente.

Ella apoyó la cabeza en la mía.

—Tú envuélveme a lord Farrow para regalo con una gran cinta y me conformo.

Solté una risita.

—Por supuesto. Si puedo, me encargaré de que estés casada antes incluso de que me case yo.

—¿Eso harás?

—Llevas mucho tiempo esperando que pase. Si eso te hace feliz, no veo motivo para esperar.

Me aprisionó en un enorme abrazo, con lágrimas en los ojos. No la había visto llorar desde que teníamos trece años, una vez en la cual se habían metido con ella de un modo terrible. En aquel momento, juró que nadie la vería llorar nunca más. Si había derramado una sola lágrima a partir de aquel momento, yo desde luego ni me había enterado.

La magia del momento se esfumó de golpe con la llegada de mi madre, que una vez más se negaba a llamar a la puerta.

—¿Qué demonios te has puesto?

Al momento me vine abajo.

—¿Qué es lo que no te gusta? —dije, girándome hacia el espejo para verme desde todos los ángulos.

—Quítate esas flores de la cabeza. Eres una dama; tienes que llevar una corona de verdad el Día de la Coronación

—dijo, señalándose la cabeza, en la que llevaba una pequeña corona que había pasado por numerosas generaciones de la familia Parth. No era tan imponente como la que había perdido, pero era antigua, y bastaba.

—Oh, ¿es eso? —respondí, soltando aire, aliviada—. Las escogí adrede.

—Bueno, pues quítatelas adrede. —Se dirigió al vestíbulo, sabiendo exactamente lo que habría en la caja sobre la mesa—. El rey Jameson te ha enviado unas coronas espléndidas. ¡Fíjate en esta! —dijo, levantando la que tenía rubíes engastados.

—Es muy bonita, madre. Pero no es para mí.

Ella volvió a dejar la corona en su sitio.

—No, no. Ven a mirarla otra vez. A los lores esto no les va a gustar lo más mínimo —insistió, agarrándome del brazo y tirando de mí hacia la caja.

—No me importa lo que piensen de mí —respondí. Pero no dije que tampoco me importaba demasiado lo que pensara Jameson.

—Pues deberías. El rey los necesita a ellos, y tú necesitas al rey.

—No, no lo necesito. No puedo…

—¡Hollis, vas a escucharme!

La agarré por los hombros, obligándola a mirarme a los ojos y hablando con voz firme pero tranquila:

—Sé exactamente quién soy. Y estoy satisfecha. —Le toqué la mejilla—. Tú eres mi madre. Y me gustaría que también estuvieras satisfecha conmigo.

Sus ojos me escrutaron el rostro como si de pronto me estuviera viendo, de verdad, por primera vez. Quizá fueran imaginaciones mías, pero me pareció ver lágrimas; cuando por fin me respondió, lo hizo con una voz mucho más suave.

—Supongo que no te quedan tan mal. Oh…, ¿también hay piedras preciosas?

201

—¡Sí! ¿Te gustan? —dije, dándome la vuelta para que reflejaran la luz.

—Venga, señoras —dijo Delia Grace, con una palmada—. No podemos dejar que nuestra futura reina llegue tarde.

—¿Te quedas conmigo o vas con padre? —pregunté.

Mi madre aún estaba descolocada.

—Estaré con tu padre. Pero te veré allí.

Asentí, la vi salir de la habitación y me giré para asegurarme de que el vestido no estaba arrugado.

—Cuando queráis, milady —dijo Delia Grace.

Asentí y encabecé la comitiva en dirección al Gran Salón.

La sensación de entrar en el salón el Día de la Coronación fue similar a la del día de la llegada del rey Quinten, con toda aquella gente observando y haciendo comentarios al verme pasar. Esta vez me sentía guapa: era más yo que nunca, y estaba convencida de que se veía.

202

Fui hasta la cabecera del salón, donde sabía que me esperaría Jameson para la ceremonia. Supuse que la mayoría de los reyes no contaban con la presencia de sus padres el día de su propia coronación, pero él tampoco tenía madre ni hermanos. Era el último de su dinastía hasta el día en que tuviera descendencia, y aquello dependía enteramente de mí. Me aseguré de ocupar el lugar que habría ocupado su familia si hubiera estado presente. Aún no tenía la sensación de ser parte de su familia, pero… muy pronto lo sería.

Aquella noche, Jameson sería coronado de nuevo simbólicamente, con la antigua corona que había llevado Estus. Los nobles que tenían sus propias coronas las llevaban, y la mayoría de las mujeres lucían tocados de joyas que imitaban coronas. Tras una breve ceremonia, se celebraría un baile. Era sin duda la noche más emocionante del año, porque la fiesta no acababa hasta el amanecer. El Día de la Coronación tenía un origen sagrado, pero toda la vida lo había visto más bien como un día de fiesta para todos. Era evidente por qué Jameson había escogido aquel día para declararse; así obligaba a que todo el país lo celebrara con él, quisieran o no.

Se oyeron las trompetas y aparté a un lado todo mi escepticismo, decidida a mostrarme lo más parecida posible a una reina.

El silencio se extendió por el salón cuando los chicos vestidos con túnicas rojas salieron haciendo sonar sus campanas. Tras ellos apareció Jameson, arrastrando una pesada capa de pieles de tres metros. Le seguía el gran sacerdote que llevaba en las manos la corona de Estus.

Los chicos se echaron a los lados y Jameson recorrió el pasillo central que habían creado, hasta sentarse en el trono. El gran sacerdote se detuvo bajo el trono, sosteniendo la corona en alto. Con una precisión perfecta, las campanas dejaron de sonar.

—Pueblo de Coroa —declaró el gran sacerdote—, regocijémonos. Desde hace ciento sesenta y dos años tenemos un soberano fiel, un descendiente de Estus el Grande. Hoy honramos al rey Jameson Cadius Barclay, hijo de Marcellus, hijo de Telau, hijo de Shane, hijo de Presley, hijo de Klaus, hijo de Leeson, hijo de Estus.

»De todos los pueblos, somos el más afortunado, porque celebramos un reinado largo y feliz, el de la familia más poderosa del continente. Renovemos hoy nuestra devoción al rey Jameson y recemos para que viva muchos años más, y para que tenga muchos descendientes.

—¡Amén! —respondieron los presentes, mientras Jameson miraba ligeramente hacia la derecha, sabiendo que yo estaría allí.

El gran sacerdote le colocó la corona sobre la cabeza y la sala estalló en aplausos. A continuación, Jameson sonrió al gran sacerdote, murmurando palabras de agradecimiento antes de ponerse en pie y levantar las manos para silenciar a la congregación.

203

—Buena gente, os agradezco la confianza que ponéis en mí para que os guíe. Soy un rey joven, y de momento mi reinado es corto. Pero, más que ningún otro rey del continente, estoy comprometido con vuestra felicidad y con la paz en nuestras tierras. Rezo para que nuestro reino prospere. Seguiré dedicando mi vida a nuestro país, que crece no solo con las familias de los nuestros, sino también con los que deciden unirse a nosotros —dijo, señalando hacia el fondo de la sala.

Seguí la trayectoria que indicaba su mano y vi que allí estaban muchas de las familias que habían llegado de otros países, entre ellos los Eastoffe.

—Y eso sin duda es motivo para la celebración —declaró—. ¡Música!

La gente lo vitoreó y los músicos se pusieron a tocar.

Y mientras los lores rodeaban al rey, yo miré al fondo de la sala.

25

Mi mirada se cruzó con la de Silas Eastoffe mientras toda la sala cobraba vida y daba vueltas a nuestro alrededor. Ya le había visto vestido con sus mejores galas anteriormente, pero esta noche estaba especialmente elegante. Los Eastoffe, conscientes de la importancia de la ocasión, llevaban sus propias coronas, y no pude evitar preguntarme si serían herencia familiar o creaciones que se habían hecho ellos mismos.

A mi alrededor, la gente se abrazaba y se felicitaba por sus ropajes. Estaban contentos, y ya tenían en la mano grandes copas de cerveza con las que brindar por el rey, por el país, por la noche…, por cualquier cosa. Pero yo solo tenía ojos para Silas, y él solo me miraba a mí. Tragó saliva. Por su aspecto, resultaba evidente que se sentía como yo: destrozado por las ganas de conseguir algo que no podríamos tener.

—¡Hollis! —dijo Delia Grace, haciéndome volver en mí—. Ahí estás. Te estábamos buscando.

¿Es que me había movido? ¿Cuánto tiempo había pasado?

—El rey pregunta por ti —dijo con intención.

Respiré hondo un par de veces, intentando recobrar la compostura.

—Sí, por supuesto. Ve tú delante, ¿quieres?

Le di la mano a Delia Grace y ella me llevó hasta la parte frontal de la sala. Notaba que se giraba de vez en cuando a mirarme, para comprobar si todo iba bien. Estaba al corriente de mis reservas, y tuve la sensación de que se daba cuenta de que había algo más, pero teníamos tanta gente alrededor que no se atrevió a preguntar. Por fin me dejó frente a Jameson.

—Eres la perfección en persona —dijo el rey, tendiéndome los brazos para saludarme. Observé el cáliz que llevaba en la mano y la cerveza que rebosaba por un lado—. Me encantan las flores. ¿Brillan?

—Sí.

—Impresionante. Lord Allinghan, ¿habéis visto las flores de la dulce Hollis? ¿No son preciosas? —Sin esperar a que le respondieran, bajó la voz para seguir hablando conmigo—: Tienes que llevar algo así para la boda. ¿No te parece?

Hablaba en un tono algo más alto de lo normal, casi exaltado.

—Estáis un poco alegre, milord.

Soltó una carcajada.

206
—¡Lo estoy! Este es el mejor de los días. ¿No te lo parece?

—Cada día es el mejor hasta que llega mañana —dije, aunque quizá con cierto temblor en los labios.

Él me acarició el cabello algo torpemente.

—Supongo que sí. Estás guapísima. Tu rostro quedará precioso grabado en una moneda, ¿no crees? He decidido que acuñen una moneda con tu rostro, por cierto. ¿Te encuentras bien? Pareces algo indispuesta.

No podía imaginarme qué cara tenía, pero, evidentemente, no podía tener la expresión alegre que él esperaba.

—Quizá sea el calor. ¿Puedo salir un segundo? Querría tomar un poco el aire.

—Por supuesto —dijo, agachándose para besarme la mejilla—. Pero vuelve pronto. Quiero que todo el mundo te vea. Y… —chasqueó la lengua, haciendo un ruido que resultó algo raro— tengo que hacer un anuncio en público cuando vuelvas.

Asentí, dando las gracias por que hubiera tantos lores pegados a él, como abejas a la miel. Así me resultaba más fácil dar media vuelta y salir corriendo. Debía de resultar ridícula, esquivando codos y abriéndome paso entre las parejas, pero realmente sentía que estaban a punto de explotarme los pulmones, y tenía que (necesitaba imperiosamente) salir de aquella sala. No tenía muy claro adónde ir. Mis damas me encontrarían si iba a mis aposentos, o incluso a los de mis padres. Podía vagar sin rumbo por el castillo, pero había demasiada gente por todas partes: los nobles habían acudido al palacio para participar en la fiesta. Di media vuelta y me dirigí a la entrada lateral, donde había decenas de carruajes esperando para llevarse a sus señores a casa cuando acabara la fiesta. Me apoyé en el lateral de uno de los coches y me dejé llevar por el llanto.

Tenía que hacer un esfuerzo por contenerme. Jameson esperaría una gran sonrisa cuando regresara, sonrisas el resto de mi vida. Pero ¿cómo iba a dejar de llorar sabiendo que me iba a casar haciendo caso omiso a la voz de mi corazón? Me iba a casar con un hombre, pero deseaba a otro.

—¿Hollis?

Me giré y vi, a la luz de las antorchas, que Silas también estaba allí escondido. También él había estado llorando. Nos miramos un momento, sorprendidos y divertidos a la vez. Al final, los dos nos echamos a reír.

Me limpié los ojos. Él hizo lo mismo.

—Estoy algo abrumada por la celebración —mentí.

—Yo también —dijo él, apuntando con el dedo hacia arriba—. Una corona de flores.

Me encogí de hombros.

—Te vas muy pronto. Pensé…, pensé que quizá fuera así como querrías recordarme.

—Hollis… —Se encogió de hombros, como si tuviera que hacer acopio de valor para seguir adelante—. Hollis, incluso en plena noche sigues siendo mi sol, lo que da luz a mi mundo.

Estaba inmensamente agradecida por aquel breve momento de intimidad.

207

—Espero que tú y tu familia encontréis por fin la paz. Y recuerda que siempre tendrás una amiga en la corte, por si la necesitas.

Se me quedó mirando un buen rato y luego se metió la mano en el bolsillo.

—Te he hecho algo —dijo, descubriendo algo envuelto en tela.

—¿No es una espada?

—Quizás un día —respondió, conteniendo una risita—. Pero de momento he pensado que esto sería más adecuado.

Extrajo un broche con una gran piedra dorada que brillaba a la luz del fuego.

—¿Qué es esto?

—Se llama citrino. Si tú, Hollis Brite, fueras una estrella, serías el sol. Si fueras un pájaro, serías un canario. Y si fueras una piedra, serías un citrino.

208   Miré aquella gema, incapaz de borrar la sonrisa de mi rostro. Brillaba incluso en la oscuridad. Y estaba engastada en unos engastes de oro minúsculos que rodeaban la base de la piedra.

—¿Puedo?

Asentí.

Levantó las manos y agarró la tela de mi vestido, rozándome la piel con el dorso de los dedos.

—Ojalá pudiera darte mucho más.

—Por favor, no te vayas —susurré, pese a que estábamos solos—. Al menos, quédate en el castillo para que pueda hablar contigo de vez en cuando. El rey no quiere que hable, ni que piense, quizá ni que sienta. Yo no quiero ser un objeto decorativo que no tenga nadie en el que apoyarse.

—Tengo que irme con mi familia. Somos más fuertes cuando estamos juntos. Aunque estoy seguro de que sufriré tu ausencia hasta que me muera, sé que no podría vivir conmigo mismo si los abandonara.

Asentí.

—Y yo no podría vivir conmigo misma si me convirtiera en la causa de que los abandonaras.

Acercó sus labios y me habló en un susurro, pasándome los dedos por entre el cabello.

—Ven con nosotros —me rogó—. Yo te amaré sin reservas. No te puedo ofrecer un palacio o un título, pero te puedo dar una casa donde se te valorará exactamente por lo que eres.

Estaba tan atónita que no encontraba siquiera las palabras.

—¿Y quién soy yo exactamente?

—No seas tonta —dijo, con una sonrisa en los labios—. Eres Hollis Brite. Cantas y bailas, pero también te haces preguntas. Te peleas con damas en el río, pero te preocupas de los que te rodean. Te encanta reír, pero estás aprendiendo lo que es el dolor. Cuentas con el amor de un rey, pero lo ves como un mortal. Has conocido a un extraño y lo has tratado como a un amigo. En poco tiempo, eso es lo que he visto. Para conocer todo de ti necesitaría años de estudio, pero eres la única persona en el mundo que deseo conocer realmente.

209

Las lágrimas volvieron a aflorar. No por tristeza ni por miedo, sino porque alguien me había visto. Él me había visto y me aceptaba tal como era. Tenía razón, había mucho más, pero fuera bueno o malo estaba dispuesto a aceptarme.

—Querría ir con vosotros, pero no puedo. Tienes que entenderlo. ¡Si nos vieran ahora mismo, mi reputación quedaría por los suelos! No podría volver nunca más a la corte.

—¿Y por qué ibas a querer volver?

Y en un instante caí en que no quería volver a estar cerca de una corona mientras viviera. De pronto, todo lo que había sido una constante en mi vida se volvía superfluo. Era una liberación, una sensación embriagadora, verlo ahora como lo que era: un puñado de aire, sin nada dentro.

—Ven con nosotros —insistió—. Aunque tu reputación quede afectada, tendrás el amor de mi familia. Compensarías que haya perdido mi país, mi casa…, todo habrá valido la pena.

Saber que hay una cosa buena a la que puedo dedicar cada uno de mis días, por la que vivir… Cambiarías mi mundo.

Me sumergí en los ojos de Silas Eastoffe… y lo supe. Tenía que irme con él. Sí, en parte era el amor (una parte enorme, un vendaval de amor que hasta aquel momento no había querido reconocer), pero aquella sensación indescriptible que sentía en el pecho se calmó cuando decidí que iría allá donde fuera él.

—Prepara mis caballos —dije—. Y avisa a tu familia. Si no he vuelto en media hora, marchaos sin mí.

—¿Esta noche? —preguntó, perplejo.

—Sí. Hay algo que tengo que hacer. Si no funciona, es que estoy atrapada, y entonces deberíais iros por vuestra propia seguridad. Si funciona, tenemos que irnos enseguida.

Silas asintió.

—Estaré aquí dentro de media hora.

Levanté la cabeza, le di un beso rápido y volví al Gran Salón. No había experimentado nunca nada que me diera tanto miedo como lo que estaba a punto de hacer, pero no había otra solución.

Tenía que hablar con mi rey.

26

En el poco tiempo que había estado fuera, la gente se había dejado llevar y la fiesta había cobrado vida. Tuve que pasar rozando la pared para llegar hasta la cabecera del salón sin quedar aprisionada entre la gente. Jameson estaba dándole golpecitos en el pecho a uno de los lores, riéndose de una broma o un comentario, disfrutando del ambiente de la sala y de la devoción de su pueblo.

—¡Hollis! —exclamó, al verme volver—. Tengo que ocuparme de un asunto.

Se giró para llamar la atención de los presentes, pero yo le cogí las manos para frenarlo.

—Por favor, majestad. Antes que nada, debo hablaros en privado. Es urgente.

Él frunció el ceño, como si no pudiera creerse que yo tuviera alguna necesidad que pudiera considerarse urgente.

—Por supuesto. Ven conmigo.

Me llevó a sus aposentos y cerró la puerta, aislándonos del barullo de la fiesta.

—Mi querida Hollis, ¿qué puede ser tan urgente como para que tengamos que hablar ahora?

Cogí aire.

—Entiendo que tenéis intención de pedirme que sea vuestra reina esta misma noche —dije.

Él sonrió, consciente de que aquello ya no era un secreto para nadie.

—Tengo que deciros que no estoy preparada para decir que sí.

La excitación que había mostrado toda la noche desapareció de golpe. Se me quedó mirando como si hubiera cogido un hacha para destrozar los ventanales, como si los fragmentos de cristal hubieran empezado a caer por todas partes. Muy lentamente subió la mano para quitarse la corona de Estus y la apoyó en la mesita más cercana.

—No lo entiendo.

—Es difícil de explicar. Me habéis demostrado un gran respeto y devoción, pero yo no estoy lista para vivir esta vida. —Le tendí la mano—. Una vez, vos mismo dijisteis que esta vida podía cambiar a la gente, y he visto… He…

Jameson cambió de actitud; se acercó y me cogió por los hombros.

—Hollis, amor mío. Sí, quería anunciar nuestro compromiso esta noche, pero eso no significa que tengamos que casarnos enseguida. Puedes tomarte tu tiempo para ir haciéndote a la idea. Eso no cambiará mis sentimientos por ti.

Tragué saliva.

—Pero… ¿y si mis sentimientos…?

Su gesto se ensombreció. Se quedó con la boca entreabierta. Vi que apoyaba la lengua contra la parte trasera de los dientes en un gesto amenazante, mirándome con desconfianza.

—¿Me has estado mintiendo, Hollis?

—No. Os he amado.

—¿Me has amado? ¿Y ahora?

—Y ahora… No lo sé. Lo siento, pero no lo sé.

Se giró, caminando en círculos mientras se frotaba la barbilla con la mano.

—He firmado un tratado pensando en ti. He enviado dibujos con tu imagen para hacer tu moneda. En este momento, están bordando nuestras iniciales en tapices para colgarlos por todo el castillo. ¿Y dices que me quieres dejar?

—Jameson, por favor. No quiero heriros u ofenderos, pero...

Levantó una mano para hacerme callar.

—¿Y qué es lo que propones?

—Tengo que abandonar el castillo. Si os he avergonzado, podéis inventaros cualquier historia sobre mí. Lo soportaré sin una queja.

—Eso no lo voy a hacer —respondió, meneando la cabeza—. He luchado demasiado para proteger tu buen nombre como para ahora destrozarlo con mis propias manos. —Se quedó pensando un momento y luego levantó la vista, suavizando el gesto—. Si tienes que marcharte, vete. No tengo miedo. Volverás conmigo, Hollis. Lo sé. No tengo dudas de que al final serás mía.

Él no sabía que Silas me estaba esperando con el caballo listo. No sabía que me casaría en cuanto pudiera. No tenía ni idea de que quería alejarme de él y de la corona para el resto de mi vida.

Y aquel no era el mejor momento para corregirle.

—Siempre seré vuestra fiel servidora —dije con una gran reverencia.

—Oh, eso ya lo sé —dijo.

Cuando me levanté, me indicó la puerta con un gesto de la cabeza y yo salí sin pensármelo dos veces.

En el Gran Salón, la fiesta estaba en su apogeo. Allí resonaban las risas y las conversaciones desenfadadas. Me agarré la falda y me moví lo más rápidamente que pude. Pasé junto a una bandeja con copas de cerveza; cogí una y la vacié de un trago.

—¡Ahí estás! —dijo Delia Grace, saliéndome al encuentro y agarrándome para frenarme—. ¿Lo ha hecho? ¿Te ha dado el anillo?

—Ya tienes tu ocasión —le dije.

Me soltó de golpe.

—¿Qué?

—Que ya tienes tu ocasión. Puedes conseguirlo, con o sin mí —respondí, mientras salía corriendo de la sala.

213

Entre las calesas encontré a Silas esperando, con dos caballos oscuros y el ceño fruncido. Había conseguido reunir unas cuantas cosas a toda prisa y las había colgado de las alforjas de los caballos.

—Espero que estés listo para irnos —le dije—. No quiero quedarme a ver si cambia de opinión.

—Un momento... ¿Se lo has dicho al rey? —respondió, perplejo.

—Le he dicho... algo. Te lo explicaré por el camino. Vamos.

—Déjame que te ayude —se ofreció Silas, levantándome para que pudiera subir al caballo. Cogió una antorcha y las riendas del suyo, y nos pusimos en marcha.

—¿Adónde vamos? —pregunté.

—Te vas a reír cuando lleguemos —prometió.

Se puso en marcha y yo le seguí, sin poder contener la risa de la emoción, atravesando las calles de la ciudad, pasando junto a la gente que celebraba la fiesta en las tabernas y en las calles. A cada metro que me alejaba del palacio sentía que me costaba menos respirar, que sonreía más. Sabía lo que quería y lo tenía al alcance de la mano. Seguiría a Silas Eastoffe hasta donde fuera.

Cuando apenas llevábamos un minuto de camino, la corona de flores se me despegó, salió volando y cayó en algún sitio, en la oscuridad.

214

27

Queridísima Valentina:

Antes de que sigas leyendo, por favor, siéntate. No tengo tiempo para códigos ni intrigas, no querría provocaros un sobresalto a ti ni al precioso bebé que muy pronto traerás al mundo.

He dejado el castillo.

Cuando me confiaste cierta información que podría haber supuesto tu ruina, debía de haberte dicho que yo también vivía bajo la sombra de ciertos peligros.

Es bastante posible que ame a Silas Eastoffe desde el momento en que puse la vista en él. En aquel momento, no lo sabía, pero esta mañana me encuentro en la nueva casa de su familia, en el condado de Dahere, esperando la llegada del resto de la familia. Dado que nosotros nos fuimos de noche, a caballo, sin informar a ningún miembro de la corte —ni siquiera a mis padres—, y que el resto de los Eastoffe se han puesto en marcha tranquilamente y por su cuenta, aún vamos a tener que esperarlos un poco.

La finca necesita reparaciones, pero tiene varias dependencias externas para que Silas y Sullivan sigan con su trabajo, e incluso cuenta con un bonito jardín. Está descuidado, pero estoy segura de que a lady Eastoffe no le importará que la ayude a ponerlo al día. Al fin y al cabo, muy pronto será mi suegra. ¡Sí, así es! Silas y yo tenemos pensado casarnos lo antes posible; si podemos, dentro de unas semanas. Mi próxima carta será a mis padres para informarlos de que estoy en

Abicrest Manor, que curiosamente no queda lejos de los terrenos de mi familia. En cuanto vengan mis padres, tengo intención de convertirme en una Eastoffe antes de que Jameson pueda decidir que quiere intentar convencerme para que vuelva. Cuando me fui, dejó claro que lo intentaría, y no querría disgustarle. Confío en que encuentre un reemplazo en poco tiempo. Apostaría a que será así.

Espero no decepcionarte con mi decisión. No parecía que los Eastoffe tuvieran una relación especialmente buena con la familia real de Isolte, y el rey Quinten dejó bastante clara su opinión sobre Silas, pero me gustaría poder decirle a toda la familia que a ti te parece bien.

Como decía, sé que la noticia te sorprenderá, pero estoy segura de que será un gran alivio para tu rey, que no parecía demasiado contento con el lugar que ocupaba en la vida de Jameson. Sé que ahora no soy más que una plebeya, pero, aun así, espero que encuentres tiempo para escribirme. De todas las cosas de las que he tenido que alejarme recientemente, tú eres la que más echo de menos.

Por favor, escríbeme en cuanto puedas y cuéntame todas tus novedades. Siempre tendrás en mí una amiga de confianza, y espero poder decir lo mismo de ti. Escríbeme a la finca de mi familia: Varinger Hall, condado de Dahere, Coroa.

Tu gran amiga,

HOLLIS

—¿A quién estás escribiendo? —me preguntó Silas mientras sacaba otra hoja de papel.

—Amigos, familia. Mis padres son los siguientes de la lista, para que sepan cómo venir.

Él meneó la cabeza, paseando la mirada por la casa vacía y cubierta de polvo que su familia iba a tener que poner al día.

—Has dejado el palacio por esto... Mentiría si no dijera que me siento algo avergonzado. Querría darte más, Hollis.

Me puse en pie y me acerqué a él, aún vestida con mi vestido de baile, manchado de barro de la noche anterior.

—Si fuera necesario para estar contigo, viviría en una chabola, Silas Eastoffe. No quiero esa vida, no la deseo en absoluto.

—Lo mismo digo —respondió él, envolviéndome con sus brazos—. Cuando dije que no quería que te preocuparas por tu reputación, no sabía exactamente lo grave que podía llegar a ser la situación.

—No es que me haya fugado —protesté.

—No. Simplemente, te has ido del castillo, sin ninguna dama de compañía, para seguir a un hombre que no es el que te corresponde, para vivir en el campo mientras el que iba a ser tu prometido (que resulta que es el rey) afronta el día después de tu humillante partida.

Hice una mueca.

—La verdad es que, dicho así, suena bastante mal, pero he vivido en el castillo de Keresken muchos años. Confía en mí: dentro de una semana, surgirá algún escándalo nuevo, tan terrible que yo no seré más que el murmullo de un recuerdo olvidado.

—¿De verdad lo crees?

Ladeé la cabeza, pensativa.

—Hmm, quizás una semana sea poco. Empecemos la cuenta. Hoy es el día uno. Si no ha surgido nada nuevo que haya monopolizado la atención de la corte pongamos dentro de... cincuenta días, podrás elegir tu recompensa.

—Trato hecho —dijo, y selló el pacto con un beso.

Y fue lo más bonito del mundo: estar libre y sola con Silas.

Oímos el ruido de los caballos a lo lejos y corrimos a la puerta de la finca para ver qué sucedía. Por el camino apareció una carroza. Lady Eastoffe iba asomada a la ventanilla; nos saludaba con la mano. Silas y yo nos quedamos esperando en los escalones de la entrada, aguardando el momento de dar la bienvenida a nuestra familia a su nueva casa en Coroa.

28

—*D*eja que te ate el último nudo y estarás lista —dijo Scarlet, mientras me ayudaba a ponerme uno de sus vestidos, con unas mangas algo menos exorbitantes, para que pudiera afrontar el viaje a Varinger Hall.

Mi carta había tardado un día en llegar a palacio, la respuesta se había demorado un día más, y ahora había llegado el momento de enfrentarme a mis dragones.

—¿La casa la habéis comprado tan cerca de la mía a propósito? —pregunté, aún nerviosa por la misión que tenía por delante.

—En absoluto —respondió ella, riéndose—. Teníamos cuatro posibilidades, y esta era la menos cara.

Paseé la mirada por la desaliñada habitación que habíamos estado compartiendo los últimos días, con la intención de ir mejorando las estancias una por una.

—Pues no veo por qué.

—Silas me obligó a jurar que no te diríamos adónde íbamos a vivir. Me dijo que, de todos modos, tú ibas a vivir en el castillo, así que ni te enterarías. Yo, personalmente, creo que fue el destino.

Se giró para que pudiera anudarle las cintas, satisfecha con su valoración.

—¿El destino, dices? Ya te lo volveré a preguntar después, cuando estemos quitando telarañas.

Soltó una risita mientras yo le ceñía el vestido. Afortunadamente, no había perdido la mano, pese a que hacía tiempo que no lo hacía.

—Perfecto. Guapísima.

—¿Quieres que vaya contigo? —se ofreció.

—No, creo que basta con que venga tu madre. Además, no estoy muy segura de cómo reaccionará el personal cuando me presente sin mis padres.

—Estoy segura de que irá bien. —Me dio un beso en la mejilla—. Ven a visitarnos pronto, ¿de acuerdo?

—En todo caso, no creo que Silas me deje quedarme allí demasiado tiempo. Tienes mi palabra. Antes de que acabe la semana, te devolveré el vestido —prometí, saliendo en busca de lady Eastoffe.

Estaba esperándome en la entrada, poniéndose los guantes. Era un movimiento que me recordaba mucho a mi madre, ese toque final para asegurarse de que lucía como una dama. Se me acercó y me dio un cálido abrazo.

—¿Lista?

—Sí. El vestido me viene un poco largo, pero la otra opción era un vestido de baile manchado de barro. Gracias otra vez.

Se rio.

—Estoy para lo que necesites, querida. Vamos, anda. Tus padres tendrán mucho que decirte, y no quiero hacerles esperar. Estoy segura de que ya les desagrado bastante —añadió, guiñándome el ojo.

La seguí hasta la carroza, nos sentamos y mantuvimos un cómodo silencio la mayor parte del trayecto.

—Silas dice que queréis casaros enseguida. ¿Estás segura de eso? Acabas de salir de una relación muy seria.

—No, no era una relación muy seria —respondí, apartando la mirada y sumergiéndome en mis recuerdos—. Fue corta. Unilateral. Y coercitiva. Estaba tan atrapada en el torbellino de verme elevada a una posición nueva que no me daba cuenta de cómo me trataba Jameson. Odio admitirlo, y no quiero que se lo digas nunca, pero… Etan tenía razón. Jameson quería que fuera guapa y divertida, pero no quería que pensara. No estoy segura de que eso pudiera llamarse relación.

Ella meneó la cabeza, con una sonrisa comprensiva en el rostro.

—No, supongo que no.

—Quiero a Silas. Él me ve tal como soy y me quiere con todos mis defectos. No quiero esperar, ahora que estoy segura.

Me dio una palmadita en la espalda, aparentemente complacida.

—Me recuerda mucho a cuando conocí a Dashiell. Había gente que me advirtió que no debía correr, claro…, pero yo no podía evitarlo. Me sentía transportada.

Esa era una sensación que yo conocía muy bien. Cuando era algo tan real, no había nada que hacer.

220   Tomamos el camino principal a Varinger Hall. Cuando el coche giró para detenerse, vi que mis padres me esperaban en los escalones de entrada. Mi madre llevaba los guantes puestos, lo que significaba que no tenía intención de quedarse allí mucho tiempo.

—Oh, vaya… —murmuré.

—Eso no tiene buena pinta. ¿Quieres que me quede?

—No. Querrán hablar conmigo a solas. Ya enviaré una carta cuando las cosas se calmen.

Salí de la carroza y me giré a saludar a lady Eastoffe con la mano antes de girarme y enfrentarme a mis padres.

Mi padre señaló hacia otro coche de caballos situado justo delante del que yo había salido.

—Sube —ordenó.

—¿Adónde vamos?

Mi madre se cruzó de brazos.

—Al castillo. Vas a rogarle al rey Jameson que te perdone y vas a arreglar esto antes de que se fije en otra.

—¡Me encantaría que pasara eso! Jameson se merece a alguien que comprenda su posición, que esté hecha para la realeza.

—Tú estás hecha para la realeza —intervino mi madre, bajando los escalones—. ¡Nosotros estamos hechos para la realeza! ¿Tienes idea de lo que has hecho?

—Claudia —la advirtió mi padre.

—A mí no se me ha olvidado —espetó ella. Me di cuenta de que me ocultaban algo, pero no tenía ni la mínima idea de qué se trataba—. Hollis, lamento tener que decirte esto, pero no puedes casarte con ese chico. Es plebeyo. Es isoltano.

—Madre —la reprendí entre dientes.

Lady Eastoffe seguía allí, detrás de mí.

—¡Ella sabe que es forastera! ¡Que su hijo también lo es! ¿Cómo no iba a saberlo? Hollis, tu huida nos ha convertido en el hazmerreír de la corte. Ahora vas a subirte a ese coche y vas a arreglar las cosas antes de que la gente se dé cuenta de que te has marchado. ¡El rey ha sido de lo más generoso contigo! ¡Te adora! Y, si le das la oportunidad, estoy segura de que hará todo lo que pueda para hacerte feliz.

—Quizá lo haga, madre —respondí, con una tranquilidad casi inquietante, en comparación con sus gritos—. Pero, por mucho que lo intente, no lo conseguirá. No le quiero.

Se me quedó mirando, atónita.

—Hollis, te lo advierto: vas a subirte a ese coche.

—¿Y si no lo hago?

—Si no lo haces, estarás sola —sentenció mi padre.

Me lo quedé mirando, haciendo un esfuerzo por comprender la situación. Tras él, la puerta principal de la casa estaba cerrada. Además, mis padres llevaban puestas ropas de viaje. Fue entonces cuando vi que el baúl que había llevado al castillo estaba en lo alto de las escaleras, frente a la puerta.

No iba a entrar en mi casa, al menos si no accedía a volver con Jameson.

—Soy vuestra única hija —murmuré—. Sé que no soy un chico y que nunca he tenido la inteligencia o el talento que habríais deseado, pero he hecho todo lo que he podido. No me cerréis las puertas de mi propia casa.

—Sube… al… coche —insistió mi madre.

Me giré hacia el coche, negro, brillante, fúnebre. Y luego volví a mirar a mis padres. Negué con la cabeza.

Era mi última oportunidad.

Mi padre asintió, el portero cogió el baúl y lo tiró por las escaleras. Cayó a mis pies. Oí que algo se rompía. Esperaba que un frasco de perfume roto no pudiera estropear lo poco que me quedaba.

—Oh, Dios mío —exclamó lady Eastoffe, saliendo a toda prisa del coche—. Ayúdame con esto —le dijo a su conductor, que bajó enseguida a recoger el baúl.

Lady Eastoffe miró a mi madre, sin molestarse en disimular la rabia.

—¿Tenéis algo que decir? —le espetó ella.

Lady Eastoffe sacudió la cabeza y me abrazó. Yo estaba atónita; no podía decir una palabra.

—He pasado por mucho para mantener unida a mi familia. No puedo entender que podáis destrozar la vuestra sin pensároslo ni un momento. Es vuestra hija.

—No aceptaré lecciones de alguien como vos. Si tanto os afecta, ya podéis haceros cargo de ella. Esperad y veréis cómo os lo paga.

—¡Por supuesto que me haré cargo de ella! Será un orgullo para mí. Y no me sorprendería que algún día llegue mucho más lejos que cualquiera de nosotros.

—Desde luego —susurró mi madre—, no llegará a ninguna parte si se casa con ese cerdo que tenéis por hijo.

—Vamos —susurré—. No tiene sentido seguir hablando con ellos. Vámonos.

Lady Eastoffe tuvo la clase suficiente como para no responder. Me acompañó de vuelta al coche. Subí con paso incierto, ocupando el asiento junto a la ventanilla que daba a Varinger Hall. De niña había cogido manzanas de aquellos árboles. Había bailado entre la hierba. Aún veía a lo lejos el columpio al que me había subido. Creía que un día todos habíamos sido felices en aquel lugar…, antes de darme cuenta de que yo era su única esperanza, antes de decepcionarlos.

Vi que mis padres volvían a entrar en la casa y cerraban la puerta a sus espaldas. Fue el frío sonido de las puertas al cerrarse lo que hizo que finalmente me diera cuenta de lo que ya sospechaba: ahora lo único que me quedaba era Silas.

No tenía amigas esperándome en el castillo, ni bonitas estancias donde consolarme. Mi familia ya no me quería, y en la casa de mi infancia ya no era bienvenida. Así que me fui, dando gracias al menos por aquel brazo que me rodeaba los hombros.

$\mathcal{P}$ara asegurarnos de que podríamos casarnos al cabo de dos semanas, centramos todos los esfuerzos de reparación de Abicrest Manor en la planta baja. Los Eastoffe pensaban invitar a todas las familias del vecindario, tanto como gesto de buena voluntad como para demostrarles que no eran unos forasteros bárbaros.

224   Fregamos los suelos, dando nueva vida a la piedra. Aireamos los muebles y los tapices que habían traído de Isolte y los colocamos en lugares bien visibles. Lord y lady Eastoffe contrataron servicio, y compraron la lealtad de los criados con mucha amabilidad y abundante comida.

En poco tiempo, me sentí integrada en la familia, y ellos se aseguraron de que, para que fuera oficial, la boda sería la mejor celebración que pudieran permitirse.

—¿Esta es la que te gusta? —preguntó lady Eastoffe, comparando las telas que habían traído para que escogiéramos la que se usaría para mi vestido de bodas. Estaba observando la de color dorado, mi color—. He oído que cada vez más novias optan por el blanco. Simboliza la pureza.

Intenté disimular mi gesto de hastío.

—Tal como me fui del castillo, creo que eso solo provocaría más críticas.

Scarlet no parecía convencida:

—¡Hollis! ¡Si quieres blanco, deberías llevarlo! ¿Puede

desenrollar esta un poco, señor? —solicitó, pasando la mano por un rollo de tela color marfil.

—No, no —insistí—. Además, Silas dice que para él soy como la luz del sol. Creo que le gustará el dorado.

—Eso es muy tierno —comentó Scarlet—. Si es así, tienes razón; debería ser dorado.

Mi felicidad solo quedaba mermada por el hecho de que mis padres estuvieran en el otro extremo de aquella llanura, del otro lado del bosque, en tierras que habían sido de nuestra familia durante generaciones, y que se negaran a verme. Les daba vergüenza volver al castillo, así que se habían quedado en el campo; lo mismo habría dado que estuvieran en el otro extremo del continente. Sin su aprobación, aquello se acercaba peligrosamente a una fuga amorosa. Estaba convencida de que si Jameson había tenido tantas dificultades para que los lores me dieran su aprobación era por lo restrictiva que era la ley con el matrimonio. La mayoría de las familias firmaban contratos en los que cada parte acordaba las mercancías que se intercambiaban para demostrar que el matrimonio era beneficioso para ambas partes. Si un compromiso se hacía oficial, para deshacerlo había que firmar otro contrato. Y si unos padres firmaban un acuerdo en nombre de su hijo o hija, a veces era necesaria la intervención de un gran sacerdote o del mismo rey para invalidarlo. Fugarse y casarse a toda prisa sin la aprobación manifiesta de la familia suponía un desprecio a esas leyes, y era motivo de duras críticas.

La vida que había vivido Delia Grace era buena prueba de ello.

Sin embargo, mientras que la familia que dejaba atrás no tenía nada que decir, la que me estaba acogiendo no hacía nada más que cuidarme. Buena prueba de ello era la preparación de la boda, las molestias que se estaban tomando con la que iba a ser su nueva hija.

—Pues que sea dorado —confirmó lady Eastoffe—. ¿Qué

estilo quieres que tenga? Sé que las mangas de los vestidos isoltanos pueden resultar pesadas, pero había pensado que podíamos redondear el cuello. ¿Intentamos combinar ambas cosas?

Sonreí. Había buscado soluciones para decenas de cosas. El vestido, mi pelo, la cena, la música… Lo único que quería era conseguir una nueva vida para todos nosotros.

—Creo que quedará precioso.

El sastre asintió, y se llevó el material para ponerse manos a la obra. Dijo que en su taller podían hacer un vestido en cinco días, lo cual nos permitiría ajustarnos a la previsión. Cuando se marchó, entró una doncella que le susurró algo al oído a lady Eastoffe.

—Por supuesto. Hazla pasar enseguida.

El corazón me dio un vuelco. Mi madre estaba allí, lo sabía. Iba a darme su bendición, me permitiría lucir alguna prenda histórica de la familia y todo se arreglaría.

226

Pero no fue mi madre la que entró por la puerta. Era una anciana que tenía aspecto de criada. Se acercó y me hizo una reverencia.

—Lady Hollis, estoy segura de que después de tantos años no me recordaréis, pero trabajo en vuestra casa, en Varinger Hall.

Me quedé escrutando el rostro de la mujer, pero tenía razón: no la reconocía.

—Lo siento, no te recuerdo. ¿Están bien mis padres? ¿Le pasa algo a la casa?

—Están bien de salud, señorita. Pero parecen muy tristes. Creo que lamentan haberos echado de casa, aunque no me corresponde a mí decirlo. El caso es que habéis recibido una carta. Pensé que, después de todo lo que habéis pasado, quizás os fuera bien recibir unas palabras de aliento, así que decidí venir a traérosla hoy. Sin embargo, justo antes de ponerme en marcha, llegó una segunda carta, así que también la he traído.

Me tendió los pequeños sobres. En el primer reconocí inmediatamente la caligrafía de Delia Grace. La otra carta era un misterio.

—Muchísimas gracias... Lo siento, ¿cómo dices que te llamas?

—Hester, milady.

—Hester, estoy en deuda contigo.

—No es ninguna molestia. Son los gestos simples de la vida, ¿no?

—Sí, eso es —respondí sonriendo—. ¿Necesitas que te acompañen a casa? ¿O un caballo?

Lady Eastoffe se giró para buscar a alguien que la ayudara, pero Hester levantó la mano.

—Oh, no. Hace un día precioso para caminar. Pero más vale que me ponga en marcha. Mis mejores deseos para vuestra boda, milady.

Se movió lentamente, y me pregunté cuánto tiempo habría tardado en llegar caminando.

—Te dejaremos un poco de intimidad —dijo Scarlet, tirando de la mano de su madre y llevándosela fuera de la habitación.

Yo le sonreí, agradecida, y empecé con la carta que quizá me daba más miedo, la de Delia Grace.

Querida Hollis:

No se me escapó que no se había molestado en llamarme «lady».

Tenías razón. La noche en que te fuiste, Jameson necesitaba compañía, y cuando fui a verle, lamentando la marcha de mi mejor amiga, conectamos como nunca lo habíamos hecho. Esta mañana me ha regalado un nuevo vestido. Creo que por fin estoy en el lugar que siempre quise ocupar.

Hay otra noticia. Una parte del ala sur se incendió el otro día, y tuvimos suerte de que las llamas no se extendieron. Nadie ha confesado la autoría, y aunque parece que los aposentos en cuestión estaban vacíos en ese momento, yo creo que pertenecían a alguno de los isoltanos. Todos están en la misma zona. Corre el rumor de que fue el propio Jameson quien lo provocó, lo cual es una mentira rastrera. El castillo de Keresken es su hogar.

Aunque su majestad se quedó algo descolocado inmediatamente después de tu partida, estos últimos días parece casi el mismo de antes. Grita menos, y le he convencido para que organice un torneo coincidiendo con el solsticio. Eso parece haberle animado. Yo no tengo el talento que tenías tú para hacerle reír, pero él me sonríe igualmente. Soy la única persona que consigue que lo haga, así que diría que mi posición está bastante asegurada. Supongo que, si se enamora de mí, será muy cauto antes de volver a hacer una propuesta. Sinceramente, tengo la sensación de que aún te está esperando. Aunque no entiendo muy bien por qué, teniendo en cuenta cómo te fuiste.

Eso me recuerda otra cosa: corre el rumor de que eres una bruja. Viendo cómo se comporta el rey, alguien dijo que debías de haberle hechizado para conseguir sumirlo en esa locura. No te preocupes, ya me he encargado de desbaratar el rumor. Bueno, lo he intentado. También había quien decía que estabas embarazada, algo que, con tu carácter despreocupado, ha resultado mucho más creíble. Como tú bien sabes, no resulta fácil acabar con los rumores de la corte.

Y hablando de rumores, hay uno que me ha llamado especialmente la atención. Alguien me dijo que no solo habías abandonado el palacio, sino que te habías fugado con el chico de los Eastoffe. El mayor, el que hizo la espada. Dicen que vas a casarte dentro de unos días, y que llevabas un tiempo planeando vuestra fuga.

Naturalmente, Jameson me necesita tanto ahora mismo que no puedo venir a investigar esto personalmente, pero si hay algo de cierto en ello, estoy ansiosa por saberlo. Creo que, si es cierto, para Jameson tendría el efecto que tuvo para mí la noche de tu compromiso: le ayudaría a aceptar lo inevitable. Yo creo que será mucho más feliz cuando sepa que tu corazón pertenece a otro.

No sé si te consolará saberlo, pero siento que las cosas no salieran bien. Es cierto que albergaba esperanzas de que Jameson se fijara en mí, pero eso no quiere decir que deseara que te fuera mal. Quizá no te lo creas: sé que no he sido la mejor amiga que habría podido ser estas últimas semanas. Pero es cierto. Lo siento.

Debo dejarte. Últimamente, soy el centro de muchas miradas, y no quiero decepcionar a nadie.

Espero que estés bien, amiga mía. Da recuerdos a tu familia.

DELIA GRACE

Sacudí la cabeza y doblé la carta. Quizá fuera cierto que lo lamentaba, pero no decía ni una palabra de que deseara que volviera, de que me echara de menos. Yo sí la extrañaba. Cogí la otra carta, analizando la delicada caligrafía. Al darle la vuelta, encontré el sello real isoltano sobre el lacre.

—¡Valentina! —susurré, reconfortada.

Querida Hollis:

Tus noticias me han sorprendido, pero quizá no tanto. Creo que, si yo me hubiera parado a pensar antes de animar al jinete que al final ha ganado el torneo, posiblemente el otro me hubiera gustado mucho más.

Fruncí el ceño. ¿Torneo? Me paré a pensar, le di la vuelta a la carta y examiné otra vez el sello. Mirando de cerca, pude ver que parte de la cera se había despegado y que habían vuelto a pegarla antes de dejar que me llegara la carta.

Me había advertido de que quizás escribiera en código, así que supuse que estaba hablando del rey Quinten. Sí, yo también habría animado a otro caballero.

229

Ojalá pudiera verte de nuevo. No me importaría jugar otra partida de dados.

¿Querría hablar conmigo? ¿Tener a alguien que la consolara?

He trabajado mucho en mi jardín, pero me temo que aquella flor tan especial que había plantado se ha marchitado. Y eso hace que me cueste mantener la alegría.

Paré de golpe: aquello solo podía tener un significado, y era terrible. Había perdido el bebé.

Tuve que sentarme un momento y tragarme las lágrimas. Había estado tan angustiada, y saber que esperaba un bebé era lo que le había levantado el ánimo. Era la tercera vez... No podía imaginarme por lo que estaría pasando.

Me encanta pensar que seguiré recibiendo cartas tuyas, así que, en cuanto te cases y te instales, escríbeme contándome todos los detalles de ese día tan especial. Quiero sentirme como si estuviera otra vez en Coroa, a tu lado, comiendo pastelillos de miel.

Siento tener que dejarlo aquí, pero desde que se ha mustiado el jardín me canso enseguida. Te enviaré más noticias muy pronto, con todos los cotilleos de los nobles de Isolte, aunque no conozcas en absoluto a esta gente. Las historias son divertidas por sí mismas, y creo que te ayudarán a pasar el tiempo en el campo.

Cuídate mucho, lady Hollis. Y escribe pronto.

Tu buena amiga,

VALENTINA

Suspiré. Ojalá pudiera tenerla a mi lado. Me guardé las cartas bajo la falda y me fui a ver a la única persona con la que podía hablar de todo aquello.

30

Cuando no estaba ocupado con las reparaciones de la casa, Silas pasaba el tiempo con Sullivan en el taller que habían instalado en el cobertizo, trabajando en alguna pieza nueva. Según parecía, seguía recibiendo pedidos, a pesar de los rumores de nuestra huida. Toda la corte había podido ver la obra de los Eastoffe de primera mano, y no podían negar su gran talento.

Le vi a través de la gran ventana sin cristal, golpeando el metal, mientras Sullivan pulía una pieza algo más allá.

—Buenas tardes, milord —dije, apoyándome en el alféizar.

—¡Milady! —exclamó Silas, secándose el sudor del rostro antes de acercarse y darme un beso. En la esquina, Sullivan estaba guardando su obra y cubriéndola de paja—. ¿A qué debo el honor de vuestra compañía?

—Tengo una pregunta que hacerte.

Sullivan salió por la puerta discretamente. Era encantador. Se ocupaba de sus cosas, pero al mismo tiempo procuraba que tuviéramos intimidad.

—¿Qué es lo que quieres saber?

—¿Recuerdas que se me encargó que tuviera entretenida a Valentina?

Se rio.

—Sí. Y recuerdo que lo hiciste de maravilla, porque nadie…, y quiero decir nadie, en toda la corte de Isolte había conseguido nunca que sonriera, y mucho menos que hablara.

—En ese momento me pareció todo un logro, sí. Pero no sé si después te diste cuenta de lo amigas que nos habíamos hecho.

Silas levantó las cejas y me miró.

—Sí, me di cuenta. Pese a lo mucho que deseaba que vinieras a hablar conmigo, me di cuenta de que te preocupaba la reina. Esperaba que fuera una relación muy corta.

Hice una mueca de desaprobación.

—Sé que la familia real de Isolte no te cae demasiado bien.

—No sabes ni la mitad.

—Aun así, me preocupa Valentina. Me ha confiado secretos muy importantes.

—¿Ah, sí? —dijo, frunciendo los párpados y cruzándose de brazos—. ¿Por ejemplo?

—Acaba de sufrir un aborto —respondí, con un suspiro—. Es el tercer bebé que pierde.

Silas se quedó boquiabierto.

—¿Estás segura?

—Sí. Durante su visita me reveló el secreto de los dos primeros, y ahora me acaba de contar por carta lo del tercero. Estoy preocupada por ella.

—Tres… —dijo Silas, pasándose los dedos por el cabello—. Tengo que decírselo a mi padre.

—¡No! —exclamé, levantando las manos—. Le prometí que le guardaría el secreto, y confía en mí. Solo te lo digo a ti para poder plantearte la siguiente petición, que te parecerá de lo más insensato.

—¿Y cuál es?

—¿Tú crees… que podríamos ir a Isolte en algún momento?

—Hollis… —respondió, horrorizado.

—¡No mucho tiempo! —le prometí—. Sé que Valentina está sola, y estoy segura de que teme que el rey quiera divorciarse de ella, o algo peor, ahora que ha perdido a su tercer hijo. Quiero que sepa que tiene una amiga.

232

—Pues escríbele una carta.

—¡No es lo mismo! —protesté.

Él meneó la cabeza, dirigiendo de nuevo la vista al fuego.

—Yo ya me había resignado a que no podría darte la vida que tenías en el palacio…

—Y no quiero esa vida —objeté.

—Y me prometí que, mientras pudiera, te daría todo lo que me pidieras. —Se acercó y bajó la voz—. Pero Isolte es un lugar peligroso para toda mi familia. El rey no confía en nosotros, y no podemos saber si los Caballeros Oscuros tolerarían nuestra presencia, aunque solo fuera para una visita. Por Dios… Fui yo quien convenció a mi familia para que nos fuéramos. —Sacudió la cabeza—. No puedo volver… ni ahora… ni quizá nunca más.

Agaché la cabeza, pero intenté no mostrarme demasiado decepcionada. Mi huida había causado un jaleo mucho mayor del que había esperado. No dejaba de preocuparme la posibilidad de que Silas perdiera conmigo más cosas de las que pudiera ganar, y no quería pasarme la vida preocupándome por ello.

—Tienes razón. Lo siento. Escribiré a Valentina e intentaré consolarla.

Él me besó en la frente.

—Odio decirte que no. De momento, debemos tomarnos tiempo para nosotros mismos, iniciar nuestras vidas. —Sonrió—. Tengo la impresión de que llevaba una eternidad esperándote.

—Bueno, ya no tendrás que esperar mucho más.

—No, desde luego —dijo.

Sonrió, y tuve la sensación de que todo iba bien. No veía la hora de convertirme en una Eastoffe.

—Por cierto —dije, dando la vuelta para volver a la casa—, Delia Grace, que ya ha conseguido que el rey le regalara un vestido, ha oído rumores de que me voy a casar, y está muy preocupada por la validez del matrimonio.

Se rio con ganas.

—Apuesto a que lo está. Dile que, en realidad, has huido con unos cíngaros. ¡Oh! ¡No, no! Dile que te has unido a los monjes de Catal y que ahora vives en una cueva. ¡Tengo herramientas! ¡Podríamos grabar tu nombre en una roca!

—Si encontramos una lo suficientemente grande.

Me volví a la casa, pensando que realmente necesitaba decirle algo a Valentina para animarla. Por otra parte, sabía que en aquel mismo momento Delia Grace estaría caminando arriba y abajo por su habitación, preguntándose si me habría casado o no.

Aun así, solo había una carta que sentía que debía escribir inmediatamente.

Queridos padre y madre:

Lo siento. Sé que os he defraudado, no solo por negarme a casarme con el rey, sino por los muchos años de enseñanzas desperdiciadas que han llevado hasta la situación actual. Casi nunca me he comportado como habríais deseado. En parte se debe a mi naturaleza, pero, por lo demás, no sé explicarlo. Nunca he querido ser díscola. Simplemente, he querido encontrar la felicidad en cada cosa, y eso es difícil quedándose sentada, sin moverse ni decir nada. Os pido disculpas si no he estado a la altura.

No puedo deshacer lo que ya está hecho, pero quiero creer, con todo el corazón, que su majestad encontrará a alguien mejor con quien casarse, a alguien que sea una líder mejor para Coroa. Aunque hubiera puesto mi mejor intención, mi liderazgo se habría demostrado un desastre, y espero que, apartándome de la vida del rey, el pueblo de Coroa salga beneficiado.

Estoy convencida de haber encontrado a mi alma gemela en Silas Eastoffe. Sé que no os gusta porque no vive exactamente como un caballero, aunque proceda de una familia de larga historia en Isolte. Y sé que no os gusta que no sea coroano, pero yo creo que el desprecio a los isoltanos no ha llevado a nuestro pueblo a ninguna parte. Los pocos que conozco son gente adorable. Y no puedo seguir fingiendo que mi criterio no es válido.

Amo a Silas, y voy a casarme con él dentro de dos días. Os envío esta carta como última esperanza, esperando que encontréis el modo de perdonarme y que estéis presentes en el día más importante de mi vida.

No, no he sido el chico que esperabais. No, no he llegado a reina. Y sí, he avergonzado a toda la familia en público. Pero ¿qué importa todo eso? Si dejáis que las intrigas de la corte os arrastren, acabarán llevándoos a la tumba prematuramente. Seguís siendo miembros de una de las dinastías de más arraigo de Coroa. Aún tenéis terrenos y activos que os sitúan por encima de la mayor parte del país. Y todavía tenéis a una hija que desea desesperadamente formar parte de vuestra vida. Por favor, considerad la posibilidad de asistir a mi boda. Si no, esperaré hasta que estéis preparados para verme otra vez, con la confianza de que llegará el día. Puede que tenga muy pocos talentos, pero he desarrollado un talento extraordinario para conservar la esperanza.

Dentro de dos días, a las cinco de la tarde en Abicrest Manor.

Con todo mi amor,

VUESTRA HIJA HOLLIS

31

—Con este anillo, yo te tomo como esposa, Hollis Brite. Con mi cuerpo, juro servirte fielmente. Con mi corazón, te juro fidelidad eterna. Y con la vida, juro cuidarte con toda devoción, todo el tiempo que nos permita Dios.

El anillo que el propio Silas había hecho se deslizó en torno a mi dedo. Tras todas las joyas que había lucido en los últimos meses, le había pedido que fuera algo sencillo, y aunque él no estaba de acuerdo, me complació. Una vez colocada en su sitio la alianza de oro, me giré hacia él y recité mis votos.

—Con este anillo, yo te tomo como esposo, Silas Eastoffe. Con mi cuerpo, juro servirte fielmente. Con mi corazón, te juro fidelidad eterna. Y con la vida, juro cuidarte con toda devoción, todo el tiempo que nos permitan los dioses.

Su anillo, algo más grande, ajustó perfectamente alrededor del dedo de Silas. Por fin estaba casada.

—Puedes besar a la novia —dijo el gran sacerdote.

Silas se agachó a besarme, poniendo fin a la ceremonia, y la sala se llenó de aplausos. El salón principal de Abicrest Manor estaba sorprendentemente lleno. Habían acudido vecinos de varias fincas próximas a conocer a los Eastoffe. Muchos de ellos me conocían de cuando era pequeña o habían pasado tiempo en el castillo, y parecían tener una gran curiosidad por ver a la persona que había elegido en lugar de un rey.

Los Eastoffe incluso permitieron asistir a la ceremonia a sus criados, que habían trabajado incansablemente para que la finca estuviera presentable. Se habían situado en la parte trasera, y observé complacida que, cuando algunos de ellos se pusieron a repartir copas de cerveza, sus compañeros fueron los primeros en recibirlas. Y allí, en medio de todos los invitados, estaban mis padres.

No sonreían. De hecho, mientras los presentes aplaudían y recibían sus copas para el brindis, me pareció verlos discutiendo entre dientes. Los dejé estar. Al menos habían venido.

—Un brindis —propuso lord Eastoffe—. Por los magníficos vecinos y amigos que nos han ayudado a establecernos en Coroa. Por un día absolutamente perfecto para la más feliz de las celebraciones. Y por Silas y Hollis. Hollis, te hemos querido desde el primer día y estamos encantados de darte la bienvenida a la que ha acabado siendo la familia más escandalosa de Coroa. Lo sentimos por ti, pequeña.

Todos se rieron al oír aquello, yo incluida. Sabía exactamente dónde me estaba metiendo.

—Por Silas y Hollis —concluyó.

Los invitados repitieron aquellas palabras y levantaron sus copas. En un movimiento elegantemente ensayado, los músicos se pusieron a tocar justo cuando se bajaban la copas, y todo el mundo se movió por la sala para charlar unos con otros.

—¡Tengo una hermana! ¡Tengo una hermana! —exclamó Scarlet, lanzándose encima de mí para abrazarme.

—¡Yo también! Toda la vida he querido tener hermanos. ¡Ahora de pronto tengo tres!

Saul me rodeó la cintura con los brazos, llenando el poco espacio que dejaba libre Scarlet. Y cuando por fin acabaron, llegó Sullivan, sonrojado, y también me abrazó. Para mi sorpresa, no fue un simple abrazo rápido. Se quedó pegado a mí, con las palmas de las manos contra mi espalda, respirando lentamente, y yo le devolví el abrazo, sospechando que haría

237

tiempo que necesitaba un abrazo así, solo que era demasiado tímido como para pedirlo.

Se echó atrás, sonriendo.

—Bienvenida a la familia.

—Gracias. Y gracias por mi tocado: ¡me encanta!

El proyecto en que estaba trabajando Sullivan en el taller, la pieza que se había apresurado a ocultar, era su regalo de boda para mí. El tocado de oro era precioso, y se apoyaba en la cabeza elegantemente, con dos pequeños ganchos que sostenían el velo que me caía por la espalda. Además, había colocado unos aritos en la parte delantera para que pudiera colocar unas flores, y el resultado era impresionante. Sería lo que me pondría todos los años para el Día de la Coronación, el resto de mi vida.

Asintió levemente antes de retirarse. Silas le apretó el brazo a su hermano (tenían su propio modo de comunicarse) y todo fue perfecto.

—Ven aquí, esposa mía —dijo Silas, tirando de mí—. Quiero saludar a tus padres antes de que encuentren una excusa para marcharse.

Saltándose todas las normas de etiqueta conocidas, se dirigió directamente a mi madre y la abrazó.

—¡Madre! —proclamó, y yo di un paso atrás, intentando no reírme al ver la expresión horrorizada en el rostro de ella—. Y padre —añadió, tendiéndole la mano—. Estamos muy felices de que hayáis podido venir.

—No podremos quedarnos mucho tiempo —se apresuró a responder mi padre—. Tenemos pensado volver a Keresken mañana, hemos de supervisar el equipaje.

—¿Tan pronto? —pregunté yo.

—Preferimos nuestros aposentos en el palacio —dijo madre, sin más—. En Varinger se oye el eco.

Supuse que una casa tan grande con tan poca gente dentro debía de hacerles sentir muy pequeños.

—Prometedme que no os iréis antes del postre. Lady Eastoffe ha encargado pastelillos de manzana y, según parece, la tradición de Isolte impone que me desmenucen uno sobre la cabeza como ritual de buena suerte.

Mi madre se rio, y fue algo tan excepcional que me lo tomé como un regalo de bodas.

—¿Vas a dejar que te llenen de migas?

—Sí. Pero espero poder comerme parte del postre antes que nadie, así que no puedo quejarme.

—Siempre viendo el lado positivo —dijo, meneando la cabeza. Cerró los ojos y respiró hondo—. Ojalá hubiera sido capaz de apreciar eso más en el pasado.

—Siempre hay tiempo —le susurré.

Asintió, con los ojos llenos de lágrimas. Era evidente que aún estaba afectada por todo lo ocurrido, pero, al mismo tiempo, me daba la impresión de que quería pasar página. Esperaba que aún tuviera un espacio para mí en su corazón.

239

—Nos quedaremos a probar esos pastelillos de manzana —accedió mi padre—. Pero después tenemos que irnos. Hay... cosas que hemos de resolver en el castillo.

Asentí.

—Lo comprendo. ¿Le diréis al rey lo feliz que me habéis visto? ¿Y que le deseo la misma felicidad?

Él soltó un largo suspiro.

—Le diré... Le diré lo que me parezca más apropiado en ese momento.

Esa no era la respuesta que quería. Esperaba que al rey le esperara un futuro mejor, y que bendijera el mío. Pero evidentemente a mis padres no les parecía posible.

Hice una reverencia y me retiré de la mano de Silas.

—Quería que vinieran, pero ha sido duro.

—Todos tenemos que irnos adaptando —dijo él—. Confía en mí; todo se irá arreglando poco a poco.

—Eso espero.

—No puedes poner esa cara, Hollis. Es el día de tu boda. Si no te animas un poco, vas a obligarme a estropear la sorpresa.

Paré de golpe y observé la mueca de satisfacción en su rostro.

—¿Sorpresa?

Él se puso a tararear.

—¡Silas Eastoffe, cuéntamelo ahora mismo! —exigí, tirándole del brazo.

Él se rio hasta que por fin decidió poner fin al suspense. Se giró y me cogió el rostro entre las manos.

—Lo siento, no voy a poder llevarte a Isolte. Pero… puedo llevarte a Eradore.

Me quedé sin aliento.

—¿Vamos a ir a Eradore? ¿Lo dices de verdad?

Asintió.

—Tengo que entregar dos cuchillos de caza a finales de la semana que viene. En cuanto estén listos, nos vamos a la costa.

—¡Gracias! —exclamé, lanzándome hacia él y rodeándolo con los brazos.

—Ya te he dicho que quiero darte todo lo que pueda. Esto es solo el principio.

—Silas, ¿puedo robarte a tu esposa un momento? —preguntó lady Eastoffe, que apareció a mis espaldas.

—Iré a saludar a los invitados —respondió Silas.

—Vas a tener una esposa muy malcriada —le advertí.

—¡Bien! —dijo, alejándose con una sonrisa en los labios para saludar a la pareja más cercana.

—La nueva lady Eastoffe —dijo su madre, haciendo que se me escapara una risita de satisfacción.

—¡Es cierto! Por fin soy una Eastoffe.

—Estaba escrito —dijo, rodeándome con un brazo—. Antes de que esto se desmadre demasiado, quería hablar contigo un momento. ¿Vamos un momento afuera?

—Por supuesto.

Indicó la puerta con un gesto de la cabeza y salimos al jardín.

En la parte más alejada aún había maleza, pero la parte que verían los invitados estaba impecable. Los altos setos creaban un espacio perfecto para pasear y pensar, y las últimas dos semanas yo había pasado mucho tiempo allí, al sol. Ahora que estaba anocheciendo, el cielo estaba adquiriendo un precioso tono violeta.

—Me alegra veros asentados a ti y a Silas. Ahora ya nadie podrá discutir cuál es tu sitio, y creo que eso también nos ayudará a nosotros. Ahora estamos unidos a Coroa para siempre —dijo con una sonrisa.

—Me parecía imposible poder llegar hasta aquí. ¡Vaya jaleo! Pero lo hemos conseguido. Y ha venido gente a presenciarlo, a acompañarnos. Mis padres están aquí…, es increíblemente perfecto.

—Lo es —coincidió ella—. Y espero que recuerdes este momento el resto de tu vida. El matrimonio puede ser todo un desafío, pero si guardas esto en el corazón, el amor, tus votos, todo se solucionará.

—Lo recordaré. Gracias.

Ella sonrió.

—Cuenta conmigo para lo que quieras. Bueno, la boda hace que vuestra unión sea oficial, pero hay otras tradiciones que hay que honrar. Y da buena suerte llevar algo viejo, así que voy a darte esto.

Lady Eastoffe se sacó un gran anillo con un zafiro de la mano derecha y me lo tendió a la tenue luz del ocaso.

—Este anillo lo llevó un gran hombre de Isolte. Se lo legó a su quinto hijo (el tercer varón) y ha ido pasando por la familia Eastoffe a lo largo de generaciones. Sé que nuestro pasado aquí no importa mucho, pero tenemos una larga y rica historia. Un día nos sentaremos y te contaré todas esas viejas historias. De momento, debes llevar este anillo, y debes lucirlo con orgullo.

Tenía historias que contarme. Y sospechaba que Silas también. Muy pronto quedarían entretejidas con mi vida, al entrelazarse las historias de los dos.

Cogí el anillo con manos temblorosas, una hebra más en mi tapiz.

—Es precioso. Pero ¿estáis segura? ¿No debería llevarlo Scarlet?

—Tengo otras cosas para ella. Y ya puedes empezar a tutearme. Eres la esposa de mi hijo mayor, igual que yo soy la esposa de un hijo mayor. Es una tradición. Y los isoltanos estamos muy apegados a las tradiciones.

—Ya he visto. —En el tiempo que llevaba en casa de los Eastoffe había visto que hacían todo lo posible para mantener su estilo de vida. Había multitud de detalles que cuidaban a la hora de ejecutar sus tareas diarias, y cada tarea iba acompañada de una explicación detallada sobre lo importante que era—. Si es costumbre, lo aceptaré. Si estás segura de que a Scarlet no le sentará mal.

Lady Eastoffe me abrazó.

—Llevar este anillo en la mano te convierte en parte de nuestra familia; estará encantada.

—Haces que suene tan…

De pronto, se oyeron unos gritos agudos que nos sobresaltaron.

—¿Qué es eso? —pregunté.

Nos habíamos alejado de la casa más de lo que pensaba. De hecho, no podía verla: los setos me lo impedían. La gente seguía gritando, y salimos corriendo, intentando comprender qué estaba pasando. Nos asomamos por detrás de un muro de boj y miramos protegidas por el seto. Había al menos una docena de caballos a la puerta de la casa.

—Han venido a por nosotros —exclamó horrorizada lady Eastoffe—. Finalmente han venido.

32

*E*llos. Gracias a Valentina, sabía exactamente quiénes eran.

—Los Caballeros Oscuros —murmuré, en voz tan baja que seguramente ni lady Eastoffe me oyó.

Se oyeron más gritos y eché a correr instintivamente. Silas estaba ahí dentro. Pero antes de que pudiera llegar muy lejos algo me hizo caer al suelo. Oí que el velo se me rasgaba.

—¿Qué estás haciendo? —le pregunté a lady Eastoffe, echándome a llorar—. ¡Tenemos que ayudarlos!

—¡Shhh! —insistió ella, tapándome la mano con la boca hasta que me tranquilicé lo suficiente como para oír lo que decía—. ¿Qué crees que puedes hacer? No tenemos caballos, ni espadas, ni nada. Si pudieran, mi marido y el tuyo, nos ordenarían que nos quedáramos donde estamos. Y eso haremos.

—Pero ¡es nuestra familia la que está ahí dentro! —insistí—. ¡Nuestra familia!

Me arrastró tras un seto, aunque yo me defendía pataleando. No podía dejar solo a Silas.

—¡Mírame, Hollis! —dijo. Dejé de debatirme por un momento, y al mirarla a los ojos algo me sacudió por dentro. Había pasado en un segundo de estar orgullosa a destrozada, de encantadora a descompuesta—. Si crees que esto no me mata por dentro, te equivocas. Pero Dashiell y yo nos hicimos una promesa. Hicimos planes. Si uno de los dos tenía la posibilidad de sobrevivir, eso era lo que tenía que hacer…

Apartó unas ramitas finas para ver algo. Era un contraste sobrecogedor: el precioso cielo, el aroma de las flores... y los violentos gritos que llenaban el aire.

—¿Por qué no corres? ¿Qué sentido tienen esos planes?

Al ver que no respondía, intenté ponerme en pie, pero ella se me tiró encima enseguida.

—¡También le hice una promesa a Silas! ¡Quédate ahí!

Al oír su nombre me quedé inmóvil. ¿Por qué iba a tener Silas un plan para mí? ¿Por qué yo no lo sabía? ¿Por qué estaba escondiéndome en el jardín cuando quizás él estuviera muriendo?

Me tapé los oídos. Aún oía los gritos de la batalla, y deseé poder soltar un alarido y ordenarle a todo el mundo que parara. Pero aparentemente ya había arriesgado demasiado, y no podía poner en peligro a alguien que había hecho un juramento para protegerme.

—No lo entiendo —insistí una y otra vez, gimoteando—. ¿Por qué no vamos a ayudarlos?

Ella no dijo nada; se limitó a mirar algo más allá del seto cuando consideró que ya era seguro, y luego volvió a la carrera. Me agarró con fuerza, dispuesta a tirarme al suelo de nuevo si amenazaba con salir corriendo.

Recordé lo que había dicho Silas. Me había dicho que la destrucción ejercida por los Caballeros Oscuros era absoluta. Me venían ganas de vomitar al pensar en que Silas hubiera podido ser víctima de su destrucción absoluta.

Aquel horror se prolongó lo que me pareció una eternidad. No hacía más que pensar que Silas debía vivir, que tenía que sobrevivir a aquello, fuera lo que fuera. Pero al instante me sentí culpable por pensar en él y en nadie más. Saul también tenía mucho que vivir aún, y Sullivan era tan cándido que probablemente el mero hecho de estar en aquella sala le supondría la muerte. Y quizá mis padres no estuvieran del todo satisfechos con mi boda, pero eso no significaba que no merecieran contar con algo más de tiempo para intentarlo.

244

Tras un tiempo a la vez corto y excesivo, los gritos y los llantos se apagaron y en su lugar se oyeron unas risas perversas. Esa fue la señal de que se marchaban. Aquellos hombres habían acabado su tarea y ahora se reían satisfechos. Era una satisfacción nauseabunda, el sonido de un trabajo bien hecho, el sonido de sus felicitaciones mutuas.

Luego oí otro sonido: algo crepitaba. Observamos cómo se alejaban, asegurándonos de que ya no se oían las pisadas de los caballos antes de atrevernos siquiera a ponernos en pie.

—Por favor… —susurré—. Por favor…

Y entonces me arriesgué a abrir los ojos.

El sonido lo había dejado claro, pero aún no podía creerme que hubieran prendido fuego a la casa. Atravesamos el jardín a la carrera, aunque me preocupaba que ya no estuviéramos a tiempo. Fui dejando el miedo atrás a cada paso, desesperada por llegar más cerca, por ver si había supervivientes. Solo estaba en llamas una esquina de la casa. Aún cabía la posibilidad de salvar a alguien.

Me paré frente a la puerta principal, sin atreverme a entrar, aterrada ante lo que podía encontrarme dentro.

—¿Madre? —dijo una voz temblorosa desde las sombras, junto a la puerta.

—¿Scarlet? ¿Eres tú? ¡Oh, gracias a Dios! —dijo lady Eastoffe, lanzándose a por ella y abrazándola violentamente—. ¡Mi niña! ¡Aún tengo a mi niña!

Miré al interior. No se movía nada. ¿Era ella la única que había sobrevivido?

—¿Eran los Caballeros Oscuros? —pregunté, aunque lo tenía bastante claro.

Lady Eastoffe se giró de golpe hacia mí.

—¿Tú cómo sabes quiénes son? —preguntó, girándose otra vez para tocarle el rostro a Scarlet, sin poder creerse que siguiera con vida.

—Valentina. Silas.

Meneó la cabeza y volvió a mirar a su hija.

—Pensé que nos dejarían en paz si nos íbamos, pero me equivocaba.

Aquello no tenía sentido.

—¿Por qué querrían haceros esto?

—Oh, madre, estaban enmascarados y tenían las espadas desenvainadas; se pusieron a atacar a todo el que encontraban, incluso a las criadas. No sé qué me pasó... Me quedé helada. No podía luchar.

—No debías luchar. Eso ya lo sabes —le corrigió su madre—. ¡Debías correr!

—Un hombre me agarró de los hombros, me retuvo un momento y pensé que simplemente se estaba tomando su tiempo para matarme. Pero luego me cogió de la muñeca y me lanzó hacia la puerta. Intenté correr, pero no podía moverme. Me arrastré hasta los matorrales y me oculté. Quería luchar, madre. Quería hacerles daño.

Lady Eastoffe la abrazó más fuerte.

—¡Me han perdonado la vida, y no sé por qué! Y he tenido que presenciarlo... He visto... —Se echó a llorar, incapaz de seguir hablando.

Sacudí la cabeza. No entendía nada de todo aquello. Me recogí la falda y me dispuse a entrar.

—¿Qué estás haciendo? —preguntó lady Eastoffe.

—Voy a ver si hay supervivientes.

—Hollis, escúchame —dijo con la mirada pétrea—. No habrá ninguno.

Tragué saliva.

—Tengo que... Tengo que...

Ella negó con la cabeza.

—Hollis, por favor —dijo, y el tono de su voz ya era una clara advertencia—. Eso te hará más mal que bien.

La convicción que reflejaban sus palabras, como si aquello no fuera nuevo, me dejó helada, pese al calor de las llamas que empezaban a engullir toda el ala este de la casa. Quizá solo fuera una ilusión mía el que hubiéramos sobrevivido para poder ir en busca de otros supervivientes. Quizás ella ya tuviera claro que no los habría.

—Tengo que…

Ella bajó la cabeza al verme insistir.

Me acerqué y casi al momento me atropelló un criado cargado con bandejas doradas que corría como si su vida dependiera de ello. Eso me hizo recobrar las esperanzas de encontrar a alguien más con vida, pero al momento lamenté haber avanzado, al respirar el humo.

Tosiendo, me giré hacia el gran salón donde hacía solo un momento habíamos estado brindando por el futuro. Vi grandes lenguas de fuego devorando las mesas y los tapices, y a alguien que parecía Saul. Había caído justo junto a la puerta. Bajé la mirada al suelo y me cubrí la boca con la mano para contener un grito.

Ella tenía razón. El simple hecho de ver todo aquello hacía que fuera mucho peor. Ahora, en lugar de pensar en la muerte de todo un grupo, tenía un rostro, una imagen que recordar. Nunca olvidaría la sangre, el olor.

Quería seguir adelante. Podía intentar encontrar a Silas. Pero el fuego había alcanzado más puntos de la casa de lo que veíamos desde el exterior… y no se oían llamadas de socorro. Si Silas tenía planes para mí, si era yo la que sobrevivía, tenía que alejarme de allí. Porque verlo hecho pedazos o consumido por las llamas no sería algo con lo que pudiera vivir. Y, si me adentraba mucho más en la casa, quizá no pudiera salir.

Tosí, haciendo esfuerzos por respirar, y eché a correr hacia el exterior.

Lady Eastoffe observó mi gesto horrorizado y asintió. Miré a Scarlet y supuse que mi expresión sería un triste reflejo de la suya. Ella tenía la mirada perdida en lo que acababa de ver, y

247

aún se podían apreciar las sombras en sus ojos. Me acerqué y la rodeé con los brazos, y ella me abrazó fuerte un minuto entero.

Lady Eastoffe nos cogió de la mano a las dos y se giró hacia el sendero que acababan de limpiar para mi boda.

—¿Adónde vamos a ir? —preguntó Scarlet.

—A Varinger Hall, por supuesto —sugerí, sin emoción en la voz.

Lady Eastoffe levantó la barbilla y echó a caminar.

—Venga, chicas. No servirá de nada girarse a mirar.

Pero yo lo hice. Y vi las llamas elevándose por las cortinas. Ella tenía razón: debíamos seguir caminando.

Era evidente que aquella familia debía de haber visto algo así antes, al menos una vez. ¿Cómo si no podían alejarse de aquello con tanta serenidad, como si fuera solo cuestión de tiempo volver a encontrarse con algo parecido? ¿Por qué si no habrían hecho proyectos sobre cómo debía de vivir uno de ellos en caso de que el otro muriera?

Silas me había hablado de los Caballeros Oscuros de un modo que ponía distancia entre ellos y él. Pero no había duda de que se habían encontrado con ellos antes. Solo que esta vez no había podido escabullirse.

De haberlo pensado, habríamos podido ir a los establos en busca de un caballo. Pero caminamos en silencio, dirigiéndonos a la casa de mi infancia con el corazón encogido. Tendría que darme una sensación de seguridad saber que iba a atravesar otra vez las puertas de Varinger Hall. Lo único en lo que podía pensar era en el motivo que me traía allí… Habría preferido vivir toda la vida lejos de allí. Estaba en tensión, escuchando atentamente por si se oía el galopar de caballos, gritos o cualquier otra cosa que me dijera que echara a correr otra vez.

Pero no había caballos. Ni gritos. Solo nosotras.

Cuando por fin llegamos a la puerta de entrada, había un criado esperándonos en los escalones. Sostenía un farol, y vio

que se acercaban tres siluetas en lugar de dos, que éramos mujeres, y que el bonito coche de caballos no estaba por ningún lado.

—¡Despertad! ¡Despertad! —exclamó, avisando al resto
del servicio.

Para cuando llegamos a los escalones de la entrada, había
un pequeño ejército de criados atendiéndonos, entre ellos la
agradable señora que me había traído cartas a Abicrest Manor.

—¡Lady Hollis! ¿Qué os ha sucedido? —preguntó—.
¿Dónde están vuestros padres?

En lugar de responder, me dejé caer pesadamente al suelo
y grité.

33

*L*a verdad me sorprendió de golpe, aunque hacía horas que era consciente de lo sucedido. Mis padres estaban muertos. Mi marido estaba muerto. Estaba sola.

—No van a volver —murmuró lady Eastoffe, respondiendo por mí.

Tenía el gesto firme pero demacrado, con dos claros surcos en las mejillas, donde las lágrimas habían limpiado el hollín y el polvo. Aun así, mantenía su porte noble. Quiso subir los escalones, pero uno de los criados le bloqueó el paso.

—No os daremos cobijo —dijo, hinchando el pecho—. Nuestros señores odiaban a los vuestros, y no…

—¿Crees que eso importa ahora? —le espetó Hester—. Están muertos. Y ahora lady Hollis es la señora de la casa, así que más vale que te acostumbres a recibir órdenes de ella. Esta gente es su familia, y les atenderemos y les daremos de comer.

—Tiene razón —murmuró otra voz—. Ahora lady Hollis es la señora de la casa.

—Os acompañaré al salón —dijo Hester.

—Gracias. Vamos, mi niña. Arriba —dijo lady Eastoffe, ayudándome a ponerme en pie, y entramos al salón principal.

La chimenea emitía un calor reconfortante. Me dejé caer en el suelo cerca del hogar, calentándome las manos doloridas. Scarlet lloraba en voz baja, sin hacer apenas ruido, y no la culpé por ello. Eran demasiadas emociones. Dolor por la pérdida, sentido de culpa por haber sobrevivido, miedo por lo que pudiera venir.

—Todo se arreglará —le susurró su madre, acariciándole el cabello—. Construiremos un nuevo hogar, te lo prometo.

Scarlet apoyó la cabeza en su madre, y tuve claro que aquella promesa no bastaba para remediar lo que acababa de ocurrir. Me giré hacia lady Eastoffe, y vi que tenía la mirada perdida. Ella tenía la entereza necesaria para mantenerme centrada, la perseverancia necesaria para que nos levantáramos y echáramos a andar, y no albergaba dudas de que estaría a nuestro lado a lo largo de los siguientes días…, pero era evidente que estaba afectada, que había cambiado. Sus peores temores se habían hecho realidad, y ahora tenía que afrontar el desolador día después.

—¿Por qué han hecho algo así? —pregunté de nuevo, aunque en realidad no me esperaba una respuesta—. Los han matado a todos salvo a Scarlet, han prendido fuego a la casa y no se han llevado nada. No lo entiendo.

Lady Eastoffe cerró los ojos y suspiró profundamente.

—Desgraciadamente, querida Hollis, nosotras sí lo entendemos.

La miré.

—No es la primera vez que os pasa, ¿verdad?

—Nunca fue así —dijo, meneando la cabeza y sentándose por fin—. Pero no es la primera vez que perdemos a alguien. O algo. Nos han asustado hasta echarnos de casa…, pero no pensé que la amenaza llegara hasta aquí.

—Vas a tener que explicarte mejor.

Suspiró, intentando recomponerse, pero en aquel momento llegaron los criados con bandejas, toallas y grandes cuencos de agua. Una doncella me puso un plato con pan y peras al lado, aunque yo no me veía con ánimo de comer nada. Lady Eastoffe dio las gracias a las criadas y sumergió las manos en el agua para lavarse la ceniza y el polvo del rostro.

En cuanto se fueron, volvió a girarse hacia mí.

251

—¿Recuerdas el día en que llegamos al castillo?

Aquello me hizo sonreír tímidamente, al tiempo que unas lágrimas silenciosas me surcaban el rostro.

—Nunca lo olvidaré.

—Cuando el rey Jameson oyó nuestro apellido y lo reconoció, estaba segura de que podría suceder una de estas dos cosas: o nos castigaba sin ceremonias…, quizá encerrándonos en una torre, o sacándonos de allí a patadas…; o nos acogía y nos situaba como una de las familias más visibles de la corte, siempre a su servicio. Me sorprendió que permitiera que nos estableciéramos donde quisiéramos, que dejara que nos asentáramos.

—Pero ¿por qué iba a hacer una de esas dos cosas?

Ella apoyó la cabeza en el respaldo del sillón y se quedó mirando al techo.

—Porque son cosas que suelen suceder en los márgenes de la realeza.

Me la quedé mirando, intentando entenderla.

—¿Realeza?

—Es una historia algo complicada —dijo, echándose hacia delante—. Intentaré simplificarla. El rey Quinten es descendiente directo de Jedreck el Grande. La corona pasó al primer hijo de Jedreck, y Quinten pertenece a esa línea dinástica, lo que hizo que acabara en el trono. Pero Jedreck el Grande tenía tres hijos y cuatro hijas. Algunos se casaron con otras familias reales, otros escogieron una vida tranquila de servicio a la corona y otros acabaron sin descendencia. La familia Eastoffe es una de las ramas del árbol familiar que aún se mantiene. Descendientes directos del quinto hijo de Jedreck, Auberon. El anillo que llevas en el dedo era suyo, y lo recibió de su padre, el rey.

Bajé la vista y miré el zafiro, del clásico azul de Isolte, y me quedé pensando en todo aquello. No tenía ningún recuerdo del tiempo pasado con los Eastoffe que me hubiera podido servir de indicio de aquella historia.

—Además de Quinten y de Hadrian, obviamente, y de nosotros, solo queda una familia descendiente de los Pardus: los Northcott. ¿Los recuerdas?

Asentí. ¿Cómo iba a olvidar a Etan? Era impensable que aquel chico llevara dentro ni una gota de sangre real.

—Nuestras tres familias son las únicas con ascendencia real; nadie más podría reclamar el trono. Pero…, dado que los herederos varones son normalmente los favorecidos, y que mi marido y mis hijos…, mis hijos… —De pronto rompió a llorar incontroladamente.

Estaba segura de que tendría un mar de lágrimas dentro. Estaba claro. Scarlet estaba hecha un ovillo en su butaca, sumida en su profundo y oscuro dolor; había visto demasiadas cosas en un solo día. Así que tuve que ser yo la que me acercara a abrazar a su madre.

—Lo siento mucho.

—Lo sé —dijo ella, sollozando y abrazándome a su vez—. Y yo también lo siento por ti. Lamento que te hayas quedado huérfana tan joven. Lo siento mucho, Hollis. Nunca habría permitido nada de esto de haber pensado que te poníamos en peligro. Pensaba que nos dejarían en paz.

—Pero ¿quiénes son los Caballeros Oscuros? —pregunté, recordando que ni siquiera Silas tenía una respuesta clara a aquella pregunta—. ¿Quién os haría algo así?

—¿Quién es la única persona que querría evitar disputas por el trono? —preguntó ella.

La respuesta se me hizo obvia, aunque no podía ni planteármela.

—No será vuestro rey…

Pero no resultaba tan imposible. El simple recuerdo de la imagen del rey Quinten me provocaba escalofríos. Era el responsable del aislamiento de Valentina, el que obligaba a su hijo enfermo a dar la cara constantemente, aunque el pobre muchacho no lo soportara. Si trataba así de mal a las personas

253

que supuestamente le importaban, ¿qué le impediría tratar mucho peor a los demás?

—Unas semanas antes de nuestra marcha fuimos al castillo a visitar al rey y a celebrar sus veinticinco años de reinado. Ya has visto personalmente lo viejo y vanidoso que es. Y cómo atormenta a todos los que tiene alrededor. Pero desde luego no podíamos correr el riesgo de ofenderle. Así que, aunque habríamos preferido quedarnos en casa, fuimos. No creo que supiéramos ocultar demasiado bien cuánto nos hastiaban aquellos encuentros.

»Cuando volvimos a casa, todos nuestros animales habían sido sacrificados. No había sido cosa de un lobo o de un oso; estaba claro por las heridas. Y nuestros criados… —Hizo una pausa para contener otra vez las lágrimas—. Los que quedaban con vida dijeron que habían venido unos hombres vestidos con capas negras y que se habían llevado a los otros, encadenándolos. Unos cuantos se habían resistido, y encontramos sus cuerpos amontonados bajo un árbol.

»Habían escogido el momento, y el mensaje estaba claro. Quinten no puede soportar la amenaza que suponemos para su línea de sucesión, que parece estar a punto de extinguirse. Ahora los Northcott son los que más fuerza tienen para reclamar el trono. Hay quien dice que por derecho les corresponde a ellos desde siempre. Supongo que ahora irá a por ellos…

»Pero los Northcott han sido más listos. Ya viste que estaban presentes durante la visita de Quinten y Valentina. Nunca se pierden un evento, y se aseguran de ponerse del lado del rey. Y, aunque también han perdido cosas, se han negado a huir. Quizá Quinten tenga más dificultades con ellos de lo que se cree.

Fruncí el ceño.

—¿Los Northcott también han sufrido el ataque de los Caballeros Oscuros? Entonces… esta… especie de ejército ¿no es tan anónimo como creen algunos? ¿Son los hombres del rey?

—No veo qué otra cosa podrían ser —respondió, encogiéndose de hombros.

Me quedé allí, en el borde de mi butaca, con los brazos aún tendidos hacia lady Eastoffe.

—Entonces vuestro rey no solo es vanidoso, sino también un inconsciente. Si no tiene herederos y mata a los que podrían reclamar el trono, ¿no caerá algún día en manos de desconocidos? O, peor aún, vuestro país podría ser conquistado, si no tiene un líder que lo defienda.

Me dio una palmadita en la mano.

—Eres más sabia que él. La lástima es que no tengas tanto poder como él. El caso es que ahora Scarlet y yo no tenemos ni país, ni hogar ni familia.

Apretó los labios, conteniendo de nuevo las lágrimas. Los acontecimientos de aquella noche habían destrozado muchas vidas. ¿Me recuperaría algún día de lo sucedido? ¿Se recuperaría ella?

Me quedé mirando mis minúsculas manos. Demasiado pequeñas como para salvar nada, demasiado débiles como para repeler un terrible ataque. Pero en el dedo llevaba un anillo. Vi el brillo de aquella piedra azul y recordé lo que me había dicho lady Eastoffe: que lo había llevado un gran hombre. Y miré el anillo de mi mano izquierda, que de algún modo me parecía infinitamente más valioso.

—No os habéis quedado sin familia —dije, y ella levantó la vista—. Yo he entrado en ella hoy mismo, así que me tenéis a mí. Eso es irrefutable. Y, a pesar de los recelos de mis padres, soy su única heredera. Esta casa y estos terrenos son míos. Así que también pertenecen a mi familia —añadí. Ella sonrió, e incluso Scarlet esbozó una sonrisa—. No estáis perdidas.

$\mathcal{A}$l despertarme, por un segundo, no recordé lo sucedido. Fue un segundo precioso, pero al frotarme los ojos y ver que el sol ya estaba alto recordé que había llegado a mi casa casi al amanecer. También me di cuenta de que estaba en el suelo. Levanté la mirada y vi que lady Eastoffe y Scarlet estaban en mi cama. Después de bloquear la puerta con el tocador, nos habíamos sentado a pensar un momento, pero el sueño enseguida se había apoderado de las tres.

Mis padres ya no estaban. Sullivan tampoco. Ni lord Eastoffe. Ni el pequeño Saul.

Ni Silas.

¿Qué era lo último que me había dicho Silas? Había dicho «bien». Yo le había dicho que iba a tener una esposa muy malcriada, y a él le gustaba bastante la perspectiva. Intenté agarrarme a aquel momento. En aquella imagen, el velo cubría una esquina de mi campo visual porque me había girado a mirar atrás. Él lucía una sonrisa pícara, como si ya estuviera planeando cosas a las que mi imaginación no llegaba.

«Bien», había dicho. «Bien.»

—He pensado una cosa —anunció lady Eastoffe, que empezaba a moverse, levantándose de la cama con cuidado de no despertar a Scarlet.

—Oh, gracias a Dios —respondí, con un suspiro.

—Te advierto de que no tengo claro que sea una buena idea,

pero quizá sea lo único que podemos hacer. —Se sentó a mi lado en el suelo y no pude evitar pensar que, pese a la devastación interior y al duelo, conseguía mantener la compostura perfectamente—. Creo que Scarlet y yo tenemos que irnos. Y que tú debes quedarte e iniciar una nueva vida.

—¿Qué? —El corazón se me aceleró de golpe—. ¿Vas a abandonarme?

—No —insistió ella, envolviéndome el rostro con las manos—. Así te protegemos. El único modo para asegurarme de que no pongo tu vida en riesgo es alejarme de ti lo más que pueda. Nada nos garantiza que el rey Quinten no vuelva al ataque en cuanto sepa que estoy viva, aunque ya sea mayor, y ni Scarlet ni yo tengamos esperanzas de llegar al trono. Siempre será una sombra que me persigue. El único modo de que estés segura es que estés lejos de mí.

Aparté la mirada, intentando encontrar fallos en su razonamiento.

—Has heredado una buena finca, hija. Tómate tu tiempo para superar el duelo y luego, cuando encuentres a otra persona…

—Nunca encontraré a otra persona.

—Oh, Hollis, eres muy joven. Tienes mucha vida por delante. Vive, ten hijos. Es lo máximo a lo que podemos aspirar cualquiera de nosotros en estos días aciagos. Si marchándome consigo alejarte de cosas como la de anoche, lo haré de buen grado. Pero debes saber —añadió, mientras me pasaba la mano por el cabello enmarañado— que separarme de ti será tan duro como separarme de mis hijos.

Intenté encontrar algo bueno en todo aquello, en que me dejara. Lo único que podía ver en todo aquello era que me quería tanto como yo la quería a ella, tanto como me imaginaba ya desde hacía un tiempo. Y eso ya era algo importante, entre tanto dolor: saber que me querían.

—¿Y adónde iréis a vivir?

Me miró como si aquello fuera algo evidente.

—A Isolte, claro.

O sea, que lo de marcharse iba en serio.

—¿Estás loca? —respondí, quizá demasiado alto. Scarlet se movió y se dio la vuelta en la cama, sin despertarse—. Si estás tan segura de que vuestro rey va a intentar matarte, ¿no se lo pones muy fácil volviendo allí?

—Creo que no —dijo ella, meneando la cabeza—. No será una ley escrita, pero la tradición de Isolte establece que son los hombres los que cuentan en cuestión de sucesión a la corona. Por eso nuestra línea de descendencia resultaba mucho más amenazante que la de los Northcott: ellos proceden de una de las hijas de Jedreck. Pero… —hizo una pausa, considerando los pequeños detalles— ella era la primogénita, y eso a veces tiene cierto peso. En el pasado había gente que apoyaba a Swithun, su hijo, y su línea dinástica ha mantenido cierta fuerza, lo cual no puede decirse de muchas otras…

De pronto, se quedó con la mirada perdida, como si viera en el suelo una imagen que yo no pudiera ver.

—Yo creo que el rey no se ha molestado en perseguir a los Northcott porque ellos mismos se han distanciado de la carrera al trono… —concluyó, parpadeando unas veces y volviendo al presente.

—Dashiell y yo criamos a nuestros hijos enseñándoles quiénes eran, qué sangre llevaban y por qué eso los había convertido en enemigos del rey. Ellos entendían por qué teníamos guardias en la puerta algunas noches, por qué asistíamos al castillo para rendir pleitesía al rey a cada mínimo evento que organizaba. Si Scarlet y yo morimos, será con honor. Si mueres tú, será por culpa nuestra. Y no quiero llevar eso en la conciencia.

Me puse en pie y me acerqué a la ventana. Mi madre siempre decía que, cuando tienes que tomar una decisión, es mejor hacerlo a la luz del sol. De niña pensaba que era su modo de hacerme esperar cuando tenía que darme una respuesta que no quería darme, a esas preguntas que siempre le hacía antes de acostarme. Pero a veces yo también hacía eso precisamente. Esperaba que la luz del día aclarara los nubarrones que me enturbiaban la mente.

—¿Y piensas presentarte ante el rey Quinten? ¿Decirle que eres su fiel servidora después de que haya asesinado a tu familia?

—Por supuesto que sí. —Cerró los ojos y se tomó un momento para asimilar sus propias palabras—. Confirmaré sus esperanzas de que ha puesto fin a la línea sucesoria masculina, y luego le juraré lealtad. Y después, si puedo, daré apoyo al linaje de los Northcott, protegiéndolos tanto como pueda. Porque un día ese viejo malvado morirá, y me extrañaría que hubiera alguien que llorara su muerte. Y será un placer ver a los sucesores de la primogénita de Jedreck acceder al trono. Tal como he dicho, muchos dirían que tenía que haber sido así desde el principio.

—Es arriesgado. Podría mataros nada más veros y poner fin realmente a vuestro linaje. ¿Has pensado en eso?

—Podría hacerlo —concedió, aceptando una certeza que seguramente la habría acompañado desde el mismo día de su boda—. Pero he vivido una vida larga, he querido a mi marido y a mis hijos. He sufrido y he huido. Ahora me dedicaré a protegerla. Aunque no viva lo suficiente como para proteger la vida de los Northcott, puedo salvar la tuya alejándome. Así que ya ves: tenemos que irnos.

El sol no me estaba ayudando en absoluto. Lo veía, incluso sentía su calor…, pero eso no cambiaba nada. Me giré y me hundí en sus brazos.

—No sé si podré hacer esto sola.

—Tonterías —insistió ella, en un tono inequívocamente maternal—. Piensa en todo lo que has conseguido en los últimos meses. Si alguien puede enfrentarse a esto, eres tú. Eres una jovencita muy lista.

259

—Entonces, ¿me escucharás si te digo que es una locura volver a tu país?

Ella chasqueó la lengua.

—Puede que tengas razón. Pero no puedo pasarme los últimos años de mi vida escondiéndome. Debo enfrentarme a mi monstruo.

—Un monstruo —repetí. Eso era exactamente Quinten—. Francamente, yo preferiría enfrentarme a un dragón que quedarme aquí sola.

—Te escribiré tan a menudo que las cartas te llegarán al cuello. Te escribiré incluso cuando no haya nada de lo que escribir; recibirás tantas cartas que desearás no haberme conocido.

—Ahora eres tú la que dices tonterías. Yo te quiero como he querido al resto de tu familia, desde el primer día, por completo y sin reservas.

—Para. Vas a hacerme llorar otra vez, y ya he llorado tanto que me duele. —Me besó en la cabeza—. Ahora tengo que pensar en enterrar a los muertos. Y tú también… Espero que no ofenderá a nadie que no hagamos ninguna ceremonia. Simplemente, quiero darles descanso.

Bajó la mirada y se aclaró la garganta. Salvo por el momento de excitación de la noche anterior, había hecho un gran esfuerzo por mantener sus emociones bajo control. Y suponía que lo hacía por mí.

—Y luego —añadió, con la voz menos firme que antes— tenemos que ver si queda algo que se pueda salvar en la casa y, si hace buen tiempo, nos iremos en cuanto podamos. Tengo que escribir a los Northcott. Probablemente, sea mejor que envíen a Etan para que nos acompañe…

Se pasó el resto del día hablando, volcando toda su energía en la planificación: yo estaba asombrada. Por mi parte, el dolor ocupaba demasiado espacio como para que pudiera pensar en nada más.

35

*L*os Northcott respondieron enseguida, ofreciéndose a alo-
jar a lady Eastoffe y a Scarlet el tiempo que fuera necesario.
Quedaron en que Etan vendría con un coche de caballos para
que el viaje fuera lo más cómodo posible. Parecían contentos
de poder ser de ayuda en un momento tan terrible, pero todo
aquello me tenía intranquila. Si los Northcott estaban en una
situación similar, ¿no era peor que se concentraran todos en
un único lugar?

—Hasta ahora se han librado por la arrogancia de Quinten, que aparentemente no considera la posibilidad de que se
imponga la línea sucesoria femenina. Yo diría que eso puede
seguir protegiéndonos durante un tiempo —especuló, aunque
aquello no me tranquilizó demasiado.

—Aun así, me parece arriesgado —respondí, cruzándome
de brazos—. ¿No quieres reconsiderar…?

—Disculpe, señora, pero hay un paquete para usted —dijo
Hester, acercándose con su típico paso lento—. Es bastante pesado, así que lo han dejado junto a la puerta.

—¿Pesado?

Ella asintió, y lady Eastoffe y yo cruzamos una mirada.

—Gracias, Hester. ¿Junto a la puerta de entrada?

—Sí, señora.

Bajé las escaleras y lady Eastoffe me siguió. Aún no me
había acostumbrado a que me consideraran la señora de Va-

ringer Hall. Sentía que aquello era un peso mayor del que podía soportar.

—Vaya —dijo lady Eastoffe—. No es grande. Me pregunto por qué pesará tanto.

Sobre la mesa redonda que mis padres solían tener cubierta con flores había un pequeño cofre con una carta encima. Alargué la mano y recogí la nota.

—Oh —exclamé, mirándome las manos, de pronto temblorosas.

—¿Qué es?

—El sello. El sello real. —Tragué saliva—. Es del rey Jameson.

—¿Quieres que la lea yo? —se ofreció.

—No —respondí, vacilante—. No, puedo hacerlo yo.

Rompí el lacre y le di la vuelta a la carta; enseguida reconocí la letra. ¿Cuántas veces había recibido cartas escritas con aquella caligrafía?

262

Mi queridísima Hollis:

Aunque pueda parecerte extraño después de todo lo que ha pasado entre nosotros, he recibido con gran tristeza la noticia de la reciente muerte de tu prometido y de tus padres. Cualquier motivo de pesar para ti lo es también para mí, y te escribo para hacerte llegar mi más sincero pésame.

Como miembro de la nobleza de este país, tienes derecho a una renta anual. Dado que seguramente vivirás al menos otros cincuenta años, he decidido hacerte entrega de la cantidad total que te correspondería, como muestra de mi perdón por cualquier indiscreción pasada y de mis condolencias por lo sucedido.

—Oh, Dios mío —dije, acercando el cofre y abriéndolo.

Ambas contuvimos una exclamación al ver tanto dinero junto.

—¿Qué es esto?

—El rey me entrega una compensación; es costumbre cuando un noble enviuda.

—¿Aunque solo hayas estado casada unas horas? —preguntó, incrédula.

—Ya te dije que había muchas leyes relacionadas con el matrimonio. Supongo que es así para que la gente se lo piense bien antes de contraer matrimonio. Pero ahora soy viuda..., aunque en la carta Jameson se refiera a Silas como mi prometido.

—Me parece muy curioso, pero, teniendo en cuenta la gran lista de costumbres que tenemos en Isolte, no puedo hacer demasiados comentarios. —Cogió un puñado de monedas de oro—. Dios Santo, de pronto eres rica, Hollis.

Seguí leyendo.

Espero que con esto puedas seguir manteniendo el tenor de vida al que estás acostumbrada y que te mereces como dama de este reino, y por ser una de las mujeres más dulces que ha conocido Coroa.

Por otro lado, quiero comunicarte algo que espero que te alegre: he estrechado lazos con nuestra amiga común Delia Grace, que será mi acompañante oficial en la celebración del solsticio, que no queda demasiado lejos. Quizá las fiestas te ayuden a alejarte del dolor que sientes ahora mismo. Ven a Keresken y deja que cuidemos de ti. Tras haber perdido a tus padres, debes de sentirte bastante sola en vuestra casa del campo, y aquí estarás de lo más cómoda.

Siempre ocuparás un lugar especial en mi corazón, Hollis. Te ruego que me permitas asegurarme de que estás bien y de que vuelves a sonreír. Eso haría que mi felicidad fuera completa. Espero verte pronto.

Tu humilde servidor,

JAMESON

—También me invita a la corte. Pronto —dije, pasándole la carta—. Y da la impresión de que por fin está estrechando lazos con Delia Grace.

—¡Ah! Bueno, eso son buenas noticias, ¿no?

—Sí —respondí, aunque no estaba muy segura de resultar convincente. No tenía celos de ella, pero me costaba aceptar cómo había llevado toda aquella situación. Eso sí, al menos una de las dos tenía lo que había deseado—. Quizá sea bueno volver a verla. Nos ayudará a limar asperezas.

—Entonces creo que debes ir. Te hará bien tener una distracción, algo en lo que pensar. Y dentro de unos días nosotras nos iremos. Esta casa es preciosa, pero es enorme para una sola persona.

Me dejé caer en una silla con un gesto que mi madre habría descrito como petulante. Y en aquel momento deseé que estuviera allí para decírmelo. Habría dado lo que fuera para tener a mi madre allí, riñéndome una vez más. Aparté ese pensamiento y miré a lady Eastoffe:

—Supongo que tienes razón. Sueles tenerla.

Ella chasqueó la lengua y se dispuso a retirarse para escribir su carta de respuesta a los Northcott.

—Si me disculpas, hay algo de lo que tengo que ocuparme —dije.

—No tienes que pedirme permiso —respondió, levantando la vista de la mesa—. Tú eres la señora de la casa.

Vaya. Era verdad. Levanté la barbilla.

—Bueno, en ese caso, tengo algo que hacer, y me voy a hacerlo digas lo que digas.

—Así está mejor.

Bajé por las escaleras y me dirigí a los establos, donde estaban en plena labor de limpieza de los caballos.

—Buenos días, señora —dijo el mozo de cuadras—. Lo siento, no sabía que veníais.

—No hay nada por lo que disculparse —respondí, tocándole el hombro—. Necesito llevarme a Madge a dar un paseo.

Él me miró.

—Pero no vais vestida para montar, señora —observó—. ¿Queréis que saque el coche?

—No. No me preocupa la ropa. Solo… necesito pensar.

En sus ojos vi que me entendía; enseguida me trajo mi preciosa yegua negra.

—Si alguien te pregunta, tú no me has visto.

Él me guiñó un ojo, tiré de las riendas y Madge echó a correr. Galopamos un buen rato, pero no tenía ningún miedo de que se encabritara o de que me tirara al suelo. Ella, como yo, solo tenía una cosa en la cabeza.

Al igual que había hecho en los últimos días, me adentré en el bosque con Madge, en dirección al oeste. Ella conocía el terreno y se movía con precisión, protegiéndonos a ambas de ramas y raíces mientras nos acercábamos a mi otra casa: Abicrest Manor.

A los pies del gran sauce llorón el terreno estaba elevado, y la tierra nueva brillaba con un marrón intenso. El terreno era varios centímetros más alto que en los alrededores, aunque con los años se iría erosionando hasta fundirse con el entorno.

No sabía si era costumbre o simplemente un gesto amable que partía de la propia familia, pero los criados de los Eastoffe estaban enterrados junto a sus amos, lo que daba un total de más de veinte tumbas alineadas en filas regulares a las afueras de la propiedad. Aquello no incluía a otras personas, como mis padres, que tenían sus tumbas en el mausoleo junto al gran templo, o a los infortunados vecinos que tenían sus propias tumbas.

El sentimiento de culpa se alternaba con la tristeza. Todo era cuestión de tiempo. Si hubiéramos vuelto unos minutos antes, yo también habría muerto. Si lady Eastoffe hubiera decidido llamar también a su hijo para que estuviera presente en el momento de darme el anillo, él aún viviría. Si, si, si… Esos «si» eran como preguntas para las que no encontraba respuestas.

Até a Madge a una rama baja y la acaricié tras las orejas antes de dirigirme a la piedra que indicaba dónde yacían los escasos restos de Silas.

—He intentado convencerla de que no se vaya. Lo he intentado veinte veces, con todas las excusas que se me han ocurrido…, pero no creo que vaya a conseguirlo.

El viento soplaba por entre las hojas.

—Bueno, lo único que no he intentado es suplicárselo, pero eso ya no puedo hacerlo. Se supone que ahora soy la señora de Varinger Hall. No deja de decir cosas para recordarme cuál es mi lugar. Pero el caso es que… —Contuve las lágrimas—. El caso es que lo único que yo quería ser era la señora de tu casa. Y ahora no estás, y la casa apenas se mantiene en pie, y aunque tengo muchas cosas en realidad me siento como si no tuviera nada.

Las ramas se balancearon con el viento, emitiendo un murmullo.

—Estoy agradecida. Sé que sobrevivir a una situación en la que debía haber muerto es un regalo, pero no consigo encontrar un motivo por el que los dioses pudieran querer salvarme la vida. ¿Qué misión podrían reservarme?

Silencio.

—Jameson me ha invitado a la corte. No puedo creerme que me haya perdonado. Supongo que debe de ser por pena. —Meneé la cabeza y fijé la mirada en el horizonte—. Ofenderé al rey si no voy, y ya le he dado suficientes motivos para odiarme. Lo único que temo, supongo es…, es que me veré obligada a dejarte atrás.

Me eché a llorar y me limpié las lágrimas con la manga del vestido.

—Antes sentía que había algo que me atraía a ti. No sabía lo que era, pero desde el primer momento en que te vi tuve la sensación de que tenía una cuerda rodeándome el corazón que tiraba de mí cada vez que estabas ahí. —Negué con la cabeza—. Ahora ya no lo siento. Pero lo echo de menos.

Deseaba con todas mis fuerzas que pudiera responderme, con uno de aquellos soplos de verdad que siempre tenía a mano. Pero no podía. Ya no lo haría nunca más.

266

No sentía su presencia.

—Solo quiero que sepas que, aunque no te sienta presente, voy a recordarte. Y si un día encuentro las fuerzas para amar de nuevo, sabré que es amor…, porque tú me enseñaste lo que era. Antes de ti, cualquier atisbo de amor que pudiera percibir era mentira. Y eso no lo sabía hasta que tú entraste en aquella sala, sosteniendo una espada de oro, callado y orgulloso.

—Me atrapaste sin decir palabra. No sé si te lo he dicho alguna vez. Era tuya desde el principio. Desde el segundo en que se cruzaron nuestras miradas, quedé prendada. Y tú me prometiste amarme sin condiciones, y lo hiciste. Muchas gracias, Silas. Gracias.

Miré a mi alrededor. Tendría que encerrar aquel periodo en un rincón de mi corazón, y aun así debería seguir latiendo.

—Te quiero. Gracias.

Me besé la punta de los dedos y toqué la piedra con ellos. Madge levantó la cabeza al verme subir a la silla, y esta vez, cuando salí cabalgando, no miré atrás.

36

Aquellos días me costaba encontrar el entusiasmo necesario para hacer cualquier cosa, aunque fueran cosas que me gustaran. Comer era un esfuerzo; vestirme era un esfuerzo. Todo era un esfuerzo. Así que me resultó imposible mostrarme contenta ante la expectativa de que alguien como Etan Northcott visitara mi casa, sobre todo teniendo en cuenta que solo venía para llevarse lo poco que me quedaba de familia.

Aun así, me gustara o no, llegó a casa montado a caballo, junto a un elegante coche de caballos de un azul algo más oscuro del típico isoltano. Yo estaba de pie, en la escalinata de la entrada, esperando para saludarle como indicaba el protocolo. Tenía un gesto tan sombrío como la primera vez que lo había visto, lo cual me hizo plantearme si alguien era capaz de entender lo que pensaba o sentía. Desmontó y se me acercó, y yo le tendí la mano derecha para saludarle.

—Sir Northcott, bienvenido a Varinger Hall.

Él alargó la mano para coger la mía, pero se quedó paralizado de pronto.

—¿Qué pasa?

Se me quedó mirando la mano.

—Llevas el anillo. Eso no te pertenece.

Le mostré la mano izquierda.

—Según este otro anillo, sí. Por favor, entra. Tu tía y tu prima te están esperando.

Entré en casa, seguida del eco de sus botas. Con tan poca gente en la casa, cualquier sonido resonaba. Hablé en voz baja; odiaba tener que contárselo todo, pero sabía que debía hacerlo.

—Creo que debo advertirte. Lady Eastoffe está aguantando bien, teniendo en cuenta la situación. Se está dedicando de lleno a la planificación y a cuidarnos. No sé si el dolor aflorará en cualquier momento, tendrás que estar atento por si sucede.

—Lo haré.

—Y Scarlet… está irreconocible. No sé si te lo han dicho, pero ella estaba presente. Lo vio todo y la sacaron de allí a empujones. No tenemos claro por qué.

Su habitual máscara desapareció por un momento y de pronto le vi genuinamente preocupado.

—¿Te lo ha contado ella?

—No. Ella casi no ha dicho nada. Espero que vuelva a ser la de antes. La quiero muchísimo. Pero tienes que estar preparado para verla así. Yo no sé qué hacer para que esté mejor, y creo que lady Eastoffe tampoco lo sabe. Supongo que solo podemos esperar que el tiempo borre el dolor.

Asintió.

—¿Y cómo… —se interrumpió y se aclaró la garganta—, cómo estás tú?

No pude evitar sorprenderme al ver que se preocupaba por mí, o al menos que preguntaba, y probablemente se me notara.

—La única persona con la que podía compartir mis sentimientos más íntimos se ha ido. Toda mi familia y la mayor parte de la suya se han ido con él… Son demasiadas sensaciones a la vez, así que voy asumiéndolo por partes. Creo que es todo lo que te puedo decir.

No podía decirle a Etan que por la noche me tapaba la cara con una almohada para que nadie pudiera oírme llorar. No podía decirle la enorme sensación de culpa que tenía por estar viva cuando tantos habían muerto. Aunque ya no consideraba

269

a los isoltanos como enemigos (bueno, quizá solo a su rey), tampoco me parecía que Etan fuera nada parecido a un amigo.

—Lo siento —dijo, y deseé terriblemente poder creerle.

—Están aquí dentro —respondí, llevándole hasta el salón donde esperaban lady Eastoffe y Scarlet.

Lady Eastoffe se animó un poco al ver a su sobrino, y se levantó para darle la bienvenida.

—Oh, Etan, querido. Muchísimas gracias por venir. Me sentiré mucho más segura viajando contigo.

Scarlet levantó la mirada, pero enseguida volvió a bajarla.

Etan se giró hacia mí, y yo me encogí de hombros, como diciendo: «¿Ves lo que te decía?».

—Siempre es un placer ayudarte, tía Whitley. Podemos marcharnos en cuanto estéis listas.

—No perdamos tiempo —respondió ella—. Cuanto antes estemos de vuelta en Isolte, mejor.

Y mi corazón destrozado encontró un nuevo motivo para abrirse en pedazos.

Etan le dio la mano a Scarlet y bajaron la escalinata de la entrada. Daba la impresión de que su silencio asustaba a su primo, que no dejaba de mirarme buscando apoyo. Yo no sabía qué más decirle; de momento, Scarlet era la que veía.

Las tres componíamos una muestra variada de cómo el duelo cambia a la gente. Lady Eastoffe seguía adelante con una perseverancia impresionante, Scarlet se encerraba en sí misma, y yo…, bueno, yo me tomaba cada día como venía, sin atreverme a hacer ningún plan que me llevara más allá.

Me quedé junto a la puerta del coche, y Scarlet me dio un último abrazo.

—Adiós, Hollis. Te echaré de menos.

—Yo también os echaré de menos. Escríbeme cada vez que puedas.

—¿Quieres que escriba aquí o al castillo?

Meneé la cabeza.

—No tengo ni idea.

—Avísame en cuanto lo sepas —respondió ella, con un suspiro.

Etan le tendió la mano, y ella la usó como apoyo para subir al coche que se la llevaría lejos de mí.

—No pareces muy convencida —observó Etan, en voz baja.

—No lo estoy. Preferiría que se quedaran.

—Es mejor para ellas estar con su familia.

—Yo soy su familia; soy una Eastoffe.

Él sonrió.

—Bueno, haría falta algo más que eso.

Habría querido rebatirle, pero lady Eastoffe apareció en la escalinata poniéndose un par de guantes que habían pertenecido a mi madre. No iba a estropear nuestros últimos momentos con una discusión. Etan se alejó y se subió a su caballo; probablemente a caballo podía vigilar mejor que si fuera dentro del coche.

—He echado un vistazo a nuestras habitaciones —dijo ella—, pero tampoco habíamos traído gran cosa, así que creo que no nos dejamos nada.

Ver que seguía siendo igual de concienzuda me hizo sonreír.

—Hay una última cosa —dije, girándome hacia ella.

No podía estar de acuerdo con nada de lo que hacía o decía Etan, pero lo cierto es que tenía razón al juzgar en cómo me veía Jameson. Quizá también tuviera razón en esto. Tiré del anillo para sacármelo del dedo.

—¡Oh, Hollis, no! No, insisto.

—Pertenece a vuestra familia. Debería llevarlo Scarlet.

—No, gracias —murmuró ella desde el coche.

Lady Eastoffe bajó la voz:

—No creo que quiera nada que la una a nuestro legado.

Y no podemos culparla por ello. Decías que eras una Eastoffe
—me recordó—. El anillo es tuyo.

—No lo sé.

—Bueno, entonces llévalo un tiempo. Si después sigues
pensando que tienes que devolvérmelo, puedes venir a traér-
melo a Isolte. ¿De acuerdo?

Sonreí, animada al pensar que la vería otra vez.

—De acuerdo.

—¿Cuándo te irás al castillo?

—Dentro de unas horas. Espero llegar a media tarde, cuando
todos estén cenando. Cuanto menos llame la atención, mejor.

No quería ni imaginarme la recepción que me esperaba en
Keresken.

—Quiero que sepas que… si, por algún motivo, el rey te ve
y vuestros sentimientos se reavivan, no debes avergonzarte.
Confía en mí; te lo digo como madre de Silas.

272   —Te lo agradezco mucho —dije, con un suspiro—, pero
hace tiempo que sé que no quiero tener nada que ver con la
corona. Y… Jameson…, no sé si realmente me quiso alguna
vez. O si yo lo quise de verdad. Mi objetivo es convencerme
de lo adecuada que es Delia Grace para el trono…, y luego…,
sinceramente, no tengo ningún otro plan.

—Ya te adaptarás.

—¿Cómo estaré informada? —susurré—. Si os ocurre algo,
¿cómo lo sabré?

—Ya les he dicho a los Northcott que te mantengan informada. Pero no tienes que preocuparte. Soy mayor. El rey
Quinten se habrá sentido amenazado por mis hijos, pero es
poco probable que yo le preocupe lo más mínimo. Y Etan nos
protegerá durante el camino.

Miré a Etan, escéptica.

—Si insistes…

Nos quedamos allí un momento. Solo nos quedaba despe-
dirnos, pero no quería hacerlo.

Ella se agachó y me besó en las dos mejillas.

—Te quiero, Hollis. Ya te echo de menos.

Asentí y di un paso atrás.

—Yo también os quiero.

Me negaba a llorar delante de ellas. No podía soportar la idea de ser la causa de ningún otro dolor para ellas.

—Te escribiré en cuanto pueda —prometió.

Asentí de nuevo, consciente de que, si hablaba, me fallaría la voz. Ella me acarició la mejilla una vez más y se subió al coche de caballos.

Etan, que tenía un aspecto bastante imponente subido al caballo, se me acercó.

—Las protegeré, no te preocupes. Puedes pensar lo que quieras de mí, de mi rey o de Isolte, pero tienes que saber que daría la vida por mi familia.

Asentí.

—Yo también. Pero en cambio ha sido mi familia la que ha dado la vida por mí. —Respiré hondo—. Perdona. Aún resulta doloroso.

—Lo será durante un tiempo. Pero cada vez será más fácil.

Si alguien como él se dignaba a mostrar cierta compasión conmigo, es que debía parecerle bastante patética.

—Gracias. Y sí, estoy segura de que las cuidarás. Si alguien os sale al encuentro, lo va a pagar caro, lo sé.

Él asintió. Y se pusieron en marcha, alejándose lentamente de mi mundo. Por un momento, me pregunté qué tipo de mundo habría tenido yo de no haber contado con ellos.

Me los quedé mirando hasta que salieron del recinto. Cuando el coche giró, lo seguí con la vista hasta que desapareció más allá de la cresta de la loma. Y me quedé un poco más aún, porque no me sentía con fuerzas para entrar en aquella casa tan enorme yo sola.

Debió de pasar un buen rato, porque cuando el criado apareció a mi lado, noté que tenía las mejillas calientes del sol.

273

—¿Señora Brite?

—Eastoffe —le corregí.

—Sí, lo siento muchísimo, señora. La costumbre, ya sabe. Necesitamos saber qué baúles hay que cargar.

Respiré hondo y entré. Pero no pude ir más allá del recibidor. Me costaba muchísimo avanzar, como si hubiera una pared entre mí y el resto de la casa. Respiraba con dificultad. Si no me sobreponía, me desmayaría. Me agarré a la gran mesa redonda y aspiré con fuerza.

—Yo… Hay dos baúles junto a mi cama. Y, si se me olvida algo, estoy segura de que ya me lo proporcionarán en el castillo —dije, y esas simples instrucciones me bastaron para quitarme al criado de encima.

Hizo una reverencia y subió a buscar mi equipaje. Yo me senté en el banco junto a la ventana, con la intención de quedarme mirando el exterior desde Varinger Hall hasta que llegara la hora de marcharme. Sentí una extraña sensación en el pecho, y me rasqué para librarme de ella, pero aquello no hizo más que desencadenar un torrente de sentimientos y sensaciones. Me daba miedo seguir adelante, pero sabía que no podía quedarme quieta. No sabía con quién me iba a encontrar, pero no podía seguir sola. No conseguía acabar de pensar en una cosa porque enseguida se imponía otro pensamiento, planteándome una ráfaga de preguntas que no sabía responder.

El sol iba avanzando por el cielo y volví a sentir aquel cosquilleo en el pecho. Pero no. No era un picor, un cosquilleo ni nada así. Era como…, como una cuerda tirándome del corazón.

Me concentré en aquella sensación y la respiración se me aceleró; quería estar completamente segura. Sí. Sí, era la misma. Y pasara lo que pasara, tenía que seguirla.

Levanté la mirada hacia el sol justo en el momento en que empezaba a posarse sobre las copas de los lejanos árboles. No tenía mucho tiempo.

Corrí a mi habitación y saqué unos bolsos de cuero de mi armario; Madge no podría cargar con ningún cofre. Apretujé en uno de los bolsos tres de mis vestidos más sencillos y metí un cepillo y algo de perfume. Fui al cofre que me había enviado Jameson, empecé a sacar puñados de monedas y las metí en el otro bolso.

—¡Hester! —grité—. ¡Hester, necesito papel!

Me quité los zapatos y me puse botas de montar; los zapatos los metí en el segundo bolso. No era mucho, pero tendría que bastar.

Hester entró con su característico balanceo, cargada con papel y tinta.

—Gracias —dije, arrancándoselo de la mano—. Escucha, Hester. Sé que todos pensáis cuidar de la casa, pero no tengo claro cuánto tiempo tardaré en volver. Escribiré en cuanto pueda.

—Sí, señora.

—Y esta caja, escóndela —dije, poniéndosela delante—. Quiero que esté segura.

—Sí, señora.

Escribí a toda prisa:

Rey Jameson:

Para cuando leáis esto, ya estaré en Isolte. Os ruego que me perdonéis una vez más por no estar ahí cuando os dije que iría. Espero con toda mi alma poder acudir a bendecir vuestro matrimonio con la mujer que escojáis. Pero de momento no puedo ir al castillo. Como tantas otras cosas de mi vida, me resulta durísimo, y no me siento preparada para ello.

Deseo que seáis el rey más feliz de todo el continente, y sé que mi camino me llevará a vos en algún momento. Hasta entonces, os saluda vuestra más humilde servidora,

HOLLIS

275

Plegué la carta a toda prisa y se la puse a Hester en la mano.

—Al castillo. Lo más rápido que puedas, por favor.

—Sí, señora. Y, por favor —añadió, con ternura—, id con cuidado.

Asentí. Cogí mi capa y me dirigí a los establos.

Fui mirando cuadra por cuadra hasta que encontré a Madge:

—¡Ahí estás, jovencita!

La ensillé lo más rápidamente que pude, observando lo rápido que iba desapareciendo la luz del sol. Cuando acabé, le aseguré los bolsos a la grupa y me subí a la silla.

Madge no me falló: se dio cuenta de la urgencia y corrió a toda velocidad. Yo tenía una idea aproximada de la dirección en la que iban, pero no conocía los caminos a Isolte. Cuando pasamos cerca de la tumba de Silas, le lancé un beso y me encomendé a él para seguir la ruta adecuada.

276

Los caminos estaban vacíos, y la tierra, muy seca. Sentía el polvo que se me pegaba a la piel al atravesar la campiña en busca de un coche de caballos.

—¡Venga, chica! —la animé, lanzando a Madge hacia el sol que se ponía al oeste.

Empezaba a pensar que aquello era un salto al vacío. No sabía el camino, estaba anocheciendo y me encontraba sola. Frunciendo los ojos, escrutaba el horizonte a cada curva, esperando encontrar… ¡Un coche de caballos negro y un jinete delgado y alto avanzando a su lado!

—¡Esperad! —grité, cabalgando a toda velocidad hacia el coche—. ¡Esperad, yo también voy!

No me oían, así que seguí gritando. Etan fue el primero en verme, e indicó con un gesto al cochero que parara. Scarlet asomó la cabeza por la ventana para ver qué pasaba. Su madre la siguió poco después.

—¿Qué demonios haces tú aquí? —preguntó lady Eastoffe—. Tienes un aspecto horrible. ¿Estás bien?

—No, no lo estoy. —Desmonté, agotada, y me acerqué a ellos, con los músculos doloridos—. No estoy nada bien con todo esto. No puedo volver a la vida de antes, y no puedo dejaros marchar sin mí.

Lady Eastoffe ladeó la cabeza.

—Esto ya lo hemos hablado antes.

—No. Tú lo has hablado, pero yo también tengo algo que decir con respecto a las decisiones de mi propia vida. Ahora soy la señora de Varinger Hall, y soy tu hija…, tienes que dejarme decir lo que pienso.

Abrió la puerta y bajó del coche.

—Muy bien.

Cogí aire a bocanadas, sucia y agotada, y sin tener muy claro cómo decir lo que quería decir.

—Soy una Eastoffe. Y sigo llevando su anillo… y el tuyo. Sois mi familia —dije, sin más—. Y, por tanto, me niego a dejar que os alejéis. Si vais a afrontar algún peligro…, no puedo dejaros marchar sin mí.

—Esto es una tontería —protestó Etan.

—¡Venga ya, vuelve a lo de antes, no me hagas ni caso!

—¿Y tú no podrías volver a odiarnos? —replicó él.

—No os odio —dije, mirando a lady Eastoffe a los ojos—. Bueno, a ti quizá sí —le dije a Etan—. Pero tampoco tanto.

—Vaya. Muchísimas gracias por la deferencia.

—Etan —le reprendió lady Eastoffe, poniendo la mirada en el cielo. Aquello bastó para silenciarlo, y ella pudo centrar su atención en mí—. ¿De verdad quieres dejar a tu pueblo? ¿Tu casa? —preguntó, bajando la voz—. Nosotros lo hemos hecho, y te aseguro que es mucho más duro de lo que crees.

—Quiero honrar vuestro apellido. Y el recuerdo de Silas. Vivir una vida, larga o corta, en la que haya algo más que los cotilleos de la corte o el aislamiento de mi casa. —Me froté las manos, en actitud suplicante, intentando no llorar—. No quiero hacerle ningún mal al rey Quinten, aunque no os lo creáis.

277

Ya se ha derramado demasiada sangre, y no quiero que haya más. Pero quiero respuestas. Deseo encontrar el modo de ponerlo en evidencia. Quiero que ese hombre me mire a los ojos y que admita que ha matado a mi marido, que me diga por qué.

—Hollis… —replicó ella, cada vez con menor convicción.

—No puedo volver —le aseguré—. Y, si no me dejáis entrar en vuestro coche, me veré obligada a seguiros con mi yegua, que es un prodigio de resistencia. Me temo que puedo resultar bastante insistente.

Ella miró a Scarlet que, por primera vez en muchos días, sonrió.

—Parece que estás decidida.

—Lo estoy.

—Entonces sube al coche. Señor, ¿puede atar este caballo a la parte trasera? Estoy segura de que lady Hollis no querrá desprenderse de él.

—¡No puedes dejarla subir al coche! —insistió Etan—. No puede venir con nosotros.

—No acepto órdenes tuyas, Etan. Yo sigo a mi familia. Y, tal como ambos sabemos, no hay nada más honorable que dedicar la vida a la familia.

Le lancé una mirada decidida y él suspiró. Salió trotando por delante del coche mientras ataban a Madge a la parte trasera. Le quité los bolsos de la grupa y me los llevé al interior del coche. Hasta que no nos pusimos en marcha no recobré la calma.

—No llevas mucho equipaje —señaló Scarlet.

—Solo la mitad es ropa —le informé, sacando un puñado de monedas de oro.

—¿Ese es el dinero del rey? —preguntó lady Eastoffe en voz baja, como si alguien pudiera oírnos.

—No está todo. Pero he pensado que podríamos necesitar una parte. Para cubrir necesidades básicas. O para sobornos. O para renovar Varinger Hall, si me veo obligada a volver.

Ella se rio.

—A Silas siempre le gustó eso de ti: tu determinación. Pero déjame que te recuerde que esto no va a ser fácil. No tengo ni idea de qué nos puede esperar en Isolte.

Vi el gesto solemne del rostro de ambas y eché un vistazo a Etan, que montaba rígido, del otro lado de la ventana. Sabía que me dirigía hacia lo desconocido, quizás incluso a la muerte. Pero aquella sensación que me oprimía el corazón se había calmado. Estaba segura de que era mejor seguir adelante que volver a la vida que ya conocía.

—No te preocupes, madre —le aseguré—. No tengo miedo.

Agradecimientos

*H*ola, amigos. Gracias por leer mi libro. Sois geniales.

¿Sabéis qué? Esto no es solo obra mía. Así pues, si habéis disfrutado con su lectura (y en realidad también si no os ha gustado), os pido que me prestéis un momento para dar las gracias a la gente que ha invertido tiempo y energías en este proyecto:

A mi magnífica agente, Elana Parker, que siempre me ha cubierto las espaldas, lo cual es impresionante, teniendo en cuenta la de veces que he necesitado que me apoyaran. Y también a todo el equipo de Laura Dail Lit, entre ellos a la encantadora Samantha Fabien, mi agente internacional, que hace posible que mis historias lleguen a todo el mundo.

A mi editora Erica Sussman, persona de enorme talento que da brillo a mis palabras hasta que relucen, y a Elizabeth Lynch, que ha trabajado a su lado para conseguir que este libro quede así de bonito.

Y hablando de cosas bonitas, también hay que hablar de Gus Marx, que ha hecho la fotografía de la cubierta, y de Alison Donalty y de Erin Fitzsimmons, que la han diseñado.

Al equipo de HarperTeen: Aubrey Churchward, Shannon Cox, Tyler Breitfeller, Sabrina Abballe y muchos otros que han perfeccionado y potenciado mis ideas. Desde luego podría extenderme durante días a hablar de este grupo.

Para hacer un libro hace falta un ejército de personas, y estoy muy agradecida a todos los que han participado en este.

A la Iglesia de Northstar, gracias por su constante apoyo y sus oraciones. En particular, a mi pequeño grupo, Erica, Jennie, Rachel y Karen, que lo escuchan todo cada semana (¡sin aburrirse!) y me animan.

A mis padres, Bettie y Gerry, y a mis suegros, Jennie y Jim. Ellos creen de verdad que puedo hacer cualquier cosa, que es lo que hacen los padres, lo sé, pero yo tengo la impresión de que ellos lo hacen realmente bien.

A mi amorcito, Callaway. Es el mejor. Sé que todas estáis celosas, y eso que no tenéis ni idea de lo que es.

A mi Guyden, que ha heredado mi talento para dar buenos abrazos y que me los ofrece a menudo, lo cual es estupendo, porque los necesito.

A mi Zuzu, que es la mejor animadora del mundo y que hace que me resulte imposible dudar de nada más de… unos quince minutos.

Y, por último, lo más importante: quiero dar gracias infinitas a Dios. Escribir ha sido como un salvavidas cuando me estaba ahogando. La impresionante generosidad de Cristo, mi salvador, me ha mantenido a flote hasta la fecha. Sigue asombrándome que pueda ganarme la vida contando historias…, y eso no es más que una mínima parte de todas las cosas buenas que he recibido.

Y a vosotros ya os he dado las gracias, pero gracias otra vez. Sois estupendos.

Otros títulos que te gustarán

«Un cuento de hadas distópico. Una novela encantadora, cautivadora ¡y con la cantidad justa de suspiros por amor!» Kiersten White, autora de *Paranormal*

LA SELECCIÓN

KIERA CASS

SERIE LA SELECCIÓN:

*La Selección, La élite, La elegida,
La heredera y La corona*

Para treinta y cinco chicas, La Selección es una oportunidad
que solo se presenta una vez en la vida.

Treinta y cinco chicas llegaron a Palacio. Ahora, solo quedan seis.

LA ELITE

Segunda parte de la trilogía LA SELECCIÓN

KIERA CASS

SOLO UNA CHICA SE LLEVARÁ LA CORONA

LA ELEGIDA

Tercera parte de la trilogía LA SELECCIÓN

KIERA CASS

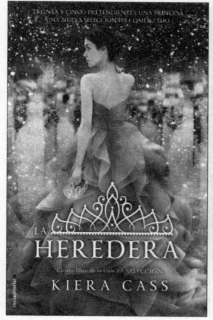

TREINTA Y CINCO PRETENDIENTES. UNA PRINCESA.
UNA NUEVA SELECCIÓN HA COMENZADO.

LA HEREDERA

Cuarto libro de la serie LA SELECCIÓN

KIERA CASS

TREINTA Y CINCO PRETENDIENTES ENTRARON EN LA SELECCIÓN.
¿A QUIÉN ESCOGERÁ LA PRINCESA?

LA CORONA

Quinto libro de la serie LA SELECCIÓN

KIERA CASS

La sirena

Una chica con un secreto. El chico de sus sueños.
Un océano entre ambos.

Una historia de fantasía y romance por la autora
de la serie *best seller* internacional La Selección.